本书由博士后基金面上项目一等资助"拟诗与中古诗学传统的建构和演进"（2016M590056）支持

江淹《杂体诗三十首》研究

郭晨光 著

中国社会科学出版社

图书在版编目（CIP）数据

江淹《杂体诗三十首》研究 / 郭晨光著 . —北京：中国社会科学出版社，2021.3

（京师中文学术文库）

ISBN 978-7-5203-7959-5

Ⅰ.①江⋯　Ⅱ.①郭⋯　Ⅲ.①江淹(444-505)—诗歌研究　Ⅳ.①I206.2

中国版本图书馆 CIP 数据核字（2021）第 032995 号

出 版 人	赵剑英
责任编辑	史慕鸿
责任校对	李　剑
责任印制	戴　宽

出　　版	中国社会科学出版社
社　　址	北京鼓楼西大街甲 158 号
邮　　编	100720
网　　址	http://www.csspw.cn
发 行 部	010-84083685
门 市 部	010-84029450
经　　销	新华书店及其他书店
印　　刷	北京明恒达印务有限公司
装　　订	廊坊市广阳区广增装订厂
版　　次	2021 年 3 月第 1 版
印　　次	2021 年 3 月第 1 次印刷
开　　本	710×1000　1/16
印　　张	16.75
插　　页	2
字　　数	242 千字
定　　价	96.00 元

凡购买中国社会科学出版社图书，如有质量问题请与本社营销中心联系调换
电话：010-84083683
版权所有　侵权必究

目 录

绪 言 ……………………………………………………………（1）

第一章 《杂体诗三十首》的写作背景 ……………………（21）
　第一节　魏晋南北朝拟古诗创作风尚 ………………………（21）
　第二节　南朝文人的逞才游艺心态 …………………………（32）
　第三节　江淹的思想心态 ……………………………………（40）
　　一　儒、释、道合一的思想倾向 …………………………（40）
　　二　自适通达、和光同尘的处世思想 ……………………（48）
　　三　逞才游艺的心态 ………………………………………（53）

第二章 《杂体诗三十首》的双重属性：创新与评论 ……（56）
　第一节　创新：模拟中的因革 ………………………………（56）
　　一　对汉代无名氏古诗的改造 ……………………………（57）
　　二　对五言诗艺术手法的促进 ……………………………（63）
　　三　集多个特征于一身的拟诗方法 ………………………（72）
　　四　拟诗的评传性质 ………………………………………（77）
　　五　"诗史互证"的创作方法 ………………………………（82）
　　六　宫体诗的雏形 …………………………………………（87）
　第二节　评论：用诗歌隐约进行文学批评 …………………（89）
　　一　有关李陵诗的排列顺序 ………………………………（89）
　　二　阮旨遥深 ………………………………………………（91）

三　玄言诗的流变 ……………………………………………（93）
　　四　庄老告退，山水方滋 ……………………………………（99）
　　五　仙与玄的结合 ……………………………………………（107）
　　六　"险"、"俗"分流 ………………………………………（111）
　　七　拟陶诗的诗歌史意义 ……………………………………（117）

第三章　《杂体诗三十首·序》研究 ………………………………（121）
　第一节　《杂体诗三十首·序》的文学批评观念 ……………（121）
　第二节　《杂体诗三十首·序》的文学史意义 ………………（127）
　　一　《杂体诗三十首》与同时期其他论文家的关系 ………（127）
　　二　指示了后人学诗的法门 …………………………………（130）
　　三　奠定了三十位诗人的文学史地位 ………………………（131）

第四章　《杂体诗三十首》与南朝文学思潮 ……………………（134）
　第一节　《杂体诗三十首》与南朝诗坛重形式的诗风 ………（134）
　　一　摘句嗟赏 …………………………………………………（135）
　　二　六朝拟诗的演变脉络 ……………………………………（144）
　第二节　《杂体诗三十首》与南朝文体观念 …………………（151）
　第三节　文学批评的自觉：从历史批评到文学批评 …………（159）

附录一　"江郎才尽"真实含义考辨及其文学史意义 …………（165）

**附录二　论《文选》"杂拟"类与梁代娱情诗学思想
　　　　　之关系** ……………………………………………………（183）

附录三　江淹《杂体诗三十首》的嗣响 …………………………（199）

参考文献 ……………………………………………………………（252）

后　记 ………………………………………………………………（263）

绪　　言

江淹（444—505），字文通，祖籍济阳考城（今河南省民权县内）。《梁书》卷十四、《南史》卷五十九有传。江淹属于济阳江氏的一支，最早可算到西晋的江蕤，最晚则有陈末隋初的江总。济阳江氏开始显贵的应该是江统，曾历任尚书郎，参大司马、齐王囧军事、黄门侍郎、散骑常侍、国子博士等职。家族著名人物还有江夷、江霦、江秉之、江道、江湛、江教、江革等，是东晋时期比较显赫的士族之一。刘跃进《门阀士族与永明文学》言："其他如济阳江氏、汝南周氏等，晋代即属高门甲族，颇有政治势力，但在宋齐以后，其活动也更多地趋向文史领域。渡江甲族，大多类此。"① 毛汉光《中国中古社会史论·中古家族之变动》统计济阳考城江氏列于两晋南北朝正史者十八人，并据此得出结论："济阳考城江氏……等三十家皆有三百年以上之人物。以上六十家是中古政治社会最重要的士族。"② 然而，到江淹父、祖一辈逐渐衰落，《南史》本传云："父康之，南沙令，雅有才思。"③ 李善注引刘璠《梁典》曰："祖耽，丹阳令。父康之，

---

① 刘跃进：《门阀士族与永明文学》，生活·读书·新知三联书店1994年版，第62—63页。
② 毛汉光：《中国中古社会史论》，上海书店出版社2002年版，第58页。
③ （唐）李延寿：《南史》，中华书局1975年版，第1447页。

南沙令。"① 父、祖仅做过县令一类的小官。《梁书》本传称江淹"少孤贫好学，沉靖少交游"②；《南史》本传称"初，淹年十三，孤贫，常采薪以养母"；江淹《自序》云："十三而孤，邈过庭之训"，《诣建平王上书》自称"本蓬户桑枢之人，布衣韦带之士"。江淹十三岁丧父，属于当时的寒素士人。早年丧父、孤贫的生活经历不仅练就其坚毅、刻苦的求学精神，而且铸造了其谨慎、敏锐的立身态度和政治眼光。济阳江氏优良的家学传统对其后来的文学成就影响很大，其《自序》又云："幼传家业，六岁能属诗。……长遂博览群书，不事章句之学，颇留精于文章。"③《南史·江淹传》《梁书·何点传》称其早年颇受檀超、何点等名士的嘉许④。

江淹早年仕途颇为坎坷，曾有过十一年的幕僚经历。宋孝武帝大明七年（463），曾仕始安王刘子真，《自序》云："弱冠，以五经授宋始安王刘子真，略传大义。"当时刘子真年仅七岁，二十岁的江淹能够作为其启蒙老师，可见其在文坛亦有名声。同年又被任命为南徐州刺史新安王刘子鸾的从事，不久又转为奉朝请。泰始二年（466），子真随即被宋明帝所杀。《自序》云："始安之薨也，建平王刘景素，闻风而悦，待以布衣之礼"⑤，于是又转入刘景素幕下。泰始三年（467），又因广陵令郭彦文案而被诬陷，系于南兖州狱。究其原因，《自序》言："少年尝倜傥不俗，或为世士所嫉，遂诬淹以受金者。"⑥江淹在狱中作《诣建平王上书》，模拟西汉邹阳《狱中上梁王书》和

---

① （南朝梁）萧统编，（唐）李善注：《文选》，上海古籍出版社1986年版，第744页。
② （唐）姚思廉：《梁书》，中华书局1973年版，第247页。
③ （明）胡之骥注，李长路、赵威点校：《江文通集汇注》，中华书局1984年版，第378页。
④ 《梁书·何点传》载："（何）点雅有人伦识鉴，多所甄拔。知吴兴丘迟于幼童，称济阳江淹于寒素，悉如其言。"《南史》本传称："早为高平檀超所知，常升以上席，甚加礼焉。"
⑤ （明）胡之骥注，李长路、赵威点校：《江文通集汇注》，中华书局1984年版，第378页。
⑥ （明）胡之骥注，李长路、赵威点校：《江文通集汇注》，中华书局1984年版，第378—379页。

司马迁《报任安书》申诉其情，感人至深，刘景素览书而即日出之。此文可谓江淹在模拟文学上的发轫之作。泰始七年（471），江淹任建平王主簿，重要的章、表、启、教皆由江淹起草。其《自序》言："宾待累年，雅以文章见遇。"泰豫元年（472），宋明帝薨，后废帝刘昱继位。刘昱荒淫无道，当时建平王刘景素已变得羽翼丰满，多有谋逆之心，《自序》称："淹尝从容晓谏，言人事之成败。每曰：'殿下不求宗庙之安，如信左右之计，则复见麋鹿霜栖露宿于姑苏之台矣。'终不以纳，而更疑焉。"反而对江淹渐生疑心，逐渐疏远。江淹因而作《效阮公诗十五首》，是一组模拟阮籍的政治讽谏诗，以致被贬至建安吴兴（今福建浦城）。据《宋书·州郡志》所载，建安一郡领七县，共三千零四十二户人家，人口在一万七千六百八十六。以平均数计算，那么吴兴一县仅有四百三十余户人家，二千五百二十余人①，在当时属于沿海蛮荒之地。

同年秋赴吴兴，道中作《无锡县历山集》《无锡舅相送衔啼别》《赤亭渚》《渡泉峤出诸山之顶》《迁阳亭》等诗。贬谪吴兴，不仅是江淹的政治生涯，也是其人生的最低谷。尚在襁褓之中的爱子江艽与其妻刘氏相继去世、挚友袁炳病故，于是遂作《伤爱子赋》《悼室人十首》《伤友人赋》《袁友人传》等，其内心的痛苦、愤懑可想而知。同时，吴兴本地奇异的景物诱发了江淹浓厚的兴趣，其《自序》亦云："（吴兴）地在东南峤外，闽越之旧境也。爰有碧水丹山，珍木灵草，皆淹平生所至爱，不觉行路之远矣。山中无事，与道书为偶，乃悠然独往，或日夕忘归。放浪之际，颇著文章自娱。"② 在这样的环境下，江淹作有《赤虹赋》《石劫赋》《青苔赋》《草木颂十五首》《采石上菖蒲》《金灯草赋》等，《草木颂十五首》称选取了乔木（金荆、相思、豫章、枏桐、杉）、果木（杨梅、山桃、山中石榴、木莲）、草药（石上菖蒲、黄连、薯蓣、杜若、藿香）等十五种草木。山中奇异的草木

---

① 丁福林：《江淹年谱》，凤凰出版社2007年版，第223页。
② （明）胡之骥注，李长路、赵威点校：《江文通集汇注》，中华书局1984年版，第379页。

花卉是其创作灵感的重要来源，也是寄托郁闷忧愁的慰藉。《石劫赋》序曰："海人有食石劫，一名为紫蠚，蚌蛤类也。春而发华，有足异者。戏书为短赋。"① 即是消遣娱乐之"戏作"。描述了在福建沿海一带一种名为石劫的蚌蛤类生物，在春天大量繁殖，潮汐时便从壳中伸出细脚来攫取食物。攒簇如聚蕊，故人误以为是花。同时，这一时期也是其文学创作的集中爆发期，其《别赋》《恨赋》《泣赋》《倡妇自悲赋》等名篇均作于此时，表达苦痛、哀怨的作品正是他不幸的人生遭遇与险恶的政治生活的真实写照。

江淹被贬至吴兴两年后，建平王刘景素兵败被萧道成所杀。宋明帝昇明元年（477），萧道成掌握朝政，将其召回都城，从此进入萧道成幕僚。为其掌文书笔翰，《自序》云："是时军书表记，皆为草具。"最典型当属昇明年间为萧道成"禅让"的诸多代笔之作，如《萧骠骑让油幢表》《萧骠骑让封第二表》《第三表》《萧领军让司空并敦劝启》（477）、《萧被侍中敦劝表》《萧被尚书敦劝重让表》《萧让剑履殊礼表》《萧拜太尉扬州牧表》（478）、《萧让太傅相国齐公十郡九锡表》《第二表》《被百僚敦劝受表》《萧拜相国齐公十郡九锡章》《齐王让禅表》（479）等。这些重要的表章均出自江淹之手，一步步见证了萧氏从起家到禅让、称帝的全过程。江淹作为萧道成的核心幕僚，颇受信任和重用。这也成为江淹政治生涯的重要转折点，从此仕途顺畅，官运亨通，"泊于强仕，渐得声誉"②。不久即迁记室参军（479），与孔稚珪"对掌辞笔"。齐高帝建元二年（480）领东吴令，典国史，与檀超合撰《齐史》，作"十志"，今已佚。现存正史《南齐书》的诸志正是基于江淹的成果编纂而成。后又迁正员散骑侍郎，中书侍郎（482）。齐武帝永明元年（483），迁骁骑将军，掌国史。永明四年（486）为骁骑将军兼尚书左丞，深得齐武帝的信任。永明五年（487），竟陵王萧

---

① （明）胡之骥注，李长路、赵威点校：《江文通集汇注》，中华书局1984年版，第22页。
② 《文选》李善注引刘璠《梁典》，俞绍初注曰：《礼记·曲礼》："四十曰强而仕。"

子良开西邸广招文学之士，江淹亦被招至"士林"之列①。虽经历了齐明帝时期的动乱，其女儿、女婿全家也殒命于齐宗室的杀戮之中，时年五十二岁的江淹仍迁冠军长史，加辅国将军，随后被出为宣城（今安徽宣城）太守，在郡四年。齐明帝建武五年（498），江淹自宣城还为黄门侍郎，领步兵校尉。值齐末东昏侯动乱之际，永元三年（501），关键时刻果断微服出奔萧衍，为冠军将军，寻兼司徒左长史，寻迁吏部尚书。梁天监元年（502），梁武帝禅让之后，又被任命为散骑常侍、左卫将军，是年江淹以疾迁金紫光禄大夫，改封醴陵伯。天监四年（505），江淹时年六十二而卒，高祖为其素服举哀。赙钱三万，布五十匹，谥曰宪伯。

江淹历仕宋、齐、梁三朝，经历颇为复杂，据清汪中《补宋书宗室世系表序》的统计，刘宋不到六十年的时间里，皇族一百二十九人，被杀者一百二十一人，其中骨肉相残者八十人②。齐明帝更是杀尽了"高、武子孙"。可见当时改朝换代时局、王权更迭之动荡、惨烈。然而江淹每当新朝代替旧朝时，都改弦更张，中年以后仕途顺畅，宦海沉浮终至显宦，最后官至梁金紫光禄大夫，封醴陵伯。《梁书》本传载其晚年曾谓子弟曰："吾本素宦，不求富贵，今之忝窃，遂至于此，平生言止足之事，亦以备矣。人生行乐耳，须富贵何时，吾功名既立，正欲归身草莱耳。"③ 表达适性自足的思想。后人一般把他看作梁代作家，他的文集被称为《江文通集》《江光禄集》，或称《江醴陵集》。其文学成就主要集中在辞赋和诗歌上，尤以赋著名。《恨赋》探讨上至皇帝、下至英雄才士的"饮恨吞声"与"黯然销魂"，表达人生最普遍的"遗恨"之情；《别赋》表现"别离"之痛，描写的惊心动魄、哀婉辗转，已开唐人律赋之先河："赋家至齐

---

① 《金楼子·说藩》："我高祖、王元长、谢玄晖、张思光、何宪、任昉、孔广、江淹、虞炎、何偃、周颙之俦，皆当时之杰，号士林也。"（南朝梁）萧绎撰，许逸民校笺：《金楼子校笺》，中华书局2011年版。
② （清）汪中著，田汉云点校：《新编汪中集》，广陵书社2009年版，第389页。
③ （唐）姚思廉：《梁书》，中华书局1973年版，第251页。

梁变态已尽，至文通已几几乎唐人之律赋矣，特其秀色非后人之所及也。"①

江淹以"拟古见长"，据现存文献，拟骚有《遂古篇》（仿屈原《天问》②）、《刘仆射东山集学骚》、《学梁王兔园赋》等，无怪许学夷评价为："文通五言善用《骚》语。"③ 拟诗主要有《杂体诗三十首》《效阮公诗十五首》《学魏文帝》《古意报袁功曹》，共计四十七首，几乎占其所有诗作的一半之多④。钟嵘认为其诗"诗体总杂，善于摹拟"⑤，也主要是针对他的拟诗而言的。昭明太子萧统《文选》选江淹诗三十二首，将《杂体诗三十首》全部收录，足见其喜爱重视程度。晚年江淹官至高位，后人遂认为其作品无论是从数量上还是质量上都明显下降，因而饱受"江郎才尽"之讥。明张溥《汉魏六朝百三家集题辞·江醴陵集》言："若使生逢汉代，奋其才果，上可为枚叔、谷云，次亦不失冯敬通、孔北海，而晚际江左，驰逐华采，卓尔不群，诚有未尽。"⑥ 对其才尽表示无限惋惜。

自梁钟嵘首先对江淹进行品评以后，历代均不乏对江淹的品评者和研究者。这些品评主要集中在江郎才尽、拟古诗和《恨》《别》二赋上。本书根据江淹作品的研究现状，在前贤研究基础上，将《杂体诗三十首》作为研究对象，跳出前人侧重考察与原作"似"与"不似"的樊篱，力图把握三十首诗与南朝诗歌思潮之关系，考察其诗歌发展史意义。

---

① （清）何焯著，崔高维点校：《义门读书记》，中华书局1987年版，第938页。
② 其序云："仆常为《造化篇》，以学古制。今触类而广之，复有此文，兼象《天问》，以游思云而。"
③ （明）许学夷：《诗源辩体》，人民文学出版社1987年版，第120页。
④ 江淹诗歌现存一百零七首（包括拾遗三首，古乐府三首），参见（明）胡之骥注，李长路、赵威点校《江文通集汇注》，中华书局2006年版。
⑤ （南朝梁）钟嵘著，曹旭笺注：《诗品笺注》，人民文学出版社2009年版，第184页。
⑥ （明）张溥著，殷孟伦注：《汉魏六朝百三家集题辞注》，中华书局2007年版，第279页。

研究综述①

从古至今关于江淹及其《杂体诗三十首》的研究成果，大体可以分为四个时期来看，以下分而论之。

（一）明清以前

本时期的江淹研究，形式大多为诗话，或品评诗歌，或指正得失，或褒贬抑扬，寥寥数语。大多缺乏系统，以只言片语品评诗歌或者褒贬得失。对江淹拟作大多持肯定态度，即肯定江淹模拟的功力和艺术水平，对其讨论也大多集中在其与原作"似"与"不似"范围内，其中钟嵘《诗品》首开对江淹的评价。

钟嵘《诗品》将江淹列入中品，并评价说："文通诗体总杂，善于摹拟。筋力于王微，成就于谢朓。"②指出江淹诗以擅长模拟为特色，据现存文献，可能是文学史上首次对江淹诗歌创作成就的明确而定性的评价。同时，钟嵘在品评其他诗人时，经常将他们和江淹相比。如说到范云和丘迟时，认为"故当浅于江淹"③；说到沈约时，认为"故当词密于范（云），意浅于江（淹）"④；肯定和表彰江淹之意晓然。钟嵘用"浅于江淹"作为对诗人的品评，浅的反义是深，故他应该认为江淹诗歌比他们都要"深"。这里的"深"应该是指语言风格，沈约以"三易"原则作诗，与江淹古奥诗风相比，显得圆融平易。另外，对于江淹曾经模拟的三十位诗人，钟嵘都给予品评，其中有十二家置于上品，十三家置于中品，五家置于下品，很大程度上暗合了江淹，可以看出两人的诗学观念有相通之处。从上述三个方

---

① 本书研究综述部分，吸收了徐正英、阮素雯《20世纪最后二十年江淹研究综述》（《中国文化研究》2001年第2期）、屠青《近十年江淹研究综述》（《中州学刊》2005年第1期）的整理成果。
② （南朝梁）钟嵘著，曹旭笺注：《诗品笺注》，人民文学出版社2009年版，第184页。
③ （南朝梁）钟嵘著，曹旭笺注：《诗品笺注》，人民文学出版社2009年版，第188页。
④ （南朝梁）钟嵘著，曹旭笺注：《诗品笺注》，人民文学出版社2009年版，第195页。

面看，钟嵘对江淹杂体诗的评价是较高的。

唐代刘禹锡《韩十八侍御见示岳阳楼别窦司直诗因令属和重以自述故足成六十二韵》称"江淹多杂拟"，延续了钟嵘"诗体总杂"的说法。皎然《诗式》评论《团扇》二篇，称江淹"假象见意"，并将其班婕妤《咏扇》一首与原作相比较，得出其中两对"亦可以掩映"原作的结论①。

南宋时期较有代表性的观点有：晁说之《嵩山文集》卷十四称"江淹之所拟，今泛滥入于陶之集中，未有辨之者"②。叶梦得《石林诗话》言："魏、晋间人诗，大抵专工一体，如'侍宴'、'从军'之类，故后来相与祖习者，亦但因其所长而取之耳，谢灵运《拟邺中七子》与江淹《杂拟》是也。梁钟嵘作《诗品》，皆云某人诗出于某人，亦以此。"③ 率先将谢灵运、江淹的拟诗与拟魏晋诗人之"体"相结合。陈善《扪虱新话》中比较了白居易、柳宗元和苏轼对陶诗的仿效，认为其"皆未能尽似"，并称要知渊明诗，"须观江文通《杂体诗》中拟渊明作者，方是逼真"④；叶适《对读文选杜诗成四绝句》"江淹杂体意不浅，合彩和音列众珍。拣出陶潜许前辈，添来庾信是新人"⑤，对其拟诗多有称赞、嘉许之处。

其中最重要的当属严羽《沧浪诗话》，论及江淹时给予了很高评价："拟古惟江文通最长，拟渊明似渊明，拟康乐似康乐，拟左思似左思，拟郭璞似郭璞；独拟李都尉一首，不似西汉耳。"⑥ 我们知道，宋人在唐诗高峰下，一直力求在许多方面建立宋诗的发展模式。整个宋代诗歌，模仿唐人创作并追求自身发展的努力从未消

---

① （唐）皎然著，李壮鹰校注：《诗式校注》，人民文学出版社2003年版，第128页。
② （宋）晁说之：《嵩山文集》，四部丛刊续编景旧钞本。
③ （宋）叶梦得：《石林诗话》，人民文学出版社2011年版，第183页。
④ （宋）陈善：《扪虱新话》，民国校刻儒薛警悟本。
⑤ （宋）叶适：《水心先生文集》，四部丛刊初编本，商务印书馆民国十一年（1922）景印本。
⑥ （宋）严羽著，郭绍虞校释：《沧浪诗话校释》，人民文学出版社1983年版，第191页。

歌。所以，大量写作拟古诗的江淹受到了重视。严羽的观点即在研究前人的基础上，用心体悟，从"师古"到"师心"，达到唐人诗歌"羚羊挂角，无迹可求"的完美境界。江淹拟古诗取得的成就，绝不是字字模拟、句句模拟可以办到的，他必须非常了解所拟作家及其所处时代的诗歌风貌，然后细细体会，从"悟"字入门，才能拟谁似谁。同时，《沧浪诗话》既赞赏江淹拟古诗"似"的一面，又承认其"不似"的一面，如认为"独拟李都尉一首，不似西汉耳"。这里触及拟古诗的一个问题——虽云拟古，但是诗人所处的时代，当时的诗歌思潮以及诗人自身的经历和情感的不同，势必在拟作的时候，不拘原作字句，自成一体。如《沧浪诗话》评谢灵运："虽谢康乐拟邺中诸子之诗，亦气象不类。至于刘休玄拟《行行重行行》等篇，鲍明远《代君子有所思》之作，仍是其自体耳。"① 解释所谓"气象不类"的情况。从这个角度上，江淹《杂体诗三十首》在拟古的时候又具有变古意味，张表臣《珊瑚钩诗话》中称陆机《拟古》和江淹《杂拟》"虽华藻随时，而体律相仿"②，点明拟作虽体式与原作相似，但不可避免地带有拟作者的时代特点。张戒《岁寒堂诗话》列举江淹"日暮碧云合"等句，也说："就其一篇之中，稍免雕镂，粗足意味，便称佳句，然比之陶阮以前苏李古诗曹刘之作，九牛一毛也。"③ 这些对于全面了解汉魏六朝诗歌发展、流变具有重要的诗史价值和意义。

宋末元初以范晞文《对床夜语》的观点较有代表性，言："左太冲《咏史诗》云：'济济京城内，赫赫王侯居。冠盖荫四术，朱轮竟长衢。朝集金张馆，暮宿许史庐。南邻击钟磬，北里吹笙竽。寂寂扬子宅，门无卿相舆。'鲍明远《咏史》云：'京城十二衢，飞甍各鳞

---

① （宋）严羽著，郭绍虞校释：《沧浪诗话校释》，人民文学出版社1983年版，第192页。
② （宋）张表臣：《珊瑚钩诗话》，载（清）何文焕辑《历代诗话》，中华书局1981年版，第450页。
③ （宋）张戒：《岁寒堂诗话》，丛书集成初编本，商务印书馆1939年版。

次。仕子彯华缨,游客竦轻辔。明星晨未稀,轩盖已云至。宾御纷飒沓,鞍马光照地。君平独寂寞,身世两相弃。'江文通《咏史》亦云:'金张服貂冕,许史乘华轩。王侯贵片议,公卿重一言。太平多欢娱,飞盖东都门。顾念张仲蔚,蓬蒿满中园。'三诗一轨也。"① 元人对江淹拟作的评价不多,似乎只有陈绎曾《诗谱》评其为:"善观古作,曲尽心手之妙。其自作乃不能尔。故君子贵自立,不可随流俗也。"② 认为其模拟水平虽高,但这种形式不能自立,只是流俗。

(二) 明清时期

明代所传江淹集,源出宋代的十卷本,或称:"自宋以后,江淹文集的版本日趋复杂,流传中时有舛讹,文章或增或删,异文也很多。"③ 江淹集的版本大致可以厘分为明钞本和明刻本(即明翻宋本)两种系统,均源自宋本④。在作品收辑与注释方面,明代学者贡献很大。主要有梅鼎祚、薛应旂、汪士贤、胡之骥、张燮、张溥、叶绍泰等人⑤。最有影响的成果,莫过于明万历二十六年(1598)胡之骥注释的《江文通集汇注》,它以梅鼎祚本为底本,参以汪士贤本为校本加注而成,并采用了《文选》李善注,也旁引了一些材料。《汇注》汇集了一些典故的出处,注明了一些词语的来源,虽然释文还不够精细,但选用底本颇佳,可谓江淹文集的比较权威的版本⑥。

除此之外,明清时期的江淹文集的版本有以下几种。

---

① (宋)范晞文:《对床夜语》,载丁福保《历代诗话续编》,中华书局1983年版,第411页。
② (元)陈绎曾:《诗谱》,载丁福保《历代诗话续编》,中华书局1983年版,第631页。
③ 郑虹霓:《江淹文集版本源流考》,《古籍整理研究学刊》2007年第6期。
④ 刘明:《江淹集成书及版本考论》,《许昌学院学报》2018年第7期。
⑤ 穆克宏:《魏晋南北朝文学史料述略》,中华书局1997年版,第127页。
⑥ 李长路、赵威整理的点校本《江文通集汇注》,中华书局1984年版,依四部丛刊影印明翻宋本和梁宾本对其作了通校,使两大版本系统的优势得以互补,新辑入《伤爱子赋》《井赋》《牲出入歌》《荐豆呈毛血歌辞》《奏宣列之乐歌辞》《铜剑赞》六篇诗文,还根据《广弘明集》辑补了《无为论》一文,一共比胡注本多出七篇。为日后的江淹研究提供了诸多方便。

1.《江光禄集》十卷遗集一卷附传一卷,明万历梅鼎祚玄白室刊本。

2.《江文通集》四卷,明薛应旂辑《六朝诗集》本。

3.《江文通集》十卷,明汪士贤辑《汉魏诸名家集》本。

4.《江醴陵集》十四卷附录一卷,明张燮辑《七十二家集》本。

5.《江醴陵集》二卷,明张溥辑《汉魏六朝百三名家集》本。

6.《江文通集》,明叶绍泰辑《增订汉魏六朝别解》本。

7.《江文通文集》四卷,《四库全书》本。清乾隆年间,梁宾以张溥本为底本,用汪士贤本和一个称作"汤斌家钞本"的本子加以标订刻印,《四库全书》所收的即是此本。据《四库全书总目江文通集提要》载:"汪本缺《知己赋》一篇,《井赋》四语,《铜剑赞》一篇,《咏美人春游》一篇,《征怨》一篇。张本缺《为萧让太傅扬州牧表》一篇。他如《代罪江南思北归赋》,张本无题首四字,《尚书符》张本题下缺夹住'起都官军局符兰台'八字,《为萧重让扬州表》中'任钧符图之重'句,张本无'备九锡之礼'五字,《上建平王书》末汪本脱'此心既照,死且不朽'八字,亦均校正。其余字句,皆备录异同,若《杂拟诗序》中'芳草宁其气'句,此本讹'气'为'弃'之类。小小疏舛,间或不免,然终校他本为善也。"①

8.《江文通文集》十卷附校补一卷,清叶树廉校补,《四部丛刊》据明代影刻宋本影印。这个本子十卷,卷一赋十三篇(目录缺一篇),卷二赋十三篇,卷三诗五十一首,卷四诗五十首,卷五文十篇(目录缺一篇),卷六文十七篇,卷七文十九篇,卷八文十五篇,卷九文二十八篇,卷十文、骚、杂言四十篇,共二百五十六篇②。

9.《江文通集》八卷,丁福保《汉魏六朝名家初刻》本。

---

① (清)永瑢等:《四库全书总目提要》,中华书局2013年版,第1275页。
② 金开诚、葛兆光:《古诗文要籍序录》,中华书局2012年版,第264页。

10. 《江文通集》四卷，四部备要本。

11. 《江醴陵集选》一卷，清代吴汝纶评选《汉魏六朝百三家集选》本。

在拟古诗评述方面，明代评论家们的观点较为公允，也更为深入，由单纯地评价"似"或"不似"转向辩证看待江淹模拟的相似性问题。如明代比较有影响的当属胡应麟《诗薮》和谢榛《四溟诗话》。如胡应麟《诗薮》认为："《魏文》《陈思》《刘桢》《王粲》四作，置之魏风莫辨，真杰思也。"又说："文通诸拟，乃远出齐梁上。"①认为江淹的模拟之作功力很深，足以和原作相媲美。陆时雍《诗镜总论》批评江淹"材具不深，凋零自易，其所拟古，亦寿陵馀子之学步于邯郸者耳"，评《陶征君田居》，认为"拟陶彭泽诗，只是田家景色，无此老隐沦风趣，其似近而实远"②。谢榛《四溟诗话》品评江淹拟刘琨、颜延之、《古离别》等诗，认为"江淹拟刘琨，用韵整齐，造语沉着，不如越石吐出心肺"，"江淹拟颜延之，辞致典缛，得应制之体，但不变句法，大家或不拘此"③。认为江淹学习颜延之，追求非对偶不成句的作法。这也是江淹带有刘宋元嘉诗人的诗风特点决定的。而且他认为"凡习古人句，不能翻意新奇，造语简妙，乃有愧古人矣"④，认为拟古缺乏创新，价值不高。正如许学夷《诗源辩体》所言"文通五言《拟古三十首》，多近古人，而他作每每任情"⑤。张溥《汉魏六朝百三家集题辞·江醴陵集》认为江淹《杂拟三十首》"体貌前哲，欲兼关西、邺下、河外、江南，总制众善，兴会高远，而深厚不如"，并分析了这种情况产生的原因是"非

---

① （明）胡应麟：《诗薮》，上海古籍出版社1979年版，第149页。
② （明）陆时雍选评，任文京、赵东岚点校：《诗镜总论》，河北大学出版社2010年版，第6页。
③ （明）谢榛著，宛平校点：《四溟诗话》，人民文学出版社1961年版，第23页。
④ （明）谢榛著，宛平校点：《四溟诗话》，人民文学出版社1961年版，第68页。
⑤ （明）许学夷：《诗源辩体》，人民文学出版社1987年版，第121页。

其才绌,世限之也"①。

清代的文学复古派,因为尊尚汉魏,对中古诗歌的研究较多,因而对江淹拟古诗的选录、品评大大增多了,如清代古诗选本不同程度地选录了《杂体诗三十首》,代表有陈祚明《采菽堂古诗选》、王士禛《古诗笺》、沈德潜《古诗源》、张玉穀《古诗赏析》、王尧衢《古唐诗合解》、吴汝纶《汉魏六朝百三家集选》和王闿运《八代诗选》。现将这些选本所选录的江淹《杂体诗三十首》数量以及相关篇目作简要统计,具体见表0-1:

表0-1　　清代古诗选本选录江淹《杂体诗三十首》一览表

古诗选本	引《杂体诗三十首》数量
陈祚明《采菽堂古诗选》	三十首全部收录
王士禛《古诗笺》	十六首:《古离别》《班婕妤咏扇》《嵇中散康言志》《阮步兵籍咏怀》《张司空华离情》《左记室思咏史》《刘太尉琨伤乱》《卢郎中谌感交》《郭弘农璞游仙》《许征君询自叙》《陶征君潜田居》《谢临川灵运游山》《谢法曹惠连赠别》《王征君微养疾》《鲍参军照戎行》《休上人别怨》
沈德潜《古诗源》	五首:《古离别》《班婕妤咏扇》《刘太尉琨伤乱》《陶征君潜田居》《休上人别怨》
张玉穀《古诗赏析》	三首:《古离别》《刘太尉琨伤乱》《陶征君潜田居》
王尧衢《古唐诗合解》	一首:《古离别》
吴汝纶《汉魏六朝百三家集选》	三十首全部收录
王闿运《八代诗选》	三十首全部收录

相对以前对江淹拟古诗是较为零散的评价,从清代开始,针对三十首诗开启了一种整齐的、规模化的拟诗评价模式。如吴淇《六朝选诗定论》针对《文选》所收录的三十首诗,对字句分析、章法,以及诗作思想内涵的研究最为深入、透彻,堪称清人研究《杂体诗三十首》的集大成之作。"至梁江淹时,汉道既备而菁华亦将竭,于是上

---

① (明)张溥著,殷孟伦注:《汉魏六朝百三家集题辞注》,中华书局2007年版,第279页。

自古诗李陵，下及休上人，千余年间，凡得三十家，仿其体，入各首。是又欲以一人之才，分为古今之才者也。""题曰《杂体诗三十首》，若月之有三十日，然遂成一纵局。"① 认为三十首拟诗可以概括从古至今五言诗的发展，从诗歌流变的角度评价了江淹拟《杂体诗三十首》的意义。不仅如此，乾隆皇帝还作《和江文通杂拟诗三十首》，并御笔评价："江文通杂拟，每一染翰如见古人于毫楮间。"②

其余较重要的评论有冯班《钝吟杂录·正俗》"江淹《拟古》三十首，如搏猛虎，捉生龙，急与之较，力不暇，气格悉敌"③。针对江淹《杂体诗三十首》具体篇目进行评价，有的认为江淹的拟作毕肖原作，如何焯评《阮步兵咏怀》"'精卫衔木石'，阮公知己"，评《刘太尉伤乱》"气味逼真"，评《谢仆射游览》"极似叔源"，评《陶征君田居》"拟陶能得其自然"④。陈祚明《采菽堂古诗选》对三十首拟诗逐一进行评点，如评《古离别》"末四句居然古调"，评《魏文帝曹丕游宴》"结四语佳，是仿魏文，非独仿公宴"⑤，等等。还有沈德潜评《刘太尉琨伤乱》"末段悲壮，去太尉不远"，评《陶征君潜田居》"得彭泽之清逸矣"⑥。潘德舆《养一斋诗话》评价为"江共三十首，舍自己之性情，肖他人之笑貌，连篇累牍，夫何取哉？"通过对比江淹拟左思、郭璞、谢灵运和陶渊明的诗，认为仅能为"貌似而已"⑦。刘熙载对江淹否定也是因为拟作"究非其本色

---

① （清）吴淇：《六朝选诗定论》，广陵书局2009年版，第379页。
② （清）乾隆：《御制诗二集》卷五十，《景印文渊阁四库全书》集部1304册，台湾商务印书馆1986年版。
③ （清）冯班：《钝吟杂录》，载（清）王夫之等撰，丁福保辑《清诗话》，上海古籍出版社2015年版，第45页。
④ （清）何焯著，崔维高点校：《义门读书记》，中华书局1987年版，第938—939页。
⑤ （清）陈祚明选评，李金松点校：《采菽堂古诗选》，上海古籍出版社2008年版，第760页。
⑥ （清）沈德潜选：《古诗源》，中华书局2006年版，第256页。
⑦ （清）潘德舆著，朱德慈辑校：《养一斋诗话》，中华书局2010年版，第148—149页。

耳"①，模拟之作缺乏诗人真实性情的流露。

有的观点认为拟作与原作相去甚远，多有不工之处，如汪师韩《江文通杂体诗拙句》曰："江文通《杂拟》三十首，自谓无乖商榷。后人每效为之。观其词句多有可议。如《魏文帝游宴》云：'渊鱼犹伏蒲。'伯牙鼓琴而渊鱼出听，易'出听'为'伏蒲'则意晦。《陈思王赠友》云：'日夕望青阁。'以'青楼'为'青阁'，岂非凑韵？又云：'辞义丽金臕。'易'金玉'为'金臕'，亦凑韵也。《刘文学感遇》云：'橘柚在南园，因君为羽翼。'以羽翼说树，为就韵故耳。《王侍中怀德》云：'严风吹若茎。'《文选注》以'若茎'为'若木'，斯可笑矣。然如作杜若之'若'，亦未遂率尔。《嵇中散言志》云：'旷哉宇宙惠，云罗更四陈。'下句不知其指。《潘黄门述哀》云：'徘徊泣松铭。'松是松楸，铭是志铭，二字相连，则词不贯。《张黄门苦雨》云：'水鹳巢层甍。'注云：'巢层甍未详。'按：此不过谓水鸟入居人屋，不必有本也，而词则支缀。《郭弘农游仙》云：'隐沦驻精魄。'此用《江赋》：'纳隐沦之列真，挺异人之精魄。'即郭璞语也。合成一句则乖隔。又云：'矫掌望烟客。'烟客二字，后人爱其鲜新，当时则生造耳。《孙廷尉杂述》云：'凭轩咏尧老。'尧及老子也，然不伦矣。又云：'南山有绮皓。'绮里季特四皓之一，何独摘举？又云：'传火乃薪草。'用《庄子》为薪火传之语，而草字凑韵。《陶征君田居》云：'稚子候檐隙。'易'候门'为'候檐隙'，语病。《谢临川游山》云：'石壁映初晰。'初晰即初阳之谓，故以对晨霞，无解于趁韵。《颜特进侍宴》云：'瑶光正神县。'赤县、神州，岂可摘取神、县二字。又云：'山云备卿霭，池卉具灵变。'因改'灵芝'为'灵变'，遂并'卿云'亦改'卿霭'。又云：'巡华过盈瑱。'以盈尺之玉为盈瑱，用对兼金，拙劣。《谢法曹赠别》云：'觏子杳未僇，款睇在何辰？'意本浅而故为拙滞。《王征君养疾》云：'水碧验未黝，金膏灵讵缁？'未黝、讵缁，拙滞。《袁太

---

① （清）刘熙载撰，袁津琥校注：《艺概注稿》，中华书局2009年版，第270页。

尉从驾》云：'云斾象汉徙。'汉徙谓如天汉之转，亦支缀矣。《谢光禄郊游》云：'徙乐逗江阴。'乐者行乐也，加徙字则拙。又云：'烟驾可辞金。'置身烟景而金印不足羡也。然词拙而晦。"①

还有，王寿昌评江文通《杂拟三十》，"如'凉风荡芳气，碧树先秋落'诸句，究不似汉、魏古音。其《田居》一篇，可谓得其神似，然杂诸陶集中，后人犹辨其为江诗者，神韵不同也"②。清贺贻孙《诗筏》认为江淹拟作"皆有意为之"③，有东施效颦之嫌。后两者对江淹之批评态度十分鲜明。

综上所述，从南朝到明清，对江淹拟古诗的评价可谓众说纷纭、褒贬不一。对于江淹拟古诗的评价，经常纠结在"拟古"与"自抒性情"、"拟古"与"创新"、与原作的似与不似的是是非非上面。这对于本书研究以江淹《杂体诗三十首》为代表的拟古诗的诗学意义，有很大的启示。

（三）民国时期

这段时期关于江淹的研究成果，主要有甘蜇仙《江文通的文艺》（载《晨报副刊》1922年12月21日），吴丕绩《江淹年谱》（商务印书馆1938年印行，又载于《图书季刊》1939年1卷2期）。这两篇著述，从理论和文献的角度对江淹进行了初步研究，为1949年后江淹研究奠定了基础。

（四）1949年以后

1949年以后，关于江淹拟古诗研究，主要集中在20世纪80年代以后。1949年到20世纪80年代这段时间，研究比较沉寂，主要成

---

① （清）汪师韩：《诗学纂闻》，载（清）王夫之等撰，丁福保辑《清诗话》，上海古籍出版社2015年版，第469—470页。
② （清）王寿昌：《小清华园诗谈》，载郭绍虞编选，富寿荪校点《清诗话续编》，上海古籍出版社2016年版，第1808页。
③ （清）贺贻孙：《诗筏》，载郭绍虞编选，富寿荪校点《清诗话续编》，上海古籍出版社2016年版，第152页。

果有朱希祖《江淹年谱》稿本（未完稿，似未传世①）和曹道衡《江淹及其作品》（《光明日报》1961年3月19日），二者皆认为江淹拟古诗有一定的艺术价值，对于研究所拟诗人的艺术特点很有益处。中国科学院文学研究所《中国文学史》论及拟古诗中一些较优秀的作品，认为在拟古中有所寄托，诗风在一定程度上受到鲍照影响。游国恩等主编《中国文学史》简短论及江淹的诗，主要也是集中在《杂体诗三十首》等名作上②。钱锺书《管锥编·全梁文卷三八》曰："齐梁文士，取青妃白，骈四俪六，淹独见汉魏人风格而悦之，时时心摹手追。……虽于时习刮磨未净，要皆气骨权奇，绝类离伦。"③虽是评《诣建平王上书》，其实用于其拟古诗亦可。

20世纪80年代以来，江淹研究热点仍然集中在传统三大课题——"江郎才尽"、《恨》《别》二赋，以及拟古诗。以曹道衡先生对江淹拟古诗的研究最具代表性。对于《杂体诗三十首》，他认为江淹模拟汉代以来三十家诗体的目的，主要是通过模仿各家的代表作来显示他们各自的特色，对我们理解古代作家的风格特点有一定帮助；且模拟中还融入了江淹个人的人生经历和情感体验，不妨别具一格。其研究成果有《江淹》（《中国历代著名文学家评传》第一卷，山东教育出版社1983年版）、《江淹的拟古诗及其它》（《中国古典文学论丛》第1辑，人民文学出版社1984年版）、《江淹作品写作年代考》（《文艺志》第3辑，1985年）、《论江淹诗歌的几个问题》（《中古文学史论文集》，中华书局1983年版）、《鲍照和江淹》（《中古文学史论文集续编》，中华书局1994年版）。

俞绍初、张亚新二位先生的《江淹集校注》（中州古籍出版社1994年版）比胡注本更加完备细致，用《四部丛刊》影印的明翻宋本以及该本附录的元钞本异文、清梁宾刻本和唐宋类书、总集等相关文献，重新作了校勘，而且对各篇作品的写作时间也作了考订。此校

---

① 参见谢巍《中国历代人物年谱考录》，中华书局1992年版。
② 游国恩等主编：《中国文学史》，人民文学出版社1963年版，第279—280页。
③ 钱锺书：《管锥编》，生活·读书·新知三联书店2008年版，第2198页。

注本比胡注增了十余倍，并纠正胡注及李善注多处谬误，使注文面貌彻底改观。俞绍初先生在吴谱的基础上，又编写了《江淹年谱》，以下简称"俞谱"（《中国古籍研究》第一辑，上海古籍出版社1996年版）。以上几位先生从文献考订以及理论著述方面为后来学者进一步研究江淹奠定了基础。近几年，丁福林《江淹年谱》（凤凰出版传媒集团2007年版）在吴谱和俞谱的基础上，重新做了一些细节上的考订，可称江淹年谱研究的最新成果。

针对《杂体诗三十首》及其《序》的单篇论文研究，有学者提出了一些新的认识。如倪钟鸣《论江淹杂体诗及其序》（《深圳大学学报》1987年第3期）认为：结合诗、序来看，此组诗并不是拟古诗，序是南朝诗论的前奏，诗是诗论和创作的高度统一，是文学史和文学批评史的结合。张亚新《江淹拟古诗别议》（《辽宁大学学报》1991年第2期）、叶幼明《江淹〈杂体诗三十首〉新探》（《中国韵文文学》1996年第1期），则把切入点放在杂体诗的序上，认为该序体现了江淹"通方广恕，好远兼爱"的文学观，目的在于矫正时弊。此类论著的缺点在于，往往人为地割裂了《杂体诗三十首》的诗文和诗序，未能将二者通统观照。还有的学者认为，江淹在拟古诗中有着自己的创新，如胡大雷《论江淹摹拟之作的两大类别》（《首都师范大学学报》2000年第5期），认为江淹摹拟诗作意义在于：面对已经凝固化的前辈诗作，以创新的方式——拟古带来新奇感。此类论证的缺点在于过分强调创新，忽略了与前人的继承关系，而且，在具体论述诗文如何创新上又略显粗略。

近十年来，学者多从积极方面探讨江淹拟古诗的价值和意义。以下按照时间顺序，略述比较重要的论文。

孙津华的《试论江淹〈杂体诗三十首〉及其序对钟嵘的影响》（《平顶山师专学报》2003年第1期），从文学批评的角度探讨江淹拟古诗的意义和价值，认为《杂体诗三十首》及其《序》不仅在文学创作上占有一席之地，而且在文学批评领域中也具有重要的价值和意义。母美春《江淹〈杂体诗三十首〉新论》（《南京师范大学文学院学报》2006 年第 3 期），指出江淹拟作总结汉至刘宋时期五言古诗发展的历史，论述了江淹"通方广恕，好远兼爱"的诗歌史观。这两篇论文主要还是延续前人的研究成果，新意不大。陈恩维《江淹〈杂体诗〉的方法论意义——兼驳〈杂体诗〉"非其本色"说》（《佛山科学技术学院学报》2006 年第 3 期）认为江淹《杂体诗》也是其创作的本色，在开始三十首诗创作之前，他以往作品已经为这三十首做了题材上的必要准备，主要是对刘熙载评价江淹拟古"非其本色"提出自己的见解。程章灿《三十个角色与一个演员——从〈杂体诗三十首〉看江淹的艺术"本色"》（《中山大学学报》2010 年第 1 期），认为江淹在拟古的过程中，从字法、句法、语气、口吻、意象等角度，在三十家诗风的基础之上，表达独一无二的自家本色，十分新颖。但对拟诗的研究，还是集中在拟古诗"似"与"不似"的方面，仍然没有摆脱前人对拟古诗评价的樊篱。葛晓音《江淹"杂拟诗"的辨体观念和诗史意义——兼论两晋南朝五言诗中的"拟古"和"古意"》（《晋阳学刊》2010 年第 4 期），认为《杂体诗三十首》集中反映了晋宋诗歌中逐渐清晰的辨体意识，以精练的形式总结了五言古诗的诗体特征，为其后齐梁五言诗体趋向"近体"提供了参照。张晨《江淹拟诗探论》（《文学评论》2011 年第 1 期），将江淹《效阮公诗十五首》和《杂体诗三十首》作为一个整体，侧重分析其对后代文学（钟嵘、萧统）的影响，未能涉及核心的理论问题。宋展云《〈文选集注〉中江淹杂体诗的研究价值——兼论先唐文本的研究方法》（《上海大学学报》2018 年第 3 期），以《文选集注·江文通杂体诗》为例，其序文及注解、正文的异文、篇题的变化、李善注及各家注本的多维诠解、注本所引亡佚文献等，不仅对于勘定原文、补充文学史料具有意义，而且有利于探寻汉晋诗歌艺术风格及其经典化进程。陈力士《江淹〈杂体诗三十首〉的文体学意义》（《中国诗歌研究》第 16 辑），认为其体制上有内在的规定性，集拟诗、辨体、评体三位一体，于"拟诗辨评体"有"立体"之功。程章灿《杂体、总集与文学史建构——以江淹〈杂体诗三十首〉为中心》（《清华大学学报》2020年第5期），认为从结构特点与命题方式来看，江淹此组诗受到谢灵运《拟邺中集》八首的影响，具有诗学、文学史和文献学的多重创新意义。

研究生学位论文方面，近些年较有代表性的有：中国台湾学者萧合姿《江淹及其作品研究》（硕士文库，台北文津出版社2000年版），这是一部对江淹作品的综合研究著作，关注点主要在江淹的拟古诗和辞赋等方面，涉及领域较为全面，但论述不够深入；曾柏勋《〈杂体诗三十首〉与江淹后集、才尽问题》（台湾南华大学2008年硕士学位论文）。中国大陆的硕士学位论文有梁怀超《江淹及其作品研究》（浙江大学2003年）、张祺乐《江淹诗赋论》（内蒙古大学2005年）、林莎《江淹〈杂体诗三十首〉研究》（四川大学2007年）、屈建波《江淹及其诗歌探微》（首都师范大学2008年）、郭秀萍《济阳考城江氏家族及文学考论：以江淹为中心》（南京师范大学2008年）、肖卓娅《江淹诗歌研究》（贵州师范大学2009年）、喻懿洁《江淹〈杂体诗三十首〉综论——兼述摹拟的价值》（北京大学2010年）、钟易翚《奔竞于乱世政治中的江淹与他的文学创作》（华东师范大学2011年）、赵熙《江淹的拟诗创作极其诗学观念研究——以〈杂体诗三十首〉为中心》（首都师范大学2012年）、段一方《江淹〈杂体诗三十首〉研究》（上海师范大学2014年）。博士学位论文有王大恒《江淹文学创作研究》（东北师范大学2007年）。

总之，这些论文从各个方面分析探讨了江淹及其作品，对于江淹拟古诗的评论，从单纯围绕与原作"似"与"不似"、拟作与创新之间的讨论，到重视诗序，将诗序与文本进行综合观照，到近些年结合文化学、社会学、文献学、文体学等多学科交叉研究方法，学界取得了诸多进展，呈现出多领域、多角度、交叉性的研究特点。但是它们共同的缺陷在于：视野较为狭隘，未能把江淹及其文学创作，放置在六朝文学创作以及文学观念的整体坐标中，去纵横动态地考量其得失，去发现其价值和意义。对江淹的研究还有进一步拓展的空间。

第一章

《杂体诗三十首》的写作背景

江淹《杂体诗三十首》的出现，与当时诗歌发展，特别是当时的诗歌创作实践有着密切关系。六朝文人"刻意为文"、逞才游艺创作的动机，以及由此产生的大量游戏类诗歌，由于传统观念的影响，一直得不到应有的重视。由于文学史上占主流地位的重实用文学观念的束缚，那些较少反映社会生活和民生疾苦的作品一直得不到重视。然而，文学发展的实际情况并非完全如此。历代文人，除却那些有感而发的"不平之鸣"，还创作了大量的游戏、娱乐之作。这类作品本来就是为了"自娱"或者"娱人"的；而娱乐，本来就是文学艺术的本质属性之一。惜乎由于传统观念的制约，这些作品的价值一直被掩盖。本书的写作目的，即全面探究江淹的杂拟诗与当时诗歌发展以及诗学思想的关系，使我们对于这段文学史的认识更加接近当时的实际情况；并且，给这种"为文造文"、"为艺术而艺术"的文学思潮一种更加客观公允的评价，这些都与拟作出现的时代文化背景密切相关。

第一节 魏晋南北朝拟古诗创作风尚

模拟文学是两汉至魏晋南北朝时期重要的文学现象，他们拟《诗经》、拟乐府、拟《古诗十九首》，或者直接模拟前代甚至同时期诗人的作品。胡应麟《诗薮》评曰："建安以还，人好拟古，自《三百》、《十九》、乐府、铙歌,靡不嗣述,几于充栋汗牛。"① 模拟古人进行创作的做法,可以追溯到汉代②。史书中最早明确记载拟作的文人当属扬雄,《汉书·扬雄传》曰:"先是时,蜀有司马相如,作赋甚弘丽温雅,雄心壮之,每作赋,常拟之以为式。又怪屈原文过相如,至不容,作《离骚》,自投江而死,悲其文,读之未尝不流涕也。以为君子得时则大行,不得时则龙蛇。遇不遇,命也,何必湛身哉!乃作书,往往摭《离骚》文而反之,自岷山投诸江流以吊屈原,名曰《反离骚》;又旁《离骚》作重一篇,名曰《广骚》;又旁《惜诵》以下至《怀沙》一卷,名曰《畔牢愁》。"③扬雄"实好古而乐道,其意欲求文章成名于后世,以为经莫大于《易》,故作《太玄》;传莫大于《论语》,作《法言》;史篇莫善于《仓颉》,作《训纂》;箴莫善于《虞箴》,作《州箴》;赋莫深于《离骚》,反而广之;辞莫丽于相如,作四赋:皆斟酌其本,相与放依而驰骋云"④。班固说扬雄模拟,其实情况不一,拟《离骚》作《广骚》等,从形式到内容模拟成分较重(即使《反离骚》,也不过反其意而用之)。拟《虞箴》作《州箴》,仅仅采用了模拟对象的形式(体式)而已,不完全等同于今人所说的模拟。除了扬雄之外,班固、傅毅、张衡等也有一定数量的拟作。汉代文学以辞赋为主流,所以文人的拟作多集中于辞赋方面。班固《离骚序》中提到后人对屈原辞赋的模拟,曰:"其文弘博丽雅,为辞赋宗。后世莫不斟酌其英华,则象其从容。"傅玄《七谟序》亦云:"昔枚乘作《七发》,而属文之士若傅毅、刘广世、崔骃、李尤、桓麟、崔琦、刘梁、桓彬之徒,承其流而作之者纷焉,《七激》《七兴》《七依》《七款》《七说》《七蠲》《七举》《七设》之篇,于是通儒大才马季长、张平子引其源而广之,马作《七厉》,张造《七辨》,或以恢大道而导幽滞,或以点黜瑰奓而托讽咏,扬辉播烈,垂于后世者,凡十有

---

① (明)胡应麟:《诗薮》,中华书局1979年版,第131页。
② 周勋初:《王充与两汉文风》第一节《两汉文风重摹拟》,指出两汉文学重模拟的特点,载《文史探微》,上海古籍出版社1987年版,第1—8页。
③ (汉)班固撰:《汉书》,中华书局2012年版,第3515页。
④ (汉)班固撰:《汉书》,中华书局2012年版,第3583页。

余篇。"① 傅玄以史家的眼光详尽地梳理了汉代众多文人拟作，后代文人对于前代的文学经典，"承其流而作之"，"引其源而广之"。

两汉模拟之风的兴盛对于后代拟诗的兴起奠定了基础，积累了必要的艺术经验。魏晋南北朝拟诗的出现与两汉拟古之风紧密相连，刘永济先生即说："盖子云为文，好与古人争胜，遂开拟古之风。子云既拟《易》作《太玄》，拟《论语》作《法言》，拟《仓颉》作《训纂》，拟《尔雅》作《方言》，拟《虞箴》作《州箴》，拟《离骚》作《反骚》、《广骚》、《畔牢愁》，拟相如赋作《甘泉》、《长杨》、《羽猎》、《河东》四赋，拟《答客难》作《解嘲》，拟《封禅文》作《剧秦新美》。……于是乐府家亦多拟古题，述古事者。魏晋以下，平原兄弟，陆、傅、颜、谢、江、鲍之俦，操翰摛文，莫不拟古。"② "故拟古一体，或曰依，或曰学，或曰代，或曰效。或虽未标明拟代，而实为拟古，或虽不用古题，而实咏古事，大抵不出以上四义"③，拟作标题特征对拟古诗进行了分类，当时许多诗人都有拟古之作，即诗题上加入"拟"、"仿"、"效"、"学"、"代"、"古意"、"赋得"一类，数量众多。根据笔者统计，从魏晋到隋，明确以模拟为目的的诗作共有三百四十七首之多。当时文坛上的许多著名文人，都有涉及。还出现了一些大力写作拟诗并由此得名的诗人，如陆机、鲍照、江淹、张正见等。拟诗成为魏晋南北朝时期一种特殊的文学，反映了诗人与古人一较高低的心态，如《金楼子·说蕃》云："刘休玄（铄）少好学，有文才。尝为《水仙赋》，当时以为不减《洛神》。拟古诗，时人以为陆士衡之流。"④ 模拟是彰显作者的才情的重要手段。在时人的心目中，模拟绝不是因袭剽窃，而是一种高水准的艺术劳动，一般才能稍差的文人不敢尝试。从陆云写给陆机的信，即可体会："古今兄文所未得与校者，亦惟兄所道数都赋耳。其余虽有小胜负，大都自皆为雄耳。……云谓兄作《二京》，

---

① （清）严可均编：《全晋文》，商务印书馆1999年版，第473页。
② 刘永济：《十四朝文学要略》，中华书局2007年版，第120—121页。
③ 刘永济：《十四朝文学要略》，中华书局2007年版，第121页。
④ （南朝梁）萧绎撰，许逸民校笺：《金楼子校笺》，中华书局2011年版，第654页。

必传无疑,久劝兄为耳。"① 作为南朝时期最重要的文学总集——《文选》,对于拟诗有很大关注,《文选》将"杂拟"专列一体,收录拟诗六十三首,包括文人拟徒诗和拟乐府两种,数量位居所有入选题材的第二,足见编选者萧统对这种题材的重视。据逯钦立《先秦汉魏晋南北朝诗》收录的拟古诗,笔者将其整理下来,列表加以说明(表1-1):

表1-1　　　　　　　　魏晋南北朝拟诗一览表

时代	诗人	作品
曹魏	何　晏	《言志诗》(《拟古诗》)
	嵇　康	《代秋胡歌诗》
西晋	傅　玄	《拟四愁诗》《拟马防诗》
	张　华	《拟古诗》
	陆　机	《拟古诗十二首》
	张　载	《拟四愁诗》四首
东晋	谢道韫	《拟嵇中散咏松诗》
	陶渊明	《拟挽歌辞》三首、《拟古诗》九首
刘宋	王叔之	《拟古诗》
	谢灵运	《拟魏太子邺中集诗》八首
	谢惠连	《代古诗》
	袁　淑	《效曹子建白马篇》《效古诗》
	刘　铄	《拟行行重行行》《拟明月何皎皎》《拟孟冬寒气至》《拟青青河边草》《代收泪就长路诗》
	荀　昶	《拟相逢狭路间》《拟青青河边草》
	刘义恭	《拟古诗》《拟陆士衡诗》
	鲍　照	《代蒿里行》《代东门行》《代放歌行》《代陈思王京洛篇》《代门有车马客行》《代棹歌行》《代白头吟》《代东武吟》《代别鹤操》《代出自蓟北门行》《代陆平原君子有所思行》《代悲哉行》《代陈思王白马篇》《代升天行》《代苦热行》《代朗月行》《代堂上歌行》《代结客少年场行》《代少年时至衰老行》《代阳春登荆山行》《代贫贱苦愁行》《代边居行》《代邦街行》《代白纻舞歌词四首》《代白纻曲二首》《代鸣雁行》《拟行路难十八首》《代淮南王二首》《代雉朝飞》《代北风凉行》《代空城雀》《代夜坐吟》《代春日行》《拟古诗八首》《绍古辞七首》《学古诗》《拟青陵上柏诗》《学刘公幹体诗五首》《拟阮公夜中不能寐诗》《学陶彭泽体诗》《拟古诗》
	鲍令晖	《拟青青河畔草》《拟客从远方来》《代葛沙门妻郭小玉作诗二首》《古意赠今人诗》
	王　素	《学阮步兵体诗》

① (西晋)陆云著,刘运好校注:《陆士龙文集校注》,凤凰出版社2010年版,第1082页。

续表

时代	诗人	作品
萧齐	萧长懋	《拟古诗》
	王　融	《古意诗二首》《拟古诗二首》
	许瑶之	《拟自君之出矣》
萧梁	萧　衍	《拟青青河畔草》《拟明月照高楼》《古意诗二首》
	范　云	《古意赠王中书》《效古诗》《拟古五杂组诗》《拟古》《拟古四色诗》
	江　淹	《学魏文帝诗》《效阮公诗十五首》《杂体诗三十首》
	虞　骞	《拟雨诗》
	沈　约	《古意诗》《效古诗》
	范　缜	《拟招隐士》《拟轻薄篇》
	何　逊	《学古赠丘永嘉征还诗》《拟青青河边草转韵体为人作其人识节工歌诗》《学古诗三首》《拟古三首联句》
	吴　均	《拟古四首》《古意诗二首》
	徐　悱	《古意酬到长史溉登琅邪城诗》
	纪少瑜	《拟吴均体应教诗》
	萧　统	《拟古诗》
	何思澄	《拟古诗》
	刘孝绰	《古意送沈宏诗》
	刘孝威	《拟古应教》《赋得曲涧诗》《赋得鸣棘应令诗》《古意杂意诗》《赋得香出衣诗》
	萧　纲	《拟沈隐侯夜夜曲》《拟落日窗中坐诗》《赋得舞鹤诗》《赋得入阶雨诗》《拟古诗》《赋得横吹曲长安道》《赋得嵇叔夜诗》《赋得山诗》《赋得转歌扇诗》《赋得池萍诗》
	褚　澐	《赋得蝉诗》
	萧　绎	《代旧姬有怨诗》《赋得涉江采芙蓉诗》《赋得兰泽多芳草诗》《赋得竹诗》《赋得蒲生我池中诗》《古意诗》《赋得春荻诗》《赋得登山马诗》《古意咏烛诗》
	徐　防	《赋得观涛诗》《赋得蝶依草应令诗》
	徐　朏	《赋得巫山高诗》
	何子朗	《学谢体诗》
	沈　趍	《赋得雾诗》
	王　枢	《古意应萧信武教诗》
	顾　煊	《赋得露诗》
	王　环	《代西封侯美人诗》

续表

时代	诗人	作品
北齐	颜之推	《古意诗二首》
北周	庾 信	《拟咏怀诗二十七首》《赋得鸾鸟台诗》《赋得集池雁诗》
陈	沈 炯	《赋得边马有归心诗》
	周弘正	《学中早起听讲诗》
	周弘让	《赋得长笛吐清气诗》
	周弘直	《赋得荆轲诗》
	张正见	《赋得韩信诗》《赋得落落穷巷士诗》《赋得日中市朝满诗》《赋得题新云诗》《赋得白云临酒诗》《赋得雪映夜舟诗》《赋得山卦名诗》《初春赋得池应教诗》《赋得垂柳映斜谿诗》《赋得岸花临水发诗》《赋得风生翠竹里应教诗》《赋得山中翠竹诗》《赋得梅林轻雨应教诗》《赋新题得兰生野径诗》《赋得威凤栖梧诗》《赋得鱼跃水花生诗》《赋得新题得寒树晚蝉疏诗》《赋得秋蝉喝柳应衡阳王教诗》《赋得佳期竟不归诗》《赋得阶前嫩竹》
	陈 暄	《赋得司马相如诗》
	刘 删	《赋得苏武诗》《赋松上轻萝诗》《赋得马诗》《赋得独鹤凌云去诗》
	萧 诠	《赋得往往孤山映诗》《赋得夜猿啼诗》《赋得婀娜当轩织诗》
	李 爽	《赋得芳树诗》
	何 胥	《赋得待诏金马门诗》
	阳 缙	《赋得荆轲诗》
	蔡 凝	《赋得处处春云生诗》
	阮 卓	《赋得咏风诗》《赋得莲下游鱼诗》
	江 总	《赋得一日成三赋应令诗》《赋得空闺怨诗》《赋得谒帝承明庐诗》《赋得携手上河梁应诏诗》《赋得汎汎水中凫诗》《赋得三五明月满诗》《赋咏得琴诗》《侍宴赋得起坐弹鸣琴诗》
	伏知道	《赋得招隐》
	徐 湛	《赋得班去赵姬升诗》
	孔 范	《赋得白云报幽石诗》
隋	卢思道	《赋得珠帘诗》
	姚 察	《赋得笛诗》
	虞世基	《赋昆明池一物得织女石诗》《赋得石诗》《赋得戏燕俱宿诗》
	孔德绍	《赋得涉江采芙蓉诗》《赋得华亭鹤诗》
	弘执恭	《赋得方塘含白水诗》《赋得镜诗》
	王由礼	《赋得马援诗》《赋得岩穴无结构诗》《赋得高柳鸣蝉诗》
	胡师耽	《登终南山拟古诗》

在讨论拟诗前，首先对"拟诗"做一下界定。所谓拟诗，一般依据原作者的诗歌作品及其诗歌的总体风格进行仿拟，多传习其语言技巧和情思内涵，并且尽可能地毕肖原作。确定什么是模拟，一是要考虑存在一个供模拟的范本，二是模拟是一个求得与原作在某些方面相似的过程。魏晋南北朝时期的拟诗，主要有以下两种。

第一种，直接在诗歌题目上冠以"拟"、"绍"、"效"、"学"、"代"、"古意"、"赋得"一类，这种写法，我们姑且称为"明确的模拟"。"拟"，许慎《说文解字》曰："拟，度也。"段玉裁注曰："今所谓揣度也。"[1] "拟"有揣摩、揣度之意。《汉书·扬雄传》曰："先是时，蜀有司马相如，作赋甚弘丽温雅，雄心壮之，每作赋，常拟之以为式。"颜师古注曰："拟，谓比象也。"也就是"拟"首先以外在形貌的相似为依据。"绍"，《说文》云："绍，继也。""绍"有继承前人之意。"效"，《说文》云："效，象也。"段注云："象，当作像，似也。"[2] 梁顾野王《玉篇》云："效，法效也。"因此，"效"即效仿之意。"学"，《广雅·释诂三》云："学，效也。""学"亦即仿效之意。《文选钞》曰："效古，效古诗之体作也。"[3] "代"，《说文》云："代，更也。"《方言》注曰："凡以异语相易，谓之'代'也。"[4] 可见"代"有替代之意，沈德潜《古诗源》曰："代，犹拟也。"[5] "代"也可引申出模拟之意。"古意"，《文选》吕向注曰："古意，谓象古诗之意也。"[6] 日僧遍照金刚《文镜秘府论·南卷·论文意》曰："古意者，非若其古意，

---

[1] （汉）许慎撰，（清）段玉裁注：《说文解字注》，浙江古籍出版社2012年版，第604页。

[2] （汉）许慎撰，（清）段玉裁注：《说文解字注》，浙江古籍出版社2012年版，第123页。

[3] 刘跃进著，徐华校：《文选旧注辑存》，凤凰出版社2017年版，第5974页。

[4] （汉）许慎撰，（清）段玉裁注：《说文解字注》，浙江古籍出版社2012年版，第375页。

[5] （清）沈德潜选：《古诗源》，中华书局2011年版，第211页。

[6] （南朝梁）萧统编，（唐）李善、吕延济、刘良、张铣、吕向、李周翰注：《六臣注文选》，中华书局2012年版，第488页。

当何有今意？言其效古人意，斯盖未当拟古。"①"古意"虽然也有作古之意，但与严格意义上的拟古尚不能画等号，属于宽泛意义上的模拟。"赋得"是齐梁时期出现的一种特殊的拟作方法，其中有许多选取汉末古诗中的特定场景或事件片段加以赋咏，如《赋得涉江采芙蓉诗》《赋得兰泽多芳草诗》等；也有以前代诗人的名句加以赋咏的，如《赋得日中市朝满诗》等。这些直接在诗歌题目中冠以"拟"、"绍"、"效"、"学"、"代"、"古意"、"赋得"一类，广义上都可以称为拟诗。

细分一下，也有一些差别，除了上文已经点明的"古意"一类以外，"代"也是比较特殊的一种，中国台湾学者梅家玲针对"代言"一类即说："不论是拟作，抑是代言，都必须根据一既有文本去发挥表现；此文本不仅是书写的形态出现的特定原作，也包括一切相关的人文及自然现象。所不同者，仅在于拟作必须以一定的文学范式为准，代言于此则阙如。但后世论文者在讨论拟代诸作的相关问题时，往往将其一概而论，并未考虑到拟作、代言诸体质性的差异，以及其间纠结错综关系，至以对其多持以否定态度。事实上，由于所依据之文本性质的差异，拟作、代言原自有分际，但在某些情况下，却又以合一的姿态出现，考诸汉魏以来的拟代之作，'纯拟作''纯代言''兼具拟作、代言双重性质'，正是其三种最基本的作品类型，以此三类为宗，复有若干交糅错综之变化。"② 对于"代言"一类辨析甚明。还有如何逊《聊作百一体诗》（拟应璩）、纪少瑜《拟吴均体应教诗》（拟吴均）、萧纲《戏作谢惠连体十三韵》（拟谢惠连），也属于模拟目的明确之作。

第二种，诗歌题目中没有明确显示其模拟的目的，但在诗序中显示了作者的意图，如江总《游摄山栖霞寺诗·序》云："祯明元年太岁丁未四月十九日癸亥，入摄山展慧布法师，忆《谢灵运集》。还故山，入

---

① ［日］遍照金刚撰，卢盛江校考：《文镜秘府论汇校汇考》，中华书局2006年版，第1350页。

② 梅家玲：《汉魏六朝文学新论：拟代与赠答篇》，北京大学出版社2004年版，第50页。

石壁中,寻昙隆道人有诗一首十一韵。今此拙作,仍学康乐之体。"①又如江淹《杂体诗三十首》以汉代到刘宋三十位诗人为对象,其序曰:"今作三十首诗,效其文体……"② 其为拟作毋庸置疑。

因为任何作品总是在继承前代的文学遗产的基础之上,都是其他文本某种程度的吸收、转化。模拟是有意效仿他人作品的创作行为,模拟痕迹大多较为明显;而文学继承是前人对后人的影响,是文化积淀的一种表现。后人借鉴前人作品中的词语、引用个别句子、套用或化用句式等都只能算是一种知识的积累与运用,我们则将其排除在拟作的范围之外。

下面着重对拟诗与其他相关的概念作一下区别。

拟古与复古:拟古与复古的出现都直接来源于古人尚古的精神和心理。尚古、法古是中国古代诗歌史上自始至终的传统观念。文人学习古人的经典篇章,自己法古,自然后辈文人也会法自己。立言以不朽的观念出于人们的崇古心理,效法古人意在效其精神,学其方法,继承其传统,终成一家。但是复古主要体现在精神方面,是以对当前文风的不满为现实根据,比如唐代古文运动的倡导者韩愈、柳宗元为了反对六朝浮靡文风,鲜明地打出了文学复古的大旗,提倡先秦两汉的散文。复古是为了从过去的文学中寻找一种理想的文风,将其奉为典范,借以扭转他们深为不满的时风。复古与拟古有一定的联系:拟古中蕴含着复古的思想倾向,复古思想反映在具体创作时,有时会以模拟先代的作品为依据,以达到重树经典、权威的目的。区别在于拟古主要体现在具体的技艺学习层面,是古人学习、入门之法,判断是否为拟作的重要依据即为拟作与原作的一致性和相似性,复古则不追求这种相似性。

拟作与剽窃抄袭:明王世贞认为"剽窃模拟,诗之大病"③。王遥先生《中古文学史论》中有《作伪与拟古》一文,指出魏晋间文

---

① 逯钦立辑校:《先秦汉魏晋南北朝诗》,中华书局2008年版,第2584页。
② (明)胡之骥注,李长路、赵威点校:《江文通集汇注》,中华书局2006年版,第136页。
③ (明)王世贞著,罗仲鼎校注:《艺苑卮言校注》,齐鲁书社1992年版,第216页。

人拟作与明代文人剽窃抄袭绝非一事。剽窃抄袭的主要目的是欺世盗名，达到某种不可告人的目的。他们盗用他人的作品窃为己作，是害怕别人知晓的。拟作则不然，拟作发生的前提大部分是作家或原作品的存在，拟作是不怕别人知道的，皮日休《九讽系述序》说："在昔屈平既放，作《离骚经》。正诡俗而为《九歌》，辨穷愁而为《九章》。是后辞人，摭而为之。皆所以嗜其丽辞，掸其逸藻者也。至若宋玉之《九辩》，王褒之《九怀》，刘向之《九叹》，王逸之《九思》，其为清怨素艳，幽快古秀，皆得芝兰之芬芳，莺凤之毛羽。……大凡有文人，不择难易，皆出于毫端者，乃大作者也。……故复嗣数贤之作，以九为数，命之曰《九讽》焉。呜呼！百世之下，后有修《离骚章句》者乎？则吾之文未过不为《广骚》、《悼骚》也。"[1] 后代对离骚的仿拟都毫不隐讳地承认，是不需要掩盖的。经常剽窃抄袭的结果是作者丧失自我，水平倒退，遂不能终成一家。明代前后"七子"提倡"文必秦汉，诗必盛唐"，以模拟学习为由，其末流实则有相当大的成分为剽窃抄袭，故龙榆生评曰："明诗专尚摹拟，鲜能自立"，"竟相剽窃，丧失自我"[2]。拟作则不然，"是一种重要的学习属文的方法，正如我们现在的临帖学书一样。前人的诗文是标准的范本，要用心地揣摩、模仿，以求得神似"[3]。可知模拟是古人学习入门之法，模拟还可以衡量自己与前人成功作品的轻重，蕴含着与前人一较长短的创作心态。《诗人玉屑》"摹拟"条载："用古句摹拟，词人类如此。但有胜与否耳。"[4] 模拟即争胜的一种体现。

模拟与创新：据《世说新语·文学》篇载："庾仲初作《扬都赋》成，以呈庾亮。亮以亲族之怀，大为其名价，云：'可三《二京》、四《三都》。'于此人人竞写，都下纸为之贵。谢太傅云：'不

---

[1] （清）董诰等编：《全唐文》卷七百九十八，上海古籍出版社1990年版。
[2] 龙榆生：《中国韵文史》，上海古籍出版社2010年版，第56—57页。
[3] 王瑶：《中古文学史论》，北京大学出版社1998年版，第216页。
[4] （宋）魏庆之著，王仲闻点校：《诗人玉屑》，中华书局2011年版，第258页。

得尔，此是屋下架屋耳，事事拟学，而不免俭狭。'"① 一语点出模拟时常被讥为"邯郸学步"、"屋下架屋"之作，所以后来文人对于拟作一味从形式上模拟古人，了无新意，丧失作者性情提出了尖锐的批评，如顾炎武《日知录》卷十九"文人摹仿之病"云："近代文章之病，全在摹仿。即使逼肖古人，已非极诣，况遗其神理而得其皮毛者乎？"② 陈仅《竹林答问》说："诗者，性情也。性情可拟乎？古人但借其题而不拟其体，自谢康乐、江文通拟古之体兴，而诗道衰矣。"③

那么，模拟和创新之间，是否有绝对的界限和不可逾越的鸿沟呢？答案是否定的。朱光潜在《谈美》中说："姑且拿写字做例来说。小儿学写字，最初是描红，其次是写印本，再其次是临帖，这些都是借旁人所写的字做榜样，逐渐养成手腕筋肉的习惯……推广一点说，一切艺术上的模仿都可以作如是观。……诗和其它艺术一样，需从模仿入手，所以不能不拟人，不拟则失其所以为诗；但是它必须归于创造。所以又不能全似古人，全似古人则失其所以为我。创造不能无模仿，但是，只有模仿也不能算是创造。"④ 可见模拟乃古人用功之法，是入门途径，而非最后归宿。模拟中当然也蕴含着创造，王闿运说："文有时代而无家数……诗则有家数，易摹拟，其难亦在于变化，于全篇摹拟中能自运一两句，久之可一两联，久之可一两行，则自成家数矣。"⑤ 高明的模拟并不亚于创造，而错误的模拟方法则会适得其反，朱熹曾说："向来初见拟古诗，将谓只是学古人之诗。元来却是如古人说'灼灼园中花'，自家也做一句如此；'迟迟涧底松'，自家也做一句如此；'磊磊涧中石'，自家也做一句如此；'人生天地间'，自家也做一句如此。意思语脉，皆要似他底，只换却字。某后来依如此做得二三十首

---

① 徐震堮：《世说新语校笺》，中华书局2009年版，第141页。
② （清）顾炎武著，（清）黄汝成集释，栾保群、吕宗力校点：《日知录集释》，上海古籍出版社2007年版，第1097页。
③ （清）陈仅：《竹林答问》，载郭绍虞编选，富寿荪校点《清诗话续编》，上海古籍出版社2016年版，第2104—2105页。
④ 朱光潜：《谈美》，中华书局2010年版，第79—83页。
⑤ （清）王闿运：《湘绮楼文集》，岳麓书社2008年版，第860页。

诗，便觉得长进。盖意思句语血脉势向，皆效它底。大率古人文章皆是行正路，后来杜撰底皆是行狭隘邪路去了。"①

反观六朝时期的许多诗人，他们在学习和模拟过程中，往往带有创新的意识，形成个人的风格。尤其是一流诗人之拟作，绝不是单纯的因袭和照搬照抄。刘勰《文心雕龙·杂文》："自连珠以下，拟者间出。杜笃、贾逵之曹，刘珍、潘勖之辈，欲穿明珠，多贯鱼目。可谓寿陵匍匐，非复邯郸之步，里丑捧心，不关西施之颦矣。唯士衡运思，理新文敏，而裁章置句，广于旧篇……"② 认为陆机的模拟之作因为独特的构思和剪裁称为同类拟作中的佼佼者。清顾炎武认为："诗文之所以代变，有不得不变者。一代之文，沿袭已久，不容人人皆道此语。今且千数百年矣，而犹取古人之陈言，一一而摹仿之，以是为诗，可乎？故不似则失其所以为诗，似则失其所以为我。李杜之诗，所以独高于唐人者，以其未尝不似，而未尝似也。知此者可与言诗也已矣。"③ 从这个意义上讲，为了避免单调重复而创造变体，"拟"就是创造变体的过程，清何焯评谢灵运的拟诗："不在貌似也，拟古变体。"④ 另外，从创作到完成，拟代作者的心中，一直不断进行着无数复杂的互动和转化，而在连串的辩证性交融中，每一刻体验的瞬间，都因有现实经验的及时融入与捡择，具有一定的真实性和创造性，并以此成就、丰富了自我生命的体验。

第二节 南朝文人的逞才游艺心态

南朝（420—589）是一个朝代不断更替的时代，短短一百多年间经历了宋（420—479）、齐（479—502）、梁（502—557）、陈

---

① （宋）朱熹撰，（宋）黎靖德编：《朱子语类》，中华书局1986年版，第3301页。
② （南朝梁）刘勰著，范文澜注：《文心雕龙注》，人民文学出版社2008年版，第256页。
③ （清）顾炎武著，（清）黄汝成集释，栾保群、吕宗力校点：《日知录集释》卷二十一，上海古籍出版社2007年版，第674页。
④ （清）何焯著，崔高维点校：《义门读书记》，中华书局1987年版，第936页。

(557—589)四个王朝,且君主更迭更加频繁,由于骨肉相残,立国仅五十九年的刘宋王朝,一共有八位君主,几乎每一次皇位更替,都伴随着废立之事和血腥的杀戮。南朝疆土极盛时北至潼关、黄河一带,西至四川大雪山,西南包括云南,南至越南中部横山、林邑一带。但政权的变化并没有造成大的社会动乱,均以建康(今江苏南京)为都,一直与鲜卑族建立的北魏、东魏、西魏、北齐、北周等北朝政权对峙。3世纪前后,"长江流域及其支流地区的商业活动蓬勃发展了起来"①。江南经济的迅速发展带来了城市的繁荣:

  荆城跨南楚之富,扬部有全吴之沃,鱼盐杞梓之利,充牣八方;丝绵布帛之饶,覆衣天下。②

  永明之世十许年中,百姓无鸡鸣犬吠之警,都邑之盛,士女富逸,歌声舞节,袨服华妆,桃花绿水之间,秋月春风之下,盖以百数。③

  士人们生活在这明山秀水、繁华胜景之中,他们的精力大多放在流连光景、适性自得、娱乐消遣上。南朝上承魏晋,此时期文人的思想、生活作风深受玄学的影响。文人在日常生活中耽游山水、热心谈玄、饮酒服药,都带着浓厚的逍遥浮世、游戏人生的意味。南朝作为一个思想开放的时期,为文学娱情的发展提供了较为宽松的社会思想环境。例如,南朝人的娱乐生活十分丰富,比如弹琴、舞蹈、射箭、博弈、围棋、投壶、弹棋、斗鸡等,都为时人所爱。颜之推曾说:"围棋有手谈、坐隐之目,颇为雅戏……""弹棋亦近世雅戏,消愁释愤,时可为之。"④ 这

---

  ① [美]何肯:《在汉帝国的阴影下——南朝初期的士人思想和社会》,卢康华译,中西书局2018年版,第256页。
  ② (南朝梁)沈约:《宋书·沈云庆传》,中华书局2008年版,第1540页。
  ③ (南朝梁)萧子显:《南齐书·良政序传》,中华书局2007年版,第913页。
  ④ 王利器撰:《颜氏家训集解》,上海古籍出版社1982年版,第528、530页。

些可以称得上"雅戏"的娱乐活动,在南朝受到拥有良好物质基础的高门大族的喜爱,并且成为整个社会的普遍风气。"这样的生活环境,当然不是重功利的文学的土壤,而是娱乐文学的温床。"①

娱情悦性式的文学观念早在先秦已经出现,这种观念虽然不占主流地位,却不绝如缕。汉代帝王立乐府、倡辞赋,大大促进了娱乐型文学的发展。东汉时期,追求娱乐、喜爱新声的风气在文人中越来越普遍。到了建安时期,以娱乐为目的文学接受进一步与崇尚自然通脱的社会思潮结合起来,曹丕《又与吴质书》曾言:"每至觞酌流行,丝竹并奏,酒酣耳热,仰而赋诗。"诗写于游乐宴会之中,目的是游乐助兴,《文心雕龙·时序》也说:"傲雅觞豆之前,雍容衽席之上,洒笔以成酣歌,和墨以藉谈笑。"② 写诗是为了有助于谈笑。他们的心态和审美观念发生了变化,反映在文学创作上,描写下层百姓生活和民生疾苦的作品减少了,文学的政治文化属性在某种程度上隐退,也很少表达个人内心怨愤和社会不公,更不用说挥师北伐、收复中原的豪言壮志。刘永济先生曾说:"南都佳丽,山水娱人,避世情深,则匡时意少。"③ 南朝士人在政治上多无所作为,少有经济之策和治平思想。他们的注意力,不仅表现在对传统"诗言志"观念的大胆违背,而且沿着魏晋出现的"缘情"的观念走得更远。他们对前人视为"雕虫篆刻"、"壮夫不为"的文学艺术十分投入,并把它看作人生的一大乐趣。如果说陆机"诗缘情而绮靡"还指的是自我情感、怀抱的抒发,那么此时期他们的诗文中不可避免地带上了"矫情"的色彩。刘勰针对这种不良的文风,曾经批评道:"昔诗人什篇,为情而造文;辞人赋颂,为文而造情。何以明其然?盖《风》《雅》之兴,志思蓄愤,而吟咏情性,以讽其上,此为情而造文也;诸子之

---

① 罗宗强:《魏晋南北朝文学思想史》,中华书局2002年版,第302页。
② (南朝梁)刘勰著,范文澜注:《文心雕龙注》,人民文学出版社2008年版,第673页。
③ 刘永济:《十四朝文学要略》,中华书局2007年版,第175页。

徒，心非郁陶，苟驰夸饰，鬻声钓世，此为文而造情也。"① 就连作为太子的萧统编撰《文选》的标准也定为"综缉辞采"、"错比文华"，将各种文体的优秀作品"并为入耳之娱"，"俱为悦目之玩"②，即选录的作品要合乎人的审美和娱情需求。

在南朝人看来，读书、作文的目的，绝非简单地谋求仕进，也不仅是抒发一己之抱负，显然还带有"自娱"、"娱人"的色彩。这在齐梁文人那里，表现在文学与国事的关系越来越疏远。《南史·刘系宗传》载齐武帝萧颐曾说："学士辈不堪经国，唯大读书耳。经国，一刘系宗足矣！沈约、王融数百人，于事何用？"③ 梁元帝萧绎《答刘缩求述制旨义书》曾云："学山学海，未臻其极；为龙为光，或从王事。所赖昔经陕服，颇足良书，凭几据梧，静供游目。枕中之记，即用为枕；帷首之帙，仍可为帷。对此自娱，敬而待命。叩而必应，已谢悬钟；汲而无竭，复乖井养。"④ 梁武陵王萧纪出镇江州，曾说："'我得江革，文华清丽，岂能一日忘之，当与其同饱。'乃表革同行。……除光禄大夫、领步兵校尉、南、北兖二州大中正，优游闲放，以文酒自娱。"⑤ 江淹《自序》也说："放浪之际，颇著文章自娱。"

同时，文人交游、宴集的现象也很普遍，消遣娱乐的文学观念在诗歌创作之中体现为写诗成为一种竞技才艺的工具。竞隶事、比博学、重音韵，相互唱和成为风气。如：

> 竟陵王子良开西邸，招文学，高祖与沈约、谢朓、王融、萧琛、范云、任昉、陆倕等并游焉，号曰八友。⑥

---

① （南朝梁）刘勰著，范文澜注：《文心雕龙注·情采》，人民文学出版社2008年版，第538页。
② （南朝梁）萧统：《文选序》，（南朝梁）萧统编，（唐）李善注《文选》，上海古籍出版社2010年版，第2—3页。
③ （唐）李延寿：《南史》，中华书局1975年版，第1927页。
④ （清）严可均：《全梁文》，商务印书馆1999年版，第183页。
⑤ （唐）姚思廉：《梁书》，中华书局2006年版，第525页。
⑥ （唐）姚思廉：《梁书·武帝纪》，中华书局2006年版，第2页。

> 近世有乐安任昉，海内髦杰，早绾银黄，夙昭民誉。遒文丽藻，方驾曹王；英跱俊迈，联横许郭。类田文之爱客，同郑庄之好贤。见一善则盱衡扼腕，遇一才则扬眉抵掌。雌黄出其唇吻，朱紫由其月旦。于是冠盖辐凑，衣裳云合，辎軿击毂，坐客恒满。蹈其閫阈，若升闕里之堂；入其陬隅，谓登龙门之阪。（刘孝标《广绝交论》）①

> 于时济阳江总、吴国顾野王、陆琼、从弟瑜、河南褚玠、北地傅縡等，皆以才学之美，晨夕娱侍。②

这种逞才游艺、张扬才性的时代风气，刘师培认为"实由在上者提倡"。所谓"文变染乎世情，兴废系乎时序"，在帝王、世家大族的提倡之下，就连身份地位低微、文化水平不高的武人也不免俗，他们中很多人的后人，迥异于先人，呈现出"以文学相尚"、"张扬才性"的倾向。例如到洽，他是到彦之的曾孙，到家在刘宋时期是一个典型的武人世家，可是其子孙却以鲜明的文人姿态出现在南朝的文坛上："昭明太子爱文学士，常与筠及刘孝绰、陆倕、到洽、殷芸等游宴玄圃……"③；"时昭明太子好士爱文，孝绰与陈郡殷芸、吴郡陆倕、琅邪王筠、彭城到洽等，同见宾礼"④。又如《南史·王俭传》载：萧道成与群臣宴集华林，"使各效技艺，褚彦回弹琵琶、王僧虔、柳世隆弹琴、沈文季歌《子夜来》，张敬儿舞"⑤。张敬儿，字狗儿，以军功起家后依附萧道成，文化水平较低。群臣赋诗原本只是上流社会的一种风雅行为，而中下层武人能参与此类活动，让文学从政教的严肃功用进入普通人的寻常生活之中，与饮酒、歌舞、博弈等活动一

---

① （南朝梁）萧统编，（唐）李善注：《文选》，上海古籍出版社2010年版，第2377页。
② （唐）姚思廉：《陈书·姚察传》，中华书局2007年版，第349页。
③ （唐）姚思廉：《梁书·刘孝绰传》，中华书局2006年版，第485页。
④ （唐）姚思廉：《梁书·王筠传》，中华书局2006年版，第486页。
⑤ （唐）李延寿：《南史》，中华书局2008年版，第593页。

样成了日常社会生活的余兴节目。"他们把人生的乐趣投入到前人视为雕虫小技的文学艺术上来,以至形成了一种竞隶事、比博学、重视语音声韵之美,相互唱和,切磋诗之技艺的世风。"① 齐梁时期文人聚会多以写诗为娱,或同题或分咏,或酬酢或联句,写诗的目的发生了很大变化,主要不是用来表达思想情感,而是表现为竞技才艺,比拼文思敏捷、文句漂亮,并以此为乐。比如:

(齐高帝建元元年九月戊申)车驾幸宣武堂宴会,诏诸王公以下赋诗。②

二年三月己亥,车驾幸乐游苑宴会,王公以下赋诗。③

(王)俭在尚书省,出巾箱几案杂服饰,令学士隶事,事多者与之,人人各得一两物。(陆)澄后来,更出诸人所不知事复各数条,并夺物将去。④

永明末,京邑人士盛为文章谈义,皆凑竟陵王西邸。(刘)绘为后进领袖,机悟多能。时张融、周颙并有言工,融音旨缓韵,颙辞致绮捷,绘之言吐,又顿挫有风气。⑤

这种风气发展到极致,就是出现了许多游戏文学之作。如《艺文类聚》卷五十六《杂文部二·诗》收录了大量"杂体诗",分列联句诗、离合诗、回文诗、建除诗、六甲诗、十二属诗、六府诗、两头纤纤诗、藁砧诗、五杂组诗、四气诗、四色诗、字谜诗、道里名诗、数

---

① 詹福瑞:《南朝诗歌思潮》,河北大学出版社2005年版,第92页。
② (南朝梁)萧子显:《南齐书·高帝纪》,中华书局2007年版,第35页。
③ (南朝梁)萧子显:《南齐书·高帝纪》,中华书局2007年版,第36页。
④ (南朝梁)萧子显:《南齐书·陆澄传》,中华书局2007年版,第685页。
⑤ (南朝梁)萧子显:《南齐书·刘绘传》,中华书局2007年版,第841页。

名诗、郡县名诗、县名诗、州名诗、卦名诗、药名诗、姓名诗、相名诗、鸟名诗、兽名诗、歌曲名诗、龟兆名诗、针穴名诗、将军名诗、宫殿名诗、屋名诗、车名诗、船名诗、树名诗、草名诗、八音诗、口字咏三十六类。据统计，沈约和范云不过三首左右咏名诗。而到了梁代，萧绎就有了十六首，成为写咏名诗最为突出的诗人，分别是《宫殿名诗》《县名诗》《姓名诗》《将军名诗》《屋名诗》《车名诗》《船名诗》《歌曲名诗》《药名诗》《针穴名诗》《龟兆名诗》《兽名诗》《鸟名诗》《树名诗》《草名诗》《相名诗》。鲍照有两首联句诗，分别为《与谢尚书三连句》《在荆州与张使君李居士联句》，《数名诗》《建除诗》各一首，《字谜》诗三首。先秦隐语的精神内核加上汉代离合的形式手法，再加上魏晋"嘲隐"的目的，终于在魏晋南北朝诞生了名副其实的字谜，真正使文学成为谜作的外壳。王融、简文帝萧纲、梁邵陵王萧纶、庾信等作回文诗，回文口诀效应源于博戏规则，这种游戏的顺逆暗含古人对于天地宇宙运动观念的神秘认识，在当时已摆脱单纯图式化文字的方式，而走向了纯粹的娱乐性创作。更典型如《艺文类聚》收梁武帝《砚铭》八个字："心、图、墨、假、者、模、德、写"，无论从哪个方向读起，或从哪个字读起，四字一句，大体意思均可通，而且大都谐韵。隋初李谔总结南朝文风，认为"魏之三祖，更尚文词，忽君人之大道，好雕虫之小艺。下之从上，有同影响，竞骋文华，遂成风俗。江左齐、梁，其弊弥甚，贵贱贤愚，唯务吟咏。遂复遗理存异，寻虚逐微，竞一韵之奇，争一字之巧。连篇累牍，不出月露之形；积案盈箱，唯是风云之状。世俗以此相高，朝廷据兹擢士。禄利之路既开，爱尚之情愈笃"[①]。当时流行的文学观念重视艺术技巧，求新求异，士人不得不在此方面格外用心。

从文体上说，"约略言之，这个时期逞才游艺的诗歌，主要在以下四类之中：（一）杂体诗；（二）游宴诗；（三）拟代诗；（四）宫体诗。当然，这四类诗歌逞才游艺之表现有所不同：一般地说，杂体

[①] （唐）魏征：《隋书》，中华书局1973年版，第1544页。

诗、游宴诗和宫体诗，逞竞才学、游戏文字的特征比较明显；而拟代诗则往往逞才游艺与言情述志兼而有之"①。诚然，文人拟作，有时体现为为"拟"而"拟"，有时候体现为以"拟"之名抒发自我之怀抱，"拟作有时追求酷肖，承多于变，例如署名枚乘的《杂诗》之于陆机、刘铄、鲍令晖等人的拟作，又如江淹《古体》四首对汉末古诗、班婕妤《咏扇》、张华《情诗》、汤惠休《怨别诗》的模拟；有的则徒有'拟'名，实则自出机杼，如陶渊明《拟古》，鲍照《拟乐府白头吟》等"②。前者充分体现了这时期拟古诗的游戏性质。比如王融《拟古五杂俎诗》、范云《拟古四色诗》、何逊《拟古联句》等，均没有真情实感，只是包含着一种拟古游戏的意味。又如江淹《杂三言五首·序》说："予上国不才，黜为中山长史，待罪三载，究识烟霞之状。既对道书，官又无职，笔墨之势，聊为后文。"③鲜明地体现了文学娱乐化的追求。《杂体诗三十首·序》中说："今作三十首诗，学其文体，虽不足品藻渊流，庶亦无乖商榷云尔。"不难见出其学习前人文体，并与之切磋诗艺的写作目的。"这些摹拟之作中的情感抒发，只能视作是摹拟者代前辈诗人立言。一般来说，不具有诗人的自主性。如果说这些摹拟之作中可以看到摹拟者自我情感的影子，那也只能是个别而已，因为摹拟者基本上不可能实现其自身经历与这三十名著名诗人都相同或相似。因此，他也基本上做不到其自我情感完整或完全投射到所摹拟的三十名前辈诗人身上以抒发出来。"④也许江淹早年贫苦困顿的生活，会在这三十首诗的创作过程中有过某些情感的映射，但是不能否认的是，在他官至高位、闲逸自适的情况下，模拟他人的诗歌也许更能够体现一种"娱情"、"逞才"、"切磋"的创作目的。人们观念的根本性改变，使诗文从政教附属的角色中解

---

① 张峰屹：《逞才游艺与魏晋南朝诗歌及诗学》，《文学评论》2011年第5期。
② 张蕾：《玉台新咏论稿》，人民出版社2007年版，第36页。
③ （明）胡之骥注，李长路、赵威点校：《江文通集汇注》，中华书局2006年版，第177页。
④ 胡大雷：《论江淹摹拟之作的两大类别》，《首都师范大学学报》2000年第5期。

脱出来。世人不再赋予文学创作以思想政治寄托，而是将其当作日常生活的一种消遣方式，通过写作获得愉悦①。

第三节　江淹的思想心态

要具体了解《杂体诗三十首》及其"序"的文学思想，不能不涉及作者江淹的思想心态。不仅表现出其个人的独特性，也是南朝士人普遍思想心态的缩影。"从士人心态的发展来说，每一个历史阶段，士人的心态都有一种总的大体一致的趋向。尽管从各个人的具体考察中可以发现他们的心态千差万别，但是在一些重要的问题上，例如价值取向、生活情趣等方面，却总是有一种与时代环境相称的发展趋向。"② 在一个历史时期内，士人们对于某一种文学现象和文学思潮可能会有大致相同或者相似的看法；而历史上某些文学思潮的产生和发展，又与当时的士人心态息息相关。

南朝时期基本上完成了儒、释、道在思想上初步融合的过程。作为此阶段的文人，江淹的作品明显体现了儒、释、道三者的融合，而且这种融合具有比较自觉的意识。其《杂三言五首》，"三言"是指儒、释、道三家。第一首《构象台》言的是佛；第二首《访道经》论的是道；第三首《镜论语》赞的是儒。可见体现出其思想的融汇兼容的特点。

一　儒、释、道合一的思想倾向

江淹一生历仕宋、齐、梁三代，早年屡经挫折和坎坷，中年丧妻、子，好友离世、晚年丧女。遭遇人生挫折时，时常有归隐之念。出仕初期，其《从征虏始安王道中》"仰愿光威远，岁晏返柴荆"，

---

① 裴子野《雕虫论》是针对娱情文学创作发表的一篇檄文。他站在儒家诗教立场上，对过分追求游戏娱乐式的尚文之风进行了猛烈的抨击。然而此种思想在当时收效甚微，不占主流。

② 罗宗强：《玄学与魏晋士人心态》，天津教育出版社2006年版，第283页。

《从冠军建平王登庐山香炉峰》"方学松柏隐，羞逐市井名"。时年三十岁左右，他曾在《与交友论隐书》（473—474）中说："望在五亩之宅，半顷之田。鸟赴檐上，水匝阶下；则请从此隐，长谢故人。"梁天监元年（502），封临沮县开国伯，食邑四百户之后，《梁书》本传中记载，他又称："吾本素臣，不求富贵，今之忝窃，遂至于此。平生言止足之事，亦以备矣。人生行乐耳，须富贵何时。吾功名既立，正欲归身草莱耳。"① 终其一生，他都对功名保持着汲汲之心，在人生低谷之时韬光养晦、积蓄力量，在宦海沉浮中终于找到了一条属于自己的政治和人生道路。他从一介孤贫之子到金紫光禄大夫，封醴陵伯，其政治生涯不可不谓成功。这首先归因于江淹思想中深厚的儒家思想的影响。

南朝时期政权更迭频繁，但局势基本稳定，重儒贵学倾向重新抬头，官学开始复兴，刘宋时期立"四学"，儒学就被置于首位。元嘉十五年（438），"（宋文帝）征雷次宗至京师，开馆于鸡笼山，聚徒教授，置生百余人。会稽朱膺之、颍川庾蔚之并以儒学，监总诸生。时国子学未立，上留心艺术，使丹阳尹何尚之立玄学，太子率更令何承天立史学，司徒参军谢元立文学，凡四学并建。车驾数幸次宗学馆，资给甚厚"②。宋文帝重视儒学，征召雷次宗至京师开馆授学。这是当时社会大环境的变化。对于江淹个人而言，家族的熏陶、影响更为重要。

江淹《自序》云："幼传家业，六岁能属诗。十三而孤，邈过庭之训。"又说："弱冠，以《五经》授宋始安王刘子真，略传大义。"江淹二十岁时就可以教授《五经》，足见其深厚的儒学功底③。不仅如此，他还继承了儒家文艺的讽谏传统，利用诗文对当权者进行委婉的讽谏。他的代表作之一《效阮公诗十五首》，就是模拟阮籍《咏怀诗》，绝非一般的拟古之作，而是有着鲜明实针对性，利用其含义幽

---

① （唐）姚思廉：《梁书》，中华书局2006年版，第251页。
② （南朝梁）沈约：《宋书》，中华书局1974年版，第2293—2294页。
③ 有关江淹的家学传统的影响，在本书的《绪论》一节中有详细论述，此不赘述。

微、意旨难测的特点，向即将发动政变的刘景素劝谏。他认为刘景素此举必败，又不便言说，只能用诗文委婉地表达自己的政治观点，每首都有一些揭示主题的语词或警句，如其一"宁知霜雪后，独见松竹心"，其二"富贵如浮云，金玉不为宝"，其三"忠信主不合，辞意将诉谁"，其十"寒暑有往来，功名安可留"，其十三"性命有定理，祸福不可禁"，其十五"至人贵无为，裁魂守寂寥"，等等，都意在说明自己忠心可鉴，倾诉自己忠言不被纳的苦闷，暗示荣华富贵如过眼烟云，应该安分守己，不要有非分之想。据史传记载，刘景素读了之后大怒，随便找了个借口，将其贬到了吴兴。与《效阮公诗十五首》作于同一时期的《灯赋》，仿照宋玉的《风赋》，从王者和庶人两个角度展开铺叙，手法比较晦涩，表面写"小山居士"对"淮南王"奢逸的讽谏，实则隐寓着作者的讽谏景素之意。现录其部分如下：

> 若大王之灯者，铜华金鋬，错质镂形。碧为云气，玉为仙灵。双椀百枝，艳帐充庭。炤锦地之文席，映绣柱之鸿筝。恣灵修之浩荡，释心疑而未平。兹侯服之夸诩，而处士所莫营也。
>
> 若庶人灯者，非珠非银，无藻无缛。心不贵美，器穷于朴。是以露冷帷幔，风结罗纨。萤光别桂，蛾命辞兰。秋夜如岁，秋情如丝。怨此愁抱，伤此秋期，必丹灯坐叹，停说忘辞。①

江淹的这些行为，不仅是为自己的性命、政治前途的考量，其早年也曾做过刘景素的发蒙塾师，对其有深厚的感情，也是出于对景素的一片忠爱之心。

到了宋顺帝时期，荆州刺史沈攸之作乱。当时还是权臣的萧道成

---

① （明）胡之骥注，李长路、赵威点校：《江文通集汇注》，中华书局2006年版，第86—87页。

问江淹成败之数，淹曰："公雄武有奇略，一胜也；宽容而仁恕，二胜也；贤能毕力，三胜也；民望所归，四胜也；奉天子而伐叛逆，五胜也。彼志锐而器小，一败也；有威而无恩，二败也；士卒解体，三败也；搢绅不怀，四败也；悬兵数千里，而无同恶相济，五败也。故虽豺狼十万，而终为我获焉。"① 江淹以"五胜五败"，客观分析了当时危急的形势。他博学的才识，积极进取之心，使他成为帝王身边的御用文人，史传称"高帝让九锡及诸章表，皆淹制也"。齐受禅，江淹为骠骑豫章王萧嶷记室参军。在以后的仕途上，虽侍奉的君主有所不同，他都尽忠职守，忠于自己的本分，克己清廉，为朝廷做了一些实事，与南朝那些高居权位而尸位素餐的无能之辈绝不相同。他没收前益州刺史刘悛、梁州刺史阴智伯赃货巨万，并将二人交付廷尉；弹劾临海太守沈昭略、永嘉太守庾昙隆及诸郡二千石并大县官长，内外肃然。齐明帝称赞他："宋世以来，不复有严明中丞，君今日可谓近世独步。"② 可见，江淹不论是在文学创作上，还是在为人处事上，儒家思想在其一生中都占据主导地位。

除了儒家思想外，道家和佛家思想在其生命中也占据了重要地位。我们先看前者，魏晋南北朝时期，社会动荡、政权更替频繁，人命危浅，朝不保夕。如何使有限的生命得到无限的延长，包括皇家、宗室在内，这几乎是每一个士人孜孜不倦的追求，江淹在刘宋年间侍奉的巴陵王刘休若、建平王刘景素也都崇信道教。据《宋书·刘勔传》载："泰始五年，宋明帝谓勔曰：'巴陵、建平二王，并有独往之志，若世道宁晏，皆当申其所请。'"③ 渴慕求道成仙、以遁世隐居为高尚已成为社会的潮流。泰始六年（470），江淹奉召前往荆州任巴陵王右常侍，适逢刘景素赴湘州任刺史，故二人得以同行，途经庐山，于是作《从冠军行建平王登庐山香炉峰》，"广成爱神鼎，淮南好丹经。此峰具鸾鹤，往来尽仙灵"，开篇点出庐山的仙境。接下来描写瑶草、玉树、绛

---

① （唐）姚思廉：《梁书·江淹传》，中华书局2006年版，第249页。
② （唐）姚思廉：《梁书·江淹传》，中华书局2006年版，第250页。
③ （南朝梁）沈约：《宋书》，中华书局2008年版，第2159页。

气、蜿虹、流星、落日、曾荫等，营造出一个充溢着仙灵之气的意境。除了受诸王的影响，江淹自身亦倾心于道家思想，《自序》云"常慕司马长卿、梁伯鸾之徒"，所爱慕者是工于辞章的司马相如和隐居不仕的梁伯鸾。早年仕途的挫折、恶劣的政治环境折磨着贬谪士人的身心，使其更加倾心于道家思想，以寻求精神上的解脱。又据《华阳陶隐居内传》载，江淹曾正式拜入陶弘景门下①。弘景为道教上清派宗师，江淹为道门弟子无疑。他自称："山中无事，与道书为偶，乃悠然独往，或日夕忘归。放浪之际，颇著文章自娱。"

作为一名虔诚的道门弟子，他精研道经、采仙草、服丹药以及与友人交流修道。这些在诗文中均有反映。《渡西塞望江上诸山》"海外果可学，岁暮诵仙经"，《杂三言五首·访道经》"挟兹心兮赴绝国，怀此书兮坐空山"，《自序》曰"山中无事，专与道书为偶，乃悠然独往，或日夕忘归"，就是其悉心学习道家经典的写照。采仙草、服丹药有《采石上菖蒲》"冀采石上草，得以驻余颜"，《赤虹赋》"掇仙草于危峰，镌神丹于崩石"，《丹砂可学赋》序"咸曰金不可铸，仆不信也。试为此辞，精思云尔"。江淹对于丹砂可炼制黄金，服用成仙之说深信不疑。服食、求神仙，企慕长生的渴望，在《杂体诗三十首》之中也有反映，如《郭弘农游仙》，全诗如下：

> 崦山多灵草，海滨饶奇石。偃蹇寻青云，隐沦驻精魄。道人读丹经，方士炼玉液。朱霞入窗牖，曜灵照空隙。傲睨摘木芝，陵波采水碧。眇然万里游，矫掌望烟客。永得安期术，岂愁濛汜迫。②

---

① 《华阳陶隐居内传》："齐梁间，侯王公卿，从先生（陶弘景）授业者数百人，一皆拒绝，唯徐勉、江祏、丘迟、范云、江淹、任昉、萧子云、沈约、谢瀹、谢览、谢举等在世日早申拥篲之礼，绝迹之后，提引不已。"载张宇初等《正统道藏》第9册，台北：艺文印书馆1977年版，第6776页。

② （明）胡之骥注，李长路、赵威点校：《江文通集汇注》，中华书局2006年版，第152页。有关江淹这组诗的名称，《文选》等写作《杂体诗三十首》，明胡之骥《江文通集汇注》作《杂体三十首》。本书引用江淹组诗，虽出于胡之骥书，但考虑到学术界一般也写作《杂体诗三十首》，所以统一写作《杂体诗三十首》。

在《赠炼丹法和殷长史》中，江淹兴致勃勃地与老友殷孚谈论炼丹、长生不老之事，推荐魏伯阳所著《参同契》所载炼丹之法的灵验，最后希望朋友可以用自己赠予的"玉牒"、"蕊珠"等炼丹之书炼出长生不老的金丹，成为乘鸾高行的仙人：

> 琴高游会稽，灵变竟不还。不还有长意，长意希童颜。身识本烂熳，光曜不可攀。方验《参同契》，金灶炼神丹。顿舍心知爱，永却平生欢。玉牒裁可卷，蕊珠不盈箪。譬如明月色，流采映岁寒。一待黄冶就，清芬迟孤鸾。①

另外，从江淹的一些诗文中，我们也觉察出些许求仙不得、理想无法实现的失意和疑问，如《水上神女赋》：

> 恨精影之不滞，悼光晷之难惜。……吊石渚而一歔，怅沙洲而少歌。苟悬天兮有命，永离决兮若何。……何如明月之忌玄云，秋露之惭白日；愁知形有之留滞，非英灵只所要术也！②

在《水上神女赋》中，江淹哀叹渺小的生命，流露出对天命的有限又无可奈何之感。江淹与其知己殷孚都曾倾心于寒石散，希望借此延年益寿，然而殷孚却英年早逝，在《知己赋》中哀叹"何远期之未从，痛戢景其如电"③，直面生命短促和急速死亡，也是对人最终可否求得长生产生了质疑。

关于江淹的佛家思想。佛教从东汉明帝时传入中国，与中土的传统文化经历了长时间的斗争和融合，到了南朝时期，它与本土玄学碰

---

① （明）胡之骥注，李长路、赵威点校：《江文通集汇注》，中华书局2006年版，第111页。
② （明）胡之骥注，李长路、赵威点校：《江文通集汇注》，中华书局2006年版，第27页。
③ （明）胡之骥注，李长路、赵威点校：《江文通集汇注》，中华书局2006年版，第90页。

撞与融合，已经充分中土化了。汤用彤先生认为："南朝佛法之隆盛，约有三时。一在元嘉之世，以谢康乐为其中巨子，谢固文士而兼善玄趣。一在南齐竟陵王当国之时，而萧子良亦并奖励三玄之学。一在梁武帝之世，而梁武亦名士笃于事佛者。"① 江淹刚好经历了佛教最隆盛的后两个阶段。当时许多文人名士都以谈佛为时尚，并留下了许多名篇。南朝的帝王对佛教也持赞赏的态度，甚或扶植佛教。"玄风清谈既盛，佛教乃兴，士大夫既以谈理相尚，帝王亦不得立异。"② 刘宋诸王也大多信佛，如"南朝王子颇多信佛，宋有临川王道规、嗣子义庆、江夏王义恭、衡阳王义季、彭城王义康、南郡王义宣、庐陵王义贞、建平王弘子景素、巴陵王休若、山阳王休祐、竟陵王诞、豫章王子尚"③。

江淹对佛教的热情并不亚于仙道，可以说他是佛道并重。他在《与交友论隐书》里，明确表示"久固天竺道士之说"。他对佛经有着很高的造诣，《无为论》称："至如释迦三藏之典，李君道德之书，宣尼六艺之文，百氏兼该之术，靡不详其津要，而采摭冲玄，焕乎若睹于镜中，炳乎若明于掌内。"④ 不仅如此，他还创作了大量有关佛家思想的诗文，如《吴中礼石佛》《莲华赋》等。虽然江淹在人生的中后期仕途平顺，位高权重，但是妻子早逝、爱子夭折、朋友去世等接连人生变故，给他的心灵带来了严重创伤。离尘去世的佛家思想，是他现实人生受挫之后的精神润滑剂，以求得身心的慰藉。如《吴中礼石佛》：

> 幻生太浮诡，长思多沉疑。疑思不惭怩，诡生宁尽时！敬承积劫下，金光铄海湄。火宅敛焚炭，药草匝惠滋。常愿乐此道，

---

① 汤用彤：《汉魏两晋南北朝佛教史》，北京大学出版社1997年版，第292页。
② 汤用彤：《汉魏两晋南北朝佛教史》，北京大学出版社1997年版，第299页。
③ 汤用彤：《汉魏两晋南北朝佛教史》，北京大学出版社1997年版，第326页。
④ （明）胡之骥注，李长路、赵威点校：《江文通集汇注》，中华书局2006年版，第390页。

诵经空山岻。禅心暮不杂，寂行好无私。轩骑久已诀，亲爱不留迟。忧伤漫漫情，灵意终不缁。誓寻青莲果，永入梵庭期。①

此诗作于赴吴兴途中，感慨人生虚幻无常，荣华富贵不足贵，向往佛家的宁静境界。尤其是爱子的夭折，给江淹带来了前所未有的打击，使他陷入了深沉的苦痛之中。其《伤爱子赋》云：

然则生之乐兮亲与爱，内与外兮长与稚。伤弱子之冥冥，独幽泉兮而永閟。余无怼于苍祇，亦何怨于厚地！信释氏之灵果，归三世之远致。愿同升于净刹，与尘习兮永弃。②

赋中蕴含着不能自已的哀伤情感。以佛家的因果报应、生死轮回观念，安慰、缓解内心的深悲剧痛，寻求解脱之法，希望在来世能与爱子相见。

其余若《莲华赋》是一篇将佛教中的圣洁之物——莲花引入文学，选择莲花作为对象，可能是受了佛经《妙法莲华经》的影响，其序曰："余有莲华一池，爱之如金。宇宙之丽，难息绝气。聊书竹素，怳不灭焉。"莲花作为佛教中的圣物，"出西极而擅名"中的"西极"，即为西域，在西方天竺莲花被视为佛教圣物。此赋描写了莲花独特的高洁品质，称莲花"珍尔秀之不定，乃天地之精英"，"一为道珍，二为世瑞。发青莲于王宫，验奇花于陆地"③。佛经中青莲花即优钵罗花，《法华经》中曾多次提到此花，如"以是清净鼻根，闻于三千大千世界上下内外种种诸香：须曼那华香、阇提花香、末利华香、瞻卜华香、波罗罗华香、赤莲华香、青莲华香、白莲华香、华树香果树香、栴檀香沈

---

① （明）胡之骥注，李长路、赵威点校：《江文通集汇注》，中华书局2006年版，第114页。
② （明）胡之骥注，李长路、赵威点校：《江文通集汇注》，中华书局2006年版，第384页。
③ （明）胡之骥注，李长路、赵威点校：《江文通集汇注》，中华书局2006年版，第42—43页。

水香、多摩罗跋香、多伽罗香"①。《法华经》作为东晋南朝时期最流行的佛经之一,江淹亦在其诗文中多次涉及。

还有,江淹编纂《赤县经》以补《山海经》之阙②,郭璞《注山海经序》中并没有佛教地理的内容,江淹却将佛教宇宙观的内容加入。江淹试图用最新的史书边疆志来补充郭璞注,作出更精密的地理志。其在《遂古篇》中提道:"迦维罗卫,道最尊兮。黄金之身,谁能原兮。恒星不见,颇可论兮。其说彬炳,多圣言兮。六合之内,心常浑兮。幽明诡性,令智悟兮。"③可见佛教传入中土,给汉魏六朝的地理志编纂提供了新的信息,也反映在江淹的写作中,可见其受佛教影响甚深④。

二 自适通达、和光同尘的处世思想

江淹一生历仕宋、齐、梁三代,似乎每一次改朝换代,他都能将自己的政治前途巧妙地和当时社会的危机结合起来,屡次转危为安,不仅没有受到戕害,反而步步高升,终成显贵。他总是试图划清和前朝的历史,在新的王朝建立之后,将自己全身心地投入新的朝廷中来。江淹这种处世思想,也代表当时许多平庸士大夫的心态,即"自适通达、和光同尘"。如果按照后代对于"贰臣"的评价,江淹等南朝士人不仅是"贰臣",有的甚至是"三臣"、"四臣"。对此种情形,清赵翼评论道:"盖自汉、魏易姓以来,胜国之臣,即为朝佐命,久已习为固然。其视国家禅代,一若无关于己,且转籍为迁官受赏之贤,故偶有一二嗜旧不忍违背故君者,即已啧啧人口,不必其以身殉

---

① (后秦)鸠摩罗什译,张新民、龚妮丽注译:《法华经今译》,中国社会科学出版社2003年版,第244页。
② 按:《赤县经》已经不存于世,但是据胡之骥注《江文通集汇注》,认为江淹的《遂古篇》可能是与《赤县经》相似的作品。
③ (明)胡之骥注,李长路、赵威点校:《江文通集汇注》,中华书局2006年版,第185页。
④ 参见孙英刚《文学、图像、知识世界:读松浦史子〈汉魏六朝における《山海经》の受容とその展開——神話の時空と文學・圖像〉》,载《域外汉籍研究集刊》第十一集。

也。"① 足见当时之风气。

历史上,宋、齐二代的建立,都是通过血腥的暴力手段,通过对前朝或者前任皇帝和宗室的残酷杀戮得到的。据《宋书》记载,宋武帝七子,均死于非命;《南齐书》也记载了齐明帝杀害高帝、武帝的子孙。连皇室贵胄尚且不能苟全性命于乱世,更不要提始终依附在封建王权、幕僚之下的士人了。江淹只是一介平凡的士大夫,"殉国之因无感,保家之念宜切",他效忠的不是某个特定朝代或者某个君王,效忠的只是职位。在那个特殊的年代,真正做到了这种"通",也就真正能够做到"达"。在一次次的社会大变革之中,他选择了与当权者合作的政治态度,最终保全自身和家族。

从小困苦的生活经历和敏锐的政治素养,使江淹养成了谦和冲退、明哲保身的性格,他的心灵深处没有太多的坚持和棱角,处处保持着一种圆滑包容,甚至是毫无准的的政治倾向。这种性格特征,在其交游活动中即有反映,《梁书》本传称其"沉静少交游",即少年老成、沉着稳重的性格特点。《自序》称"交不苟合",在六朝尚交游的时风下,似乎有些格格不入。其在刘宋年间短暂参与过建平王刘景素的文人集团,景素"少爱文义,有父风。……时太祖诸子尽殂,众孙唯景素为长,建安王休祐诸子并废徙,无在朝者。景素好文章书籍,招集才义之士,倾身礼接,以收名誉,由是朝野翕然"②。刘景素聚集文士的时间大约为元徽二年(474)平定休范乱后,元徽四年(476)七月,景素于京城举兵反,仅仅8天就失败被斩,时年二十五岁。据《隋书·经籍志》载,有《建平王景素集》十卷。作为刘宋末年最后一个宗室文学团体,其核心成员有谢朓、沈约、江淹等。人云亦云地投靠某集团、人身依附极易受到政治株连,可能使江淹产生了畏惧之心,所以其在相当长一段时间内,没有参与其他诸侯王的文学集团。

---

① (清)赵翼撰,曹兴甫校点:《陔余丛考》,上海古籍出版社2011年版,第294页。
② (南朝梁)沈约:《宋书·刘景素传》,中华书局1974年版,第1860—1861页。

江淹私人来往较多者主要是被称为"神交"的袁炳，在其《伤友人赋并序》云："余幼好于斯人，及神交于一顾。"二人之间的书信现存三篇，分别为《报袁叔明书》（470）、《贻袁常侍》（471）、《古意报袁功曹》（471）。在袁炳死后不久，江淹又作《袁友人传》（472），文中称袁炳"幼有异才，学无不览"，"常念荫松柏，咏《诗》《书》，志气跌宕，不与俗人交"，可见二人的交往是建立在精神以及为人处世上的高度默契。还有称为"知己"的殷孚，《灯夜和殷长史》《赠炼丹法和殷长史》即是二人于泰豫元年（472）至元徽二年（474）在京口时的唱和之作。此外还有与之有诗文往来的文友丘灵鞠，其与丘灵鞠的唱和之作，今存三首，分别为《寄丘三公》《冬尽难离和丘长史》《当春四韵同□左丞》，均为离别怀念之作。其他有零星诗文唱和的诗人还有刘勔、刘乔、刘秉、谢朓、刘俊、刘休等。

即便是仕途一帆风顺之时，他也始终保持着一种忧患、警惕意识。如《南史》本传称其"以托疾不予山陵公事"，"永元中，崔慧景举兵围都，衣冠悉投名刺，淹称疾不往。及事平，时人服其先见"①。其早年作品《侍始安王石头》，就表露出了对始安王政治前途的忧虑，诗文称："暮情郁无已，流望在川阳"，"揽镜照愁色，丛坐引忧方。山中如未夕，无使桂叶伤"。其时宋孝武帝刚去世，新继位的前废帝刘子业生性多疑、凶狠，开始对宗室子弟进行迫害。江淹身为始安王侍读，已经察觉了紧张的政治气氛。在随同始安王前往南充州广陵就任途中所作的《从征虏始安王道中》写道："结轩首凉野，驱马傃寒城。容裔还乡棹，逶迤去国旌"，"徒惭恩厚概，空抱春施名。仰愿光威远，岁晏返柴荆"。刚刚踏上仕途的江淹就有"返柴荆"的心态，这是很少见的。当然，这种忧惧之情的背后，仍然是对自身处境、命运的深切关心。

就其一生的政治轨迹看，他先是依附刘子真、刘景素等藩王，继

---

① （唐）李延寿：《南史》，中华书局2008年版，第1451页。

而投靠萧道成，最后又归顺萧衍。他深得萧衍的器重，被任命为冠军将军、吏部尚书，不久又转为相国右常侍。天监元年（502），萧衍废齐和帝萧宝融自立为帝，改国号为梁，江淹被任为散骑常侍、左卫将军，封临沮县伯，食邑四百户。同年又迁为金紫光禄大夫，改封醴陵伯。由此不难见出江淹的远见卓识和敏锐的政治眼光。"淹有观人之明，见景素有德无威，弃而投依萧道成。知齐之将亡，微服而奔梁。处篡夺乱事，绝不参加政治活动，而善于择木以栖，可名为职业政治家，立于不败之地。"① 南朝以这样的这样方式谋身的士大夫不在少数，沈约、范云等均是如此，但下场有些却截然相反。沈约当时已有六十多岁，身为齐文惠太子的家令，还在积极地帮助萧衍篡齐。明人张溥曾说："梁武篡齐，决策于沈休文、范彦龙，时休文年已六十余矣。抵掌革运，鼓舞作贼，唯恐人非金玉，时失河清，举手之间，大事已定，竟忘身为齐文惠家令也。"② 足见后人对其人品的不屑。《梁书·沈约传》载："初，高祖有憾于张稷，及稷卒，因与约言之。约曰：'尚书左仆射出作边州刺史，已往之事，何足复论。'帝以为婚家相为，大怒曰：'卿言如此，是忠臣邪！'乃辇归内殿。约惧，不觉高祖起，犹坐如初。及还，未至床，而凭空顿于户下，因病，梦齐和帝以剑断其舌。召巫视之，巫言如梦。乃呼道士奏赤章于天，称禅代之事，不由己出。高祖遣上省医徐奘视约疾，还具以状闻……（帝）大怒，中使谴责者数焉，约惧遂卒。有司谥曰文，帝曰：'怀情不尽曰隐'，故改为隐云。"③ 可见即便是梁代的君王对其人品也颇有微词。江淹之所以得到梁武帝的礼遇，主要是他并未参与其核心的密谋、政变，也没有明显的背离前朝的事迹，只是在前朝大势已去的情况下，适当地做出趋利避害的政治选择。虽然谈不上有多

---

① 包叔明：《江淹传》，载《中国文学史论集》，中华文化出版事业委员会1958年印行，第175页。

② （明）张溥著，殷孟伦注：《汉魏六朝百三家集题辞注》，中华书局2007年版，第282页。

③ （唐）姚思廉：《梁书》，中华书局2006年版，第242—243页。

高尚，但这与沈约、范云等人的做法有着本质的不同。江淹死后，得谥号曰"宪"。这一谥号所代表的意义是："赏善罚恶"、"博闻多能"、"行善可记"①。参照《南史》本传的记载，可知绝非虚言：

> 少帝初，兼御史中丞。明帝作相，谓淹曰："君昔在尚书中，非公事不妄行，在官宽猛能折衷。今为南司，足以振肃百僚也。"淹曰："今日之事，可谓当官而行，更恐不足仰称明旨尔。"于是弹中书令谢朏、司徒左长史王缋、护军长史庾弘远，并以托疾不预山陵公事。又奏收前益州刺史刘悛、梁州刺史阴智伯，并臧货巨万，辄收付廷尉。临海太守沈昭略、永嘉太守庾云隆及诸郡二千石并大县官长，多被劾，内外肃然。明帝谓曰："自宋以来，不复有严明中承，君今日可谓近世独步。"②

他奉行"非公事不妄行"，同时在自己的职责范围内恪尽职守、敢于直陈政事、弹劾官员，因而获得明帝的夸赞。可见江淹也有耿介不屈的一面，"足以振肃百僚"。

更为可贵的是，江淹在任何时候，即使是官运亨通之际，也始终存在着渴望归隐的心理，并不全是矫情自饰，他在《与交友论隐书》里曾说："望在五亩之宅，半顷之田，鸟赴檐上，水匝阶下，则请从此隐，长谢故人。"他也有拟陶渊明隐居田园的五言诗——《陶征君田居》，虽然他不可能做到陶渊明那样的洒脱、淡泊名利，也不难看出其内心深处对宁静生活的神往。

总之，江淹的这种对一切事物都持兼容并包、通达中允的思想倾向，反映到他的文学思想上，则不难看出《杂体诗三十首·序》中他所宣扬的"通方广恕，好远兼爱"思想的根源。

---

① 张爱芳、贾贵荣选编：《历代名人谥号谥法文献辑刊》（第一辑），北京图书馆出版社2004年版，第40—41页。

② （唐）李延寿《南史》，中华书局2008年版，第1450页。

三 逞才游艺的心态

据《南史·江淹传》称:"少孤贫,常慕司马长卿、梁伯鸾之为人,不事章句之学,留情于文章。"在《与交友论隐书》中,他表示:"今但愿拾薇藿,诵《诗》《书》,乐天理性,敛骨折步,不践过失之地耳。"这些言语分明表现出江淹学习、读书,只是为了自娱自乐,而不是抱有某些功利目的。

江淹年轻时,也喜好与贵游子弟交游、宴集。他所交游之人除了袁炳、何点、孔稚珪、谢超宗、谢朓、丘灵鞠等人外,还有少量世家子弟和文学才能出众的文人。他们互相激赏、延誉,集会、游乐,以诗文赠答。其中比较重要的是与西邸文人群体的交游。梁元帝《金楼子》卷三《说蕃》篇云:

> 竟陵萧子良……少有清尚,礼才好士,居不疑之地,倾意宾客,天下才学皆游集焉。善立胜事,夏月客至,为设瓜饮及甘果,著之文教。士子文章及朝贵辞翰,皆发教撰录。居鸡笼山西邸,集学士抄《五经》、百家,依《皇览》例为《四部要略》千卷。招致名僧,讲论佛法,造经呗新声,道俗之盛,江左未有也。好文学,我高祖、王元长、谢元晖、张思光、何宪、任昉、孔广、江淹、虞炎、何偃、周颙之俦,皆当时之杰,号士林也。①

这里明确记载江淹是时乃在西邸众学士之列。参与其中的文人,大多为主张声律说者,此数人与江淹皆有往来。江淹亦有西邸唱和之作,载于《后集》,现已失传。

在日常生活中,江淹表现出浓厚的"好奇尚异"思想倾向。近些年来在日本,随着六朝道教和本草方面的研究,江淹的形象更加丰

---

① (南朝梁)萧绎撰,许逸民校笺:《金楼子校笺》,中华书局2011年版,第643页。

富,大家注意到他是一个精通本草矿的文人①。江淹作为一名博物学家,拥有天文、律历、地理等博物学的知识结构。江淹跟郭璞一样,对古字、古物等"考古"学很有兴趣。"时襄阳人开古冢,得玉镜及竹简古书,字不可识。王僧虔善识字体,亦不能谙,直云似是科斗书。淹以科斗字推之,则周宣王之前也。简殆如新。"②江淹能够识别以善识古字著称的王僧虔都不认识的古字,可见其学识广博。比如其《铜剑赞》引述了《山海经》、郭璞注、《越绝书》、汲冢书的记载来论证古代以铜锡为兵器。除了自然矿物的知识外,天文气象的知识也对江淹的作品产生了影响。其《赤虹赋》是罕见的描写虹的作品,作者用近似现代科学的眼光来观察和记录赤虹从出现到消失的全貌,反映了其博物学的嗜好。

他在被贬为建安吴兴令之后,经常走访名山大川,探访那些灵怪的生命。《自序》称:"爱有碧水丹山,珍木灵草,皆淹平生所至爱,不觉行路之远矣。山中无事,与道书为偶,乃悠然独往,或日夕忘归。放浪之际,颇著文章自娱。"③他曾拟《赤县经》补《山海经》之缺(此书未成),《山海经》是一部讲述奇特怪异山川动植物的书,江淹《赤县经》也以搜集种种奇异事物为宗旨,这也是他编写《赤县经》的主要原因。《草木颂十五首》曰:"兹赤县之东南乎?何其奇异也?"这些花鸟草木正因为奇异而被他喜爱,其中《木莲》"山人结侣,灵俗共游",《石上菖蒲》"药实灵品,爱乃辅性。却痾卫福,蠲邪养正。缥色外妍,金光内映。草经所珍,仙图是咏",《薯蓣》"微根傥饵,弃剑为仙。黄金共铸,青腾争妍"④,等等。

这些内容若以传统意义上的文学作品作为标准,衡量其艺术成

---

① 参见孙英刚《文学、图像、知识世界:读松浦史子〈汉魏六朝における《山海経》の受容とその展開——神話の時空と文学・図像〉》,载《域外汉籍研究集刊》第十一集。

② (唐)李延寿:《南史·江淹传》,中华书局2008年版,第1450页。

③ (明)胡之骥注,李长路、赵威点校:《江文通集汇注》,中华书局2006年版,第379页。

④ (明)胡之骥注,李长路、赵威点校:《江文通集汇注》,中华书局2006年版,第193、194页。

就，确实价值略低，但是可以看出，江淹的文学创作在很多时候是为了"自娱"或者"娱人"，而与传统的功利主义的文学观念大相径庭。这种文学观念，把文学看作自己的事情，抒发的是自己的心声，尤其是这种心声的抒发可以不受礼教的限制和经国大业的制约，文人可以在这种创作心态中以"自娱"的形式完成自己的创作。

第二章

《杂体诗三十首》的双重属性：创新与评论

第一节 创新：模拟中的因革

模拟和创新是否一组不可调和的矛盾？这是一个值得深思的问题。模拟是汉魏六朝文学史中一个特殊的文学现象。胡应麟云："建安以还，人好拟古，自《三百》、《十九》、乐府、铙歌，靡不嗣述，几于充栋汗牛。"① 以往的文学史认为模拟与传统的独抒性灵、表现情感相悖，历来对模拟的评价也是毁多于誉。后人甚至时常将"模拟"与"作伪"相提并论②。所以，模拟成了因循守旧、创造力僵化的代名词，并被人们有意无意排斥在文学史研究范围之外。

其实，这种看法未必公允。一方面，模拟是一种学习属文的方法，王瑶先生认为："模拟他人的作品本来是一种重要的学习属文的方法，正如我们现在的临帖学书一样。前人的诗文是标准的范本，要用心地揣摩、模仿，以求得神似。"③ 另一方面，六朝的拟作名家，其作品大多是根据既有的文字体貌再作因革，绝不是简单的因循抄袭。陆机云："收百世之阙文，采千载之遗韵。谢朝华于已披，启夕

---

① （明）胡应麟：《诗薮》，中华书局1979年版，第131页。
② 王瑶：《中古文学史论》北京大学出版社1998年版，第215页。
③ 王瑶：《中古文学史论》北京大学出版社1998年版，第216页。

秀于未振。"① 也充分体现了拟作者求新求变的努力。而且，从创作到完成，拟代作者心中，一直不断进行无数复杂的互动和转化，而在一连串的辩证性交融中，每一刻体验的瞬间，都因有现时经验的即时融入与拣择，具有一定的真实性和创造性，并以此成就、丰富了自我的生命体验。最后，六朝文人创作的许多拟古诗，解构了以往的旧诗体，建构了新体，实现了诗体的由"复"而"变"，模拟就是以这种方式参与了汉魏六朝文学的演进。因此，模拟和创新是不可分割的，模拟中孕育着创新。

笔者将《杂体诗三十首》分为若干组，对每一组进行细致的文本分析，使其中的因革和创新的因素更好地展现出来。而且，这些创新的因素，同时体现了甚至预示了那个特定时代的文学观念、文学思潮的变迁和发展，成为文人们引领文风变革的有效手段。这将是笔者此节关注的重点所在。

一 对汉代无名氏古诗的改造

江淹在每首拟作的题目上，都简明扼要地表明所拟诗人和诗歌题材，显示了明确的拟作目的和对象。在《杂体诗三十首》之中，第一首《古离别》即是对汉代无名氏古诗的拟作。此首模拟汉末古诗游子思妇的主题，历代对其评价都很高，如清宋长白云："江文通《杂体》三十首，自谓无乖商榷。然俳调太多，未是邯郸故步。惟《古离别》一首差近自然。"② 可见后人将此首拟诗作为比较成功的范例。笔者在此不讨论其模拟的"似"与"不似"，主要讨论其创新之处。《古离别》③ 全诗如下：

---

① （西晋）陆机著，张少康集释：《文赋集释》，人民文学出版社2006年版，第36页。
② （清）宋长白：《柳亭诗话》，《续修四库全书》卷1700，上海古籍出版社1995年版，第407页。
③ 陈八郎本、朝鲜正德本、奎章阁本作"古别离"。

> 远与君别者，乃至雁门关。黄云蔽千里，游子何时还？送君如昨日，檐前露已团。不惜蕙草晚，所悲道里寒。君在天一涯，妾身长别离。愿见一颜色，不异琼树枝。兔丝及水萍，所寄终不移。①

李善注江淹拟《古离别》时说："江之此制，非直学其体，而亦兼用其文。"② 指出拟作对原作的仿效是以"学其体"和"用其文"为主要模拟方式，以下分而论之。

第一，对无名氏古诗传统意象的改造，即"用其文"，以雁门、黄云为例。汉魏古诗一般泛写离别的地点，着重写离别的情节和场景。而"远与君别者，乃至雁门关"，点出了送别的具体地点，此妇人是到边关送别其夫君。《文选》李善注引《汉书》曰："雁门郡有楼烦县。边塞，故曰关。"吕延济注："雁门，山名。其上置关。"③《宋书·州郡志》载无雁门县。沈约云："地理参差，其详难举，实由名号骤易……千回百改……若不注置立，史阙也。"④ 可见到了沈约之时，雁门地理位置已经难详。江淹这种质实的写法，显然与《古诗十九首》婉转、混雅之美有别。汉末士人由于亲身感受或者看到他人离别的痛苦，所以他们的写景是一种无意识的，景物的刻画是为了抒情服务的。在这里不同，江淹有意识地使写景从单纯的"写景"向"造境"方向发展。这是诗人对感受到的审美之境的表达，同时也是六朝诗人审美能力提升的重要标志。

"黄云蔽千里，游子何时还"，是对原诗《行行重行行》"浮云蔽白日，游子不顾返"的模拟，此句看上去与原作毫无区别，但是诗人所使用的意象已经偷偷发生了转移。"浮云"的意象在汉魏古诗中经常出现，

---

① （明）胡之骥注，李长路、赵威点校：《江文通集汇注》，中华书局2006年版，第138页。
② （南朝梁）萧统编，（唐）李善注：《文选》，上海古籍出版社2010年版，第1453页。
③ （南朝梁）萧统编，（唐）李善注：《文选》，上海古籍出版社2010年版，第1453页。
④ （南朝梁）沈约：《宋书》，中华书局2008年版，第1028页。

如《西北有高楼》"西北有高楼，上与浮云齐"，《苏武诗》"仰视浮云驰，奄忽互相逾"。"浮云"意象代表了汉末士人离家寻找仕宦、出处无所归依的无奈。纵观汉代古诗，几乎找不到"黄云"的意象，有关"云"的场景几乎都用"浮云"代替。在元嘉诗人谢灵运的笔下，出现了"黄云"意象，如《拟魏太子邺中集诗·阮瑀》"河洲多沙尘，风悲黄云起"。到了江淹笔下，出现了"黄云蔽千里，游子何时还"的诗句。如《文选集注》陈八郎本刘良曰："黄云，谓埃尘，与云相连而黄也。蔽，暗也。何时还，言未还也。"集注本刘良曰："黄云，谓埃尘，与霜相连而黄也。蔽，暗也。何时还，言未还也。边塞未宁，故还期无日。"① "黄云"与"浮云"相比，体现了色彩的植入，边关送别，天际黄沙漫漫乌云滚滚。那个动乱的时期，生离有时即意味着死别，更添离愁别恨之感。"黄云"意象的使用有两个意义，一方面使诗中悲伤情绪得以加深，另一方面同类意象的沿革体现了新的时代特色。袁行霈先生指出："同一个时代的诗人，由于大的生活环境相同，由于思想上和创作上相互的影响和交流，总有那个时代惯用的一些意象和辞藻。时代改变了，又有新的创造出来。这是不难理解的。"② 上距江淹不久的元嘉诗风，特别重视声色景致的描绘，如《文心雕龙·明诗》称"俪采百字之偶，争价一句之奇，情必极貌以写物，辞必穷力而追新"③。谢灵运、鲍照等人的山水诗，就是以色彩的调配使用以营造画境的典范。江淹用此意象，极有可能是借鉴了元嘉诗人写物描摹的长处。

第二，在"学其体"的基础上，对无名氏古诗结尾的改造。古诗的结尾，往往含义幽微，委婉多姿。唐皎然曾说："《十九首》辞精义

---

① 有学者认为：集注本"与霜相连"疑为笔误，考之明州本刘良注亦作"与云相连"，当以"与云相连"为是。参见宋展云《〈文选集注〉中江淹杂体诗的研究价值——兼论先唐文本的研究方法》，载《上海大学学报》2018年第3期。
② 袁行霈：《中国诗歌艺术研究》，北京大学出版社2009年版，第57页。
③ （南朝梁）刘勰著，范文澜注：《文心雕龙注》，人民文学出版社2008年版，第67页。

炳，婉而成章。"① 如《行行重行行》结尾"思君令人老，岁月忽已晚。弃捐勿复道，努力加餐饭"，《青青河畔草》"荡子行不归，空床难独守"，《冉冉孤生竹》"君亮执高节，贱妾亦何为"，所表达的情感是人在软弱、绝望时候内心产生的困惑和矛盾，是那种若有所失、若有所求，却又难以明白地表达出来的感情。《文心雕龙·明诗》称其"直而不野，婉转附物，怊怅切情，实五言之冠冕也"②。拟作结尾"愿见一颜色，不异琼树枝。兔丝及水萍，所寄终不移"，表达的是妇人的坚贞信念，暗示了自身的出路以及团聚的必然结果。拟诗"兔丝及水萍，所寄终不移"一句，吕延济注曰："兔丝，草名，感茯苓而生。萍草饮水而长，亦犹妇人之附于夫，言此心终不移易。"陆善经曰："菟丝附草，浮萍随水，犹妇人依于夫，故寄之以表志。"③ 与古诗所要表达的迷茫的意识和深深的失落感不同，江淹赋予了诗中主人公明确的结果，却使诗歌丢掉了意蕴悠长、回味无穷的结尾。

拟作在章法上、结构上的突破空间较小，情感的宣泄也显得浅近平直，但是体现了诗人作诗思维方式的转变，作者以旁观者的视角对对象做全知全能的把握，做全景式的描绘，并在此基础上，通过形象化的思维方式实现其创作意图。这种做法无疑更具有主动性和创新的意味。再如：

怨诗④　（相传为班婕妤）
新裂齐纨素，鲜洁如霜雪。裁为合欢扇，团团似明月。出入君怀袖，动摇微风发。常恐秋节至，凉风夺炎热。弃捐箧笥中，恩情中道绝。⑤

---

① （唐）皎然著，李壮鹰校注：《诗式校注》，人民文学出版社2003年版，第103—104页。
② （南朝梁）刘勰著，范文澜注：《文心雕龙注》，人民文学出版社2008年版，第66页。
③ 刘跃进著，徐华校：《文选旧注集存》，凤凰出版社2017年版，第6057页。
④ 《文选》作《怨歌行》。一作古辞。
⑤ （南朝陈）徐陵编，（清）吴兆宜注，（清）程琰删补，穆克宏点校：《玉台新咏笺注》，中华书局2007年版，第26页。

班婕妤咏扇

纨扇如圆月,出自机中素。画作秦王女,乘鸾向烟雾。彩色世所重,虽新不代故。窃愁凉风至,吹我玉阶树。君子恩未毕,零落在中路。

很明显,拟诗是对相传为班婕妤《怨诗》的模拟。使用了原作中的"扇"意象——秋扇凉风,经复现和强调,凸显了秋扇见弃的悲哀,成为一种传统意象被后人熟知。笔者在这里想讨论的是,作者在对原诗进行模拟的同时,对诗歌感情基调的冷静的处理方式。

汉成帝时,班姬以才学被选入宫,后得宠幸,为婕妤,居增城舍,觌见上书,依则古礼。后赵飞燕姐妹宠盛,班婕妤恐久见危,求供养太后长信宫。这首《怨诗》,有序曰:"昔汉成帝班婕妤失宠,供养于长信宫。乃作赋自伤,并为《怨诗》一首。"①《怨诗》以秋节时来团扇无用见弃,以自喻不遇于君王。钟嵘《诗品》将其置于上品,评曰:"其源出于李陵。'团扇'短章,词旨清捷,怨深文绮。"② "弃捐箧笥中,恩情中道绝",就是怨深的体现。一个"绝"字,不仅体现了帝王之爱的无常无情,也表明自己对帝王无情的满心决绝、毫不留恋,选择退居长信宫。这与汉乐府诗《有所思》所表现的决心有些类似:"闻君有他心,拉杂摧烧之。摧烧之,当风扬其灰。从今以往,勿复相思。相思与君绝!"表现被抛弃女子之爽直激烈。唯《怨诗》是文人诗,其情感比《有所思》要略含蓄内敛。

再看拟诗,"君子恩未毕,零落在中路",君子是施恩的主人,女子只被动接受,零落在中路的不仅是无用的团扇,更是女子本人。诗中的怨念减少了,无奈与惆怅增多了。这种情感表现,与江淹拟诗时

---

① (南朝陈)徐陵编,(清)吴兆宜注,(清)程琰删补,穆克宏点校:《玉台新咏笺注》,中华书局2007年版,第26页。
② (南朝梁)钟嵘著,曹旭笺注:《诗品笺注》,人民文学出版社2009年版,第54页。

有意采取了情感冷处理的方式有关，还同拟诗"先辞而后情"的创作方法有关系。"先辞而后情"，见于陆云《与兄平原书》"往日论文，先辞而后情，尚洁而不取悦泽"①。陆机论文首先考虑的是辞，而非情，因此遭到陆云委婉的批评。《杂体诗三十首·序》中明确表示，江淹作三十首诗，是为了学其文体，品藻源流。也就是诗人在进行创作之前，就已经确立了所拟的对象和主题。拟诗中的情感并非诗人自己心中扰动不安、非吐不可的诗情，而是他人之情或是他人作品中的感情。这种情，已经抽象成了一种客观的物的形式存在。钱志熙先生指出："陆机'诗缘情而绮靡'，这里所说的'情'主要是指情事和题旨，与我们所说的'情'并不完全一致。这种'诗缘情而绮靡'，实际上是魏晋之际和西晋时代诗坛上所流行的一种创作程式……更是时人的一种法门。"② 这种创作程式，套用陆机的话，即"缘他人之情而绮靡"。在这种心态和创作程式的影响下，诗人淡化原诗中的情感就不足为奇了。清宋长白《柳亭诗话》卷九云：

> 班婕妤既供养长信宫，作纨扇诗，其发端曰："新制齐纨素，皎洁如霜雪，裁成合欢扇，团团似明月。"江文通拟其意曰："纨扇如圆月，出自机中素，画作秦王女，乘鸾向烟雾。"从中渲染一笔，即合欢意也。婕妤原倡曰："出入君怀袖，动摇微风发。"含蓄最深。文通却曰："彩色世所重，虽藉不代故。"班属自慰，江则旁观。③

所谓的"旁观"即是这种写作手法，使作者很少投入自己的怜悯和同情，女子的哀怨好像只是一种客观的对象被描述出来。这种诗情发

---

① （西晋）陆云著，刘运好校注：《陆士龙文集校注》，凤凰出版社2010年版，第89页。
② 钱志熙：《魏晋诗歌艺术原论》，北京大学出版社1999年版，第293页。
③ （清）宋长白：《柳亭诗话》，《续修四库全书》卷1700，上海古籍出版社1995年版，第407页。

展下去，与梁大同之后宫体诗描摹女性，诗人对将被侮辱、损害的女性，对其物化、商品化的认识，在写作态度、手法上有一定的联系①。

总之，江淹的这些创新的做法，改造了旧诗，给五言诗带来了一种新的品质——"天趣微损，章程愈密"。相比感情真挚、浑然天成的汉魏古诗，江淹经过长期研究、揣摩，体会古诗的自然真趣，同时对自己的文风了然于心，有别于早期诗歌章法、结构简单，即唐皎然《诗式》评《团扇》所谓"江则假象见意，班则貌题直书"②。江淹在文法布局上煞费苦心，欲以己法（拟古）写古诗的天然之趣，这必然造成"天趣微损，章程愈密"。从另一角度讲，"古体专事摹拟，则性情不露；纯用己法，则古调有乖。当如临书者用古人意七分，参己意三分，精神足相映发"③。江淹将"古人意"与"己意"参合进行创作，使其相互映衬，使得诗歌在创作手法、章法布局上愈见精致，成为一首成功的拟作。

二 对五言诗艺术手法的促进

公宴诗的大量创作，是汉魏六朝诗坛独特的文学现象。《文选》收录的诗歌，专列"公宴"一类，一共收录十三人十四首公宴诗④。江淹拟诗《魏文帝游宴》《颜特进侍宴》《袁太尉从驾》，均可以视为"公宴诗"或者具有"公宴诗"性质。这些拟诗，都体现了江淹的改造和创新。

---

① 参见拙文《从南朝乐府到宫体诗的内部演化机制》，《南开学报》2021年第2期。
② （唐）皎然著，李壮鹰校注：《诗式校注》，人民文学出版社2003年版，第128页。
③ （清）冒春荣：《葚原诗说》，载郭绍虞编选，富寿荪校点《清诗话续编》，上海古籍出版社2016年版，第1534页。
④ 依次为曹子建《公宴诗》、王仲宣《公宴诗》、刘公幹《公宴诗》、应德琏《侍五官中郎将建章台集诗》、陆士衡《皇太子宴玄圃宣猷堂有令赋诗》、陆士龙《大将军宴会被命作诗》、应吉甫《晋武帝华林园集诗》、谢宣远《九日从宋公戏马台集送孔令诗》、范蔚宗《乐游应诏诗》、谢灵运《九日从宋公戏马台集送孔令诗》、颜延年《应诏宴曲水作诗》《皇太子释奠会作诗》、丘希范《侍宴乐游苑送张徐州应诏诗》、沈休文《应诏乐游苑饯吕僧珍诗》。

芙蓉池作　　曹丕

乘辇夜行游，逍遥步西园。双渠相溉灌，嘉木绕通川。卑枝拂羽盖，修条摩苍天。惊风扶轮毂，飞鸟翔我前。丹霞夹明月，华星出云间。上天垂光采，五色一何鲜。寿命非松乔，谁能得神仙。遨游快心意，保己终百年。①

魏文帝游宴　　江淹

置酒坐飞阁，逍遥临华池。神飙自远至，左右芙蓉披。绿竹夹清水，秋兰被幽崖。月出照园中，冠珮相追随。客从南楚来，为我吹参差。渊鱼犹伏浦，听者未云疲。高文一何绮，小儒安足为！肃肃广殿阴，雀声愁北林。众宾还城邑，何以慰吾心。②

唐五臣于江淹拟作题下，多明确指出其所拟对象，如《魏文帝游宴》题下，吕延济曰："此拟《芙蓉池作》"③，认为此篇即为模拟曹丕《芙蓉池作》。江淹拟制建安时期的公宴诗，往往有一种固定的模式：开篇点明宴会场景，中间铺叙景物，结尾抒怀，形成一种"三段式"的结构，拟作《魏文帝游宴》就是此种结构的鲜明体现。第一句"置酒坐飞阁，逍遥临华池"，明显是模仿曹丕《芙蓉池作》"乘辇夜行游，逍遥步西园"，特别是后句，甚至是达到了字模句拟的地步。后面几句是写景，最后是抒怀。但是"置酒坐飞阁，逍遥临华池"句，相对于曹丕的诗，则是明显地追求上下句之间的对偶，中间的动词"坐"、"临"，诗人有意将其置于中心的位置。

这种情况，在三十首中的其他几首宴会诗中也有体现。如《颜特进侍宴》"桂栋留夏飙，兰橑停冬霰。青林结冥濛，丹巘被葱蒨。山

---

① 逯钦立辑校：《先秦汉魏晋南北朝诗》，中华书局1983年版，第400页。
② （明）胡之骥注，李长路、赵威点校：《江文通集汇注》，中华书局2006年版，第140页。
③ （南朝梁）萧统编，（唐）李善、吕延济、刘良、张铣、吕向、李周翰注：《六臣注文选》，中华书局2012年版，第589页。

云备卿霭,池卉具灵变",三个对偶句连用。《袁太尉从驾》也是如此,"朱棹丽寒渚,金铰映秋山。羽卫蔼流景,彩吹震沉渊。辨诗测京国,履籍鉴都壖。町谣响玉律,邑颂被丹弦",这种同一句型连用的情况非常多见,未免让人产生呆板、单调之感。考之当时许多诗人都有类似之作,如谢灵运《过始宁墅诗》"剖竹守沧海,枉帆过旧山。山行穷登顿,水涉尽洄沿。岩峭岭稠叠,洲萦渚连绵"。刘骏《四时诗》"荁茹供春膳,粟浆充夏冶。瓠酱调秋菜,白醯解冬寒"。这一类型对句在元嘉时期诗歌中出现频率很高,反映了诗人们内心情感的日益细腻,观察外物的能力日渐突出。在他们眼中,大自然的万物都是"可对"的,甚至出现了"为对而对"的倾向,说明当时诗人对这种诗歌表现艺术的掌握已经相当纯熟。针对于此,罗宗强先生指出:"如果根据王力先生的分类衡量元嘉文学的对句,除干支对、反义连用字对和饮食门之外,其余二十五种对元嘉文学中都已出现。"① 明谢榛《四溟诗话》评价说:"江淹拟颜延年,辞致典缛,得应制之体。但不变句法,大家或不拘此。"② 所谓"不变句法",就是这种状况。这种句型可能还是他刻意为之的。究其原因,仍是不能逃出当时诗风的樊篱,即元嘉文学非对偶不成句的作诗技巧上的追求。"辞致典缛,得应制之体"指的是《颜特进侍宴》表达感恩、歌颂君王,个人抒怀变为歌功颂德。相对于《魏文帝游宴》"众宾还城邑,何以慰吾心",建安文人时常在宴会上表达感伤。从韵律篇幅上看,《魏文帝游宴》押韵宽松,篇幅适中,《颜特进侍宴》篇幅较长,通篇押韵。皇族、公卿、士人作于宴饮场合的诗作,其仪式性更加明显。

从建安文学开始重视诗歌表现手法开始,到南朝时期"俪采百字之偶,争价一句之奇","体尽徘偶,语尽雕刻",文人们醉心于诗歌艺术形式和技巧的探索,追求辞藻、对偶、字句雕琢,使得南朝诗歌创作在整体上呈现出重视诗歌表现形式的自觉倾向。

---

① 罗宗强:《魏晋南北朝文学思想史》,中华书局2006年版,第156页。
② (明)谢榛著,宛平校点:《四溟诗话》,人民文学出版社1961年版,第23页。

我们知道，六朝诗风经历了由"绮靡华丽"向"清新明丽"的转变。这在江淹拟诗中也有明显体现。如其拟西晋"二张"，即张华、张协的诗：

张司空离情

秋月映帘栊，悬光入丹墀。佳人抚鸣琴，清夜守空帷。兰径少行迹，玉台生网丝。庭树发红彩，闺草含碧滋。延伫整绫绮，万里赠所思。愿垂湛露惠，信我皎日期。①

张黄门苦雨

丹霞蔽阳景，绿泉涌阴渚。水鹳巢层甍，山云润柱础。有弇兴春节，愁霖贯秋序。燮燮凉叶夺，戾戾飚风举。高谈玩四时，索居慕俦侣。青苔日夜黄，芳蕤成宿楚。岁暮百虑交，无以慰延伫。②

张华的诗文，《晋书》称其"辞藻温丽"，陆云《与兄平原书》认为"张公文无他异，还自清省无烦长"，这不仅指诗中之情，也是指诗中之景，以清新雅丽为见长，如张华《情诗》"清风动帷帘，晨月照幽房"，"兰蕙缘清渠，繁华荫绿渚"，以"清风"对"晨月"，"帷帘"对"幽房"，"兰蕙"对"繁华"，"清渠"对"绿渚"。他习惯用一些色彩相近、没有过度浓艳反差的词进行创作，营造一种空谷幽兰般的意境，为诗中的哀婉情思做铺垫。《文心雕龙·明诗》称其"茂先凝其清"，《才略》称"张华短章，奕奕清畅"。

《晋书》称张协"永嘉初征为黄门郎，托疾不就"。拟作提炼了张协《杂诗》中的"雨"意象而加入愁苦之情，如《杂诗》其二

---

① （明）胡之骥注，李长路、赵威点校：《江文通集汇注》，中华书局2006年版，第145页。
② （明）胡之骥注，李长路、赵威点校：《江文通集汇注》，中华书局2006年版，第149页。

"飞雨洒朝兰,轻露栖丛菊"、《杂诗》其四"繄繄结繁云,森森散雨足",而成《张黄门苦雨》。有关张协的诗风,《诗品》评其为"词采葱蒨,音韵铿锵,使人味之,亹亹不倦"①,如《杂诗》其二"浮阳映翠林,回飙扇绿竹",《杂诗》其三"寒花发黄采,秋草含绿滋",开启后世清绮诗风。

江淹在模拟的同时进行了改造。"庭树发红彩,闺草含碧滋"、"丹霞蔽阳景,绿泉涌阴渚",以红、绿对举,造成强烈的视觉差。这种情况,在以前的诗歌史上是不常见的。据统计,"红色在江淹诗歌中出现的频率有40多次,而绿色则多达60多次,这两种颜色一共占江淹诗歌总色彩比例的70%"②。形成与"二张"有别的明艳诗风。他这种写法,受鲍照影响不可忽视。鲍照喜欢用强烈的深色,如绛、紫、青、红、金、黛等,众色杂陈。钱志熙先生认为,鲍照"写景物,颇有乱施丹腹的毛病"③。江淹则同时借鉴了谢灵运注意色彩调和的优点,色差既强烈对比,又具有清新明丽画境。这种写法,对于后世也有不小的影响。梁武帝《和萧中庶直石头诗》"翠壁绛霄际,丹楼青霞上","此诗中有的诗句令人想起江淹的某些名句。如此诗中'翠壁'二句,上句'翠'对下句的'丹','绛'对下句的'青',而二句本身的'翠'和'绛'、'丹'和'青'又正好相对,且色彩也相映成趣。江淹亦好使用这种技巧。……梁武帝显然继承了前人的成果又加以发展,一句之中又自以色彩对仗"④。可以看出,谢灵运、鲍照、江淹等人受到二张写诗用色的启发,又有所发展。

江淹拟诗的意义尚不止于此,《杂体诗三十首》还体现了永明文学对清新明丽圆融的美的追求。三十首诗中,大量出现"清"、"丽"、"秀"字眼,而且这些字眼主要是用于风景、景致的描绘,呈

---

① (南朝梁)钟嵘著,曹旭笺注:《诗品笺注》,人民文学出版社2009年版,第84页。
② 梁晓霞:《江淹诗歌的语言风格考察》,《文史博览》2007年第8期。
③ 钱志熙:《魏晋诗歌艺术原论》,北京大学出版社1993年版,第355页。
④ 曹道衡:《兰陵萧氏与南朝文学》,中华书局2004年版,第96页。

现出一种明净秀丽的诗风。今将其录于下。有关"清"字的诗句有：

悠悠清川水，嘉鲂得所荐。（《李都尉从军》）
绿竹夹清水，秋兰被幽崖。（《魏文帝游宴》）
从容冰井台，清池映华薄。（《陈思王赠友》）
倚棹泛泾渭，日暮山河清。（《王侍中怀德》）
佳人抚鸣琴，清夜守空帷。（《张司空离情》）
殡宫已肃清，松柏转萧瑟。（《潘黄门述哀》）
马服为赵将，疆场得清谧。（《卢郎中感交》）
亹亹玄思清，胸中去机巧。（《孙廷尉杂述》）
极眺清波深，缅映石壁素。（《殷东阳兴瞩》）
重阳集清氛，下辇降玄宴。（《颜特进侍宴》）
清阴往来远，月华散前墀。（《王征君养疾》）
气清知雁引，露华识猿音。（《谢光禄郊游》）

有关"丽"字的诗句有：

眷我二三子，辞义丽金膝。（《陈思王赠友》）
揆日粲书史，相都丽闻见。（《颜特进侍宴》）
朱棹丽寒渚，金鍐映秋山。（《袁太尉从驾》）

有关"秀"字的诗句有：

青松挺秀萼，惠色出乔树。（《殷东阳兴瞩》）
岩崿转奇秀，岑崟还相蔽。（《谢临川游山》）
灵芝望三秀，孤筠情所托。（《谢法曹赠别》）

江淹之后，作为永明文学最高成就的"小谢"，就是这种清新明丽诗风的集大成者。钟嵘在沈约诗评中，曾说"于时谢朓未遒，江淹才尽，范云名级故微，故约称独步"①。江淹在沈约、范云、谢朓等永明文学代表诗人之前，对他们也有不小的影响。特别是"小谢"，一直被看作"清丽"诗风的代表。如清乔亿云："读小谢诗，令人神思清发，昏不假寐。"又云："小谢之清音独绝矣。"②吴淇《六朝选诗定论》卷十五："其诗极清丽新警，文字得之苦吟，较之梁，惟江淹仿佛近之。"③江淹用"清"字的频率虽然不及小谢，但是，诸如"清川"、"清水"、"清池"、"清夜"、"清波"、"清气"、"清阴"等以"清"为修饰词的偏正短语，在其诗歌中还是屡屡可见。江淹的诗歌，尽管与小谢繁华落尽、自然清新、韵味天然的诗风还有很大的差距，但是他毕竟摆脱了谢灵运、颜延之追求繁复、雕饰，诸多病累的毛病。从这个角度上讲，江淹的《杂体诗三十首》体现了从"元嘉文学"向"永明文学"的过渡。曹道衡先生即说："江淹兼具两个时代诗人的不同风气。这也许因为他创作活动的全盛时代，正好在宋末，恰当诗风转变之际的缘故吧！在诗歌从元嘉体向永明体的转变中，鲍照发其轫，江淹继其轨，共同推进宋、齐文学的渐次演进。"④

南朝诗歌的律化进程，在江淹拟诗中也有体现。如：

颜特进侍宴⑤

太微凝帝宇，瑶光正神县。揆日粲书史，相都丽闻见。列汉构仙宫，开天制宝殿。桂栋留夏飙，兰橑停冬霰。青林结冥濛，丹巘被葱蒨。山云备卿霭，池卉具灵变。重阳集清氛，下辇降玄宴。鹜望分寰队，晒旷尽都甸。气生川岳阴，烟灭淮海见。中坐溢朱组，

---

① （南朝梁）钟嵘著，曹旭笺注：《诗品笺注》，人民文学出版社2009年版，第196页。
② （清）乔亿：《剑谿说诗》，载郭绍虞编选，富寿荪校点《清诗话续编》，上海古籍出版社2016年版，第1079页。
③ （清）吴淇：《六朝选诗定论》，广陵书社2009年版，第406页。
④ 曹道衡：《中古文学史论文集》，中华书局2002年版，第259页。
⑤ （明）胡之骥注，李长路、赵威点校：《江文通集汇注》，中华书局2006年版，第158页。

步櫩篚琼弁。礼登伫睿情，乐阕延皇眒。测恩跻逾逸，沿牒懵浮贱。荣重馈兼金，巡华过盈瑱。敢饰舆人咏，方惭绿水荐。

袁太尉从驾①

宫庙礼哀敬，枌邑道严玄。恭洁由明祀，肃驾在祈年。诏徒登季月，戒凤藻行川。云旆象汉徙，宸网拟星悬。朱棹丽寒渚，金錽映秋山。羽卫蔼流景，彩吹震沉渊。辨诗测京国，履籍鉴都壖。盯谣响玉律，邑颂被丹弦。文轸薄桂海，声教烛冰天。和惠颁上笏，恩渥浃下筵。幸侍观洛后，岂慕巡河前。服义方无沬，展歌殊未宣。

拟颜、袁二首，鲜明体现了宋、齐时期公宴诗的特点：篇幅较长、以颂美为主，文辞典雅、多用故实。江淹选取颜氏那些用典繁复、辞藻华丽的庙堂应制之作，如《车驾幸京口三月三日侍游曲阿后湖作》《侍游蒜山》，拟成《颜特进侍宴》一诗。据《南史·颜延之传》载："延之尝问鲍照己与灵运优劣。照曰：'谢五言如初发芙蓉，自然可爱；君诗若铺锦列绣，亦雕缋满眼。'"②"桂栋留夏飙，兰橑停冬霰。青林结冥濛，丹巘被葱蒨。山云备卿霭，池卉具灵变"，学习颜延之《车驾幸京口三月三日侍游曲阿后湖作诗》"雕云丽璇盖，祥飙被彩斿。江南进荆艳，河激献赵讴。金练照海浦，箫鼓震溟洲"，三个对句连用。

笔者在此要讨论的是，相对于魏晋时期的公宴诗作，江淹拟诗有一个突出的特点：整首诗通篇押韵。拟颜诗，县、见、殿、霰、蒨、变、宴、甸、见、弁、眒、贱、瑱、荐，押仄声韵。拟袁诗，玄、年、川、悬、山、渊、壖、弦、天、筵、前、宣，押平声韵。此外，拟鲍照诗、拟汤惠休诗，也是整首押韵。反观刘宋时期的公宴诗，这

---

① （明）胡之骥注，李长路、赵威点校：《江文通集汇注》，中华书局2006年版，第162页。

② （唐）李延寿：《南史》，中华书局1975年版，第881页。

种通篇押韵的现象并不突出，有些还带元嘉时期转韵的特点。而这样通篇押韵的现象在梁、陈时期十分多见。诗人在宴席上相约赋诗，举定数字为韵，互相分黏，各人就所得之韵赋诗。清赵翼《陔余丛考》说："古人联句，大概先分韵而后成诗。梁武帝光华殿联句，曹景宗后至，诗韵已尽，沈约以'竞'、'病'二字与之，曰：所余二韵，则分韵之余也。"① 清楚地说明了分韵的意思。这种现象不始于梁代，早在齐永明年间，就开始了"新变"。《南史·庾肩吾传》载："齐永明中，王融、谢朓、沈约文章始用四声，以为新变。"② 他们几个人的作品，讲求声律之作，大多也是作于宴会或者诗人群体之间的唱和。自永明体以来，讲求诗歌声律美的风气越来越浓烈。江淹这二首拟制，正作于其时，这不能不说是对颜、袁等人诗作的一种因革，而且说明了公宴这种题材，对于后世诗人形成整体的用韵意识的影响。

南朝时期，由于宴会频繁，时人特别重视在集体场合用韵的能力。用韵自如、才思敏捷的诗人最受他人欣赏，有时候宴会主持人（一般是当权者或文坛领袖）为了使竞争更加激烈，专门让大家用一些难押韵的字去作诗，如"强韵"。《梁书·王筠传》载："筠为文能压强韵，每公宴并作，辞必妍美。约常从容启高祖曰：'晚来名家，唯见王筠独步。'"③ "强韵"有"勉强"之意，虽然在这种风气下写出的诗，可能缺乏真情实感，有的甚至称不上好诗，但是它从客观上强化了诗人作诗用韵的自觉意识，对后来五言诗的律化有着积极的意义。

这种集体创作方式体现了南朝诗人娱乐化和游戏化的诗歌观念，使得上下尽欢，又暗合一比高下的意味。江淹这二首拟制，不仅体现了对颜、袁等人诗作的一种因革，而且说明了公宴这种题材，集体化的创作方式对于后世诗人形成整体的用韵意识的影响。

---

① （清）赵翼撰，曹兴甫校点：《陔余丛考》，上海古籍出版社2011年版，第422页。
② （唐）李延寿：《南史》，中华书局2008年版，第1246页。
③ （唐）姚思廉：《梁书》，中华书局2006年版，第485页。

三 集多个特征于一身的拟诗方法

江淹拟诗，常常把所拟诗人的多个创作特征集中到一首拟诗中。例如：

陈思王赠友[1]

君王礼英贤，不吝千金璧。双阙指驰道，朱宫罗第宅。从容冰井台，清池映华薄。凉风荡芳气，碧树先秋落。朝与佳人期，日夕望青阁。褰裳摘明珠，徙倚拾蕙若。眷我二三子，辞义丽金膺。延陵轻宝剑，季布重然诺。处富不忘贫，有道在葵藿。

刘文学感遇[2]

苍苍山中桂，团团霜露色。霜露一何紧，桂枝生自直。橘柚在南国，因君为羽翼。谬蒙圣主私，托身文墨职。丹彩既已过，敢不自雕饰。华月照方池，列坐金殿侧。微臣固受赐，鸿恩良未测。

王侍中怀德[3]

伊昔值世乱，秣马辞帝京。既伤蔓草别，方知枭杜情。崤函复丘墟，冀阙缅纵横。倚棹泛泾渭，日暮山河清。蟋蟀依素野，严风吹枯茎。鹳鹆在幽草，客子泪已零。去乡三十载，幸遭天下平。贤主降嘉赏，金貂服玄缨。侍宴出河曲，飞盖游邺城。朝露竟几何，忽如水上萍。君子笃惠义，柯叶终不倾。福履既所绥，千载垂令名。

---

[1]（明）胡之骥注，李长路、赵威点校：《江文通集汇注》，中华书局2006年版，第141页。

[2]（明）胡之骥注，李长路、赵威点校：《江文通集汇注》，中华书局2006年版，第141页。

[3]（明）胡之骥注，李长路、赵威点校：《江文通集汇注》，中华书局2006年版，第142页。

这三首拟诗，诗题中所显示的主旨，只是拟诗中的一部分；而拟诗的另一部分则是由模拟对象的其他诗歌题材或是不同风格之作组成，前者反映在《陈思王赠友》中，后者则体现在《刘文学感遇》和《王侍中怀德》中。

《陈思王赠友》全诗大致可分为两部分，首句"君王礼英贤，不吝千金璧"，是对曹植《公宴》"公子爱敬客，终宴不知疲"① 的模拟；"双阙指驰道，朱宫罗第宅。从容冰井台，清池映华薄"四句是写景。以上部分，可以说是建安时期公宴诗诗体的延续。本应是一片欢乐、和谐的宴会场景，作者却笔锋一转："凉风荡芳气，碧树先秋落。……延陵轻宝剑，季布重然诺。处富不忘贫，有道在葵藿。"这是诗歌的第二部分，是对曹植《赠丁仪》"初秋凉气发，庭树微销落"、"思慕延陵子，宝剑非所惜"、"子其宁尔心，亲交义不薄"② 的模拟，表达对朋友的感激和互勉之情。这里涉及建安诗坛另外一种重要的诗歌类型——赠答诗。这种以诗赠答的活动在汉魏六朝公宴席间很常见，如应德琏《侍五官中郎将建章台集诗》、刘桢《赠五官中郎将诗》，就创作于曹丕举行的宴会上。可见，当时的公宴与赠答诗有着极其密切的关系，时有重叠。但是随着诗歌内容、类型的深入、细化，这类诗归于《文选》中"赠答"一类，而与"公宴诗"区别开来。中国台湾学者梅家玲说："所谓'赠'，是先作诗送给别人；'答'，则系就来诗旨进行回答。"赠答诗最主要的特征就是"有特定的倾诉对象"，内容以表达对投赠者的情意为主③。拟诗的结尾明确表明对朋友的期望，已经具备了"有特定的倾诉对象"的特征，所以不能简单地作为"公宴诗"来处理。这首拟作属于"公宴+赠答"类型。这是六朝诗人对同一时期诗歌多样化类型的认识，是对诗歌题材不断明晰化，通过模拟这种方式自觉运用于创作实践的具体体现。

---

① 赵幼文：《曹植集校注》，人民文学出版社1984年版，第48页。
② 赵幼文：《曹植集校注》，人民文学出版社1984年版，第129页。
③ 梅家玲：《汉魏六朝文学新论——拟代与赠答篇》，北京大学出版社2004年版，第101页。

再看《刘文学感遇》，全诗也可分为两个部分，先看第一部分："苍苍山中桂，团团霜露色。霜露一何紧，桂枝生自直。"全诗以桂树起兴，比喻坚贞的人格不应因外部的压力而更改其志。第二部分："橘柚在南国，因君为羽翼。……微臣固受赐，鸿恩良未测。"表达对贤主的赞美和对恩赐的自勉、惶恐不安的心情。程章灿先生认为："前四句写山中桂树……第五句到第十句转向写橘柚，与前文没有必然的关系。十一、十二句，似乎又接刘桢诗的另一个典型主题'公宴'，显得杂乱无章。就把握主题结构安排来说，这是失败的。"① 笔者的视角略有不同，这种看似"失败"的做法，恰好反映了江淹有意将诗人两种不同的创作心态和诗歌风格合二为一。这是江淹"具美兼善"的批评观念的体现。

建安九年（204），曹操克邺以后，邺下时期是三国前期文学最为昌盛的一段，当时全国的优秀文人，几乎悉集于兹，尤其以"建安七子"为首。他们亲身经历了汉末社会的动乱，所以描写世积乱离、风衰俗怨的作品较多，流露出浓郁的忧患意识。不仅如此，像孔融、刘桢、徐幹、祢衡等人，他们是汉末清流党人之后。桓、灵之际，党人为了对抗宦官，形成了"婞直之风"，为了人格、道义，誓死不改其志。这些文人作为其后人，在某些时候也有显示孤高自傲的清流品质。同时，伴随着"士人人格的全面觉醒"，余英时先生认为："所谓个体自觉者，即自觉为具有独立精神之个体，而不与其他个体相同，并处处表现其一己独特之所在，以期为人所认识之义也。"② 这种"人格的自觉，全面觉醒"，反映在诗文创作中，以刘桢诗为例：《赠从弟》三首以蘋藻、松树、凤凰为对象③，以喻正直、高洁的人格，不同于流

---

① 程章灿：《三十个角色与一个演员——从〈杂体诗三十首〉看江淹的艺术"本色"》，《中山大学学报》2010 年第 1 期。
② 余英时：《士与中国文化》，上海人民出版社 2002 年版，第 270 页。
③ 其一："泛泛东流水，磷磷水中石。蘋藻生其涯，华叶何扰弱。采之荐宗庙，可以羞嘉客。岂无园中葵，懿此出深泽。"其二："亭亭山上松，瑟瑟谷中风。风声一何盛，松枝一何劲！冰霜正惨怆，终岁常端正。岂不罹凝寒，松柏有本性。"其三："凤凰集南岳，徘徊孤竹根。于心有不厌，奋翅凌紫氛。岂不常勤苦，羞与黄雀群。何时当来仪，将须圣明君。"

俗。所以，拟诗"苍苍山中桂，团团霜露色。霜露一何紧，桂枝生自直"，即是这种创作风格和心态的体现。而且写作手法上，拟作通用比体，这里涉及除《陈思王赠友》外建安时期赠答诗的另一种类型，清沈德潜所谓"赠人之作通用此体，亦是一格"①，即是如此。

  邺下时期，文人的地位有了很大的变化。曹操让许多文人担任官吏，如刘桢为"平原侯庶子"、应玚为"平原侯文学"、王粲为"侍中"等。他们这种机遇，与曹操"贤主人"是分不开的。况且要实现功业理想，更与曹操的恩赐不可分。所以对于当权者的歌颂，还是有相当的真诚可言的。"刘桢无论怎样'乖''偏'，都只是在思想性格和为人作风方面的表现，而在政治倾向方面，他则持明确的拥戴曹操的态度。"② 其诗有很多表现，如《赠五官中郎将四首》其一"昔我从元后，整驾至南乡"，其二"勉哉修令德，北面自宠珍"，其四"君侯多壮思，文雅纵横飞。小臣信顽卤，僶俛安能追"③。甚至有时候刘桢自己在同一首诗中，都避免不了这两种截然不同思想的激烈斗争，如其《失题诗》："青青女萝草，上依高松枝。幸蒙庇养恩，分惠不可赀。风雨虽急疾，根株不倾移。"④ 同一首诗，体现了两种复杂的心态。这样貌似带有逢迎的思想，在刘桢诗作中不在少数，而且许多还是在宴会所作。江淹敏锐地捕捉到刘桢前后不同的创作心态，加以模拟，是十分准确的。这种歌功颂德又带有公宴诗的性质，是十分准确的。因为这两种思想是截然不同、不可调和的，所以在拟诗中出现看似"失败"的做法，也不是江淹的过错，而是他运用"杂拟"的方法——将所拟作家的全部作品当作一个整体，从中寻找切合自己的意念，根据自己的需要进行再创造。基于以上分析，此首拟作从诗歌题材上属于"赠答＋公宴"类型。

  拟王粲诗，完全体现了江淹试图将作者不同境遇、不同心态下写

---

① （清）沈德潜选：《古诗源》，中华书局1978年版，第130页。
② 徐公持：《魏晋文学史》，人民文学出版社1999年版，第119页。
③ 俞绍初辑校：《建安七子集》，中华书局1989年版，第182页。
④ 俞绍初辑校：《建安七子集》，中华书局1989年版，第187页。

作的不同风格的诗歌合为一首的思想。拟诗首句"伊昔值世乱，秣马辞帝京"，模拟王粲《七哀诗》①"西京乱无象，豺虎方遘患"，指王粲因为社会动乱而被迫离开长安。"既伤蔓草别，方知杕杜情。崤函复丘墟，冀阙缅纵横"，一路看到惨绝人寰的社会惨剧。"出门无所见，白骨蔽平原。路有饥妇人，抱子弃草间"（王粲《七哀诗》其一），流露出深切的哀伤之意，王粲早期创作的诗歌，口语化、白描化的倾向较多，而江淹则借助一些意象"蔓草"、"杕杜"暗示这种惨象。这也是作为后代诗人对汉魏诗歌古野、质朴诗风的改造，少了口语的内容而多了文人化的手法。"去乡三十载，幸遭天下平。贤主降嘉赏，金貂服玄缨"，指王粲回到阔别已久的中原，因为曹操的赏识，他成功跻身仕途。"侍宴出河曲，飞盖游邺城"，写与贵公子曹丕、曹植在邺城游宴诸事。"朝露竟几何，忽如水上萍"，写宴会豪饮之际又流出无限感伤，时光易逝、功业未立。"君子笃惠义，柯叶终不倾。福履既所绥，千载垂令名"，所以要在有生之年追求生命的价值，以获得不朽的名声。全诗以"去乡三十载，幸遭天下平"为界，分为两个部分，前面描写的内容即谢灵运《魏太子邺中集诗序》"王粲，家本秦川，贵公子孙，遭乱流寓，自伤情多"，是他前期的诗歌风格和内容；后一部分是典型的公宴诗，王粲归顺曹操后，常与文人相聚宴饮，忧患之意大为减少，功名追求意识明显增多，即《文心雕龙·明诗》所谓"怜风月，狎池苑，述恩荣，叙酣宴"，江淹以侍中官名作为题目，也是对其感恩报效之心的肯定。

刘桢诗直接继承了汉末古诗的传统，比较质朴。多用咏物、比兴的手法，即使是感恩之作，也比王粲有分寸，那种过分夸饰的语言在刘桢诗中就很难找到。王粲诗，尤其是邺城之作，多逞才竞辞倾向，文人化、雕琢化气息浓厚，而且多发忧患、哀怨之词。造成这种不同的原因也是多方面的。第一，两人性格不同，刘桢性亢直，有逸气，作诗文仗其气，好奇句，往往惊骇时人。王粲貌寝体弱，作诗"发愀

---

① 俞绍初辑校：《建安七子集》，中华书局1989年版，第84页。

怆之词，文秀而质羸"①。第二，两人经历不同。王粲经历比较曲折，年少背井离乡，到荆州后，据《三国志·魏书》载，刘表"以粲貌寝而体弱、通侻，不甚重也"。经过十数年才回到中原。因此，他的诗赋多牢骚哀怨。刘桢经历比较简单，一入仕途，就投身曹氏大营。第三，两人在邺城心态不同。王粲出身世家，曾祖父、祖父皆为汉三公，而且他比较急躁趋利，功名心比刘桢要急切。后曹操辟为丞相掾，赐爵关内侯，地位也要比刘桢高。所以，他的诗文阿谀逢迎之意比较露骨。反观刘桢，他在他人眼中，是一位"乖人"，非常敏感自尊。所以，他的诗歌还是能够保留相当的节操。

在江淹看来，刘、王二人由于出身、经历、心态不同，造成诗歌风格迥异，但是没有高下优劣之分。他在拟诗中展示其同为公宴诗的相同之处，也展示其不同之处，他以"模拟—创作"的方式加以改造，以创作表达对前辈文人的看法，这种革新是全方面的，也有了文学史和文学批评的意味。

四 拟诗的评传性质

《杂体诗三十首》中的一些诗，有原诗人评传的性质。如《陆平原羁宦》：

> 储后降嘉命，恩纪被微身。明发眷桑梓，永叹怀密亲。流念辞南澨，衔怨别西津。驰马遵淮泗，旦夕见梁陈。服义迫上列，矫迹厕官臣。朱黻咸髦士，长缨皆俊人。契阔承华内，绸缪逾岁年。日暮聊揔驾，逍遥观洛川。阻没多拱木，宿草陵寒烟。游子易感忾，踯躅还自怜。愿言寄三鸟，离思非徒然。②

---

① （南朝梁）钟嵘著，曹旭笺注：《诗品笺注》，人民文学出版社2009年版，第66页。
② （明）胡之骥注，李长路、赵威点校：《江文通集汇注》，中华书局2006年版，第147页。

本诗大体可分为三层：第一层，"储后降嘉命，恩纪被微身……驰马遵淮泗，旦夕见梁陈"，写陆机被迫入洛，被征北上，与亲友离别。第二层，"服义迫上列，矫迹厕宫臣……契阔承华内，绸缪逾岁年"，写其在东宫任太子洗马，内心充满了欣喜。第三层"日暮聊揔驾，逍遥观洛川……愿言寄三鸟，离思非徒然"，写其暮游洛川，踌躇自怜。

陆机一向以华丽繁复的拟《古诗十九首》为世人所知，其拟作几乎可以达到以假乱真的程度，而江氏转而选择《赴洛道中作》《赴洛》《东宫作》一类的作品进行模拟。这三个层次，江淹以陆机三个不同阶段的诗歌作为所拟对象：第一层主要以《赴洛道中作二首》为模拟对象；第二层以《东宫作诗》①为原本；第三层为《答张士然》。而这几首诗恰恰反映了陆机在不同时期的生活经历，切中了陆机在宦海浮沉中生发出的深沉感慨。江淹这种写法，把陆机几个不同阶段、不同心态下的几组作品，组成类似于一个长篇叙事诗②。此诗有些像诗人的"自叙诗"，这种序诗作法不始于江淹，谢灵运《拟魏太子邺中集诗八首》中，在模拟的每一位诗人前都有一段小序：

  王粲："家本秦川，贵公子孙，遭乱流寓，自伤情多。"
  陈琳："袁本初书记之士，故述丧乱事多。"
  徐幹："少无宦情，有箕颍之心事，故仕世多素辞。"
  刘桢："卓荦偏人，而文最有气，所得颇经奇。"
  应玚："汝颍之士，流离世故，颇有飘薄之叹。"
  阮瑀："管书记之任，有优渥之言。"
  曹植："公子不及世事，但美遨游，然颇有忧生之嗟。"③

---

① 姜亮夫《陆机年谱》中认为《赴洛道中作》其二，为陆机在东宫作诗。徐公持《魏晋文学史》也持同样看法。
② 这种写法在《王侍中怀德》中也有部分体现，此不赘述。
③ （南朝梁）萧统编，（唐）李善注：《文选》，上海古籍出版社2010年版，第1432—1438页。

以简短的文字提及诗人的身世及经历，从而论及各家诗体，不是简单地知人论"诗"，而是充分注意到诗人的身世经历对于个人诗风形成的意义。与谢灵运不同，江淹不作诗前小序，而是将谢诗小序的那些内容，以拟作的形式加以呈现，使前面的叙事和后面抒怀相得益彰。这种做法，分明有一种移序入诗的意味，这是江淹在写法上的创新。读者在阅读中，不仅体会了原作的诗风，也理解了原诗人的经历，收到了双重的效果。再如《左记室咏史》：

  韩公沦卖药，梅生隐市门。百年信荏苒，何用苦心魂。当学卫霍将，建功在河源。珪组贤君眄，青紫明主恩。终军才始达，贾谊位方尊。金张服貂冕，许史乘华轩。王侯贵片议，公卿重一言。太平多欢娱，飞盖东都门。顾念张仲蔚，蓬蒿满中园。①

如果说拟陆诗是用陆机人生几个不同阶段的经历组成的叙事诗，那么拟左思诗，就是左思在人生几个不同时段心态变化的真实写照。这首诗的组织顺序，对应左思《咏史诗》八首的三个不同的写作时间和心态发展②。《左记室咏史》模拟左思《咏史诗八首》的章句结构，通篇形成多层次对比，诗歌内涵丰富，表现力强。这首拟诗的意义，借用王钟陵先生评价左思《咏史》的话："丰富地展示了一个成长起来了的个性心灵世界。"③

首句"韩公沦卖药，梅生隐市门。百年信荏苒，何用苦心魂。当学卫霍将，建功在河源"，以韩公、梅生两个表面隐居、实则待价而沽或以隐居获得虚名的历史人物为开端，表明自己的理想在于学习卫青、霍去病建功立业。左思早期的理想在于"澄江湘而灭东吴，定羌

---

① （明）胡之骥注，李长路、赵威点校：《江文通集汇注》，中华书局2006年版，第148页。
② 徐公持《魏晋文学史》认为《咏史诗》八首写作的年代不同，第一、三、四首大概为前期所作，第五、六、七首大概作于中期，第二、八首作于后期。
③ 王钟陵：《中国中古诗歌史》，人民出版社2005年版，第285页。

胡而威戎狄"。这是左思早期积极进取人生态度的展现。"终军才始达，贾谊位方尊"，为了尽快建立功名，他加入了贾谧的"二十四友"之中，其妹左棻以才学选入后宫，左思此时为贾秘书郎，似乎刚刚踏上所要追求的理想之路。"金张服貂冕，许史乘华轩"，以西汉金日磾、张安世累世高官和许、史两家族以外戚身份显贵，暗指西晋森严的门阀制度，批判高门显贵，即左思《咏史诗》之二所表达的"世胄蹑高位，英俊沉下僚"强烈不满。这也是左思中期对于残酷现实的呐喊。"顾念张仲蔚，蓬蒿满中园"，面对这样的现实，诗人不羡慕青云直上的士人，他看透了世事的反复无常，从而灭弃于俯仰荣华，即左思《咏史诗》之八"巢林洒一枝，可为达士模"所反映的心态。向往老庄，以隐士自慰，这与他前两个时期的心态迥异。这首拟作，记录了左思由早期到晚年的心态变化：由积极进取到感慨悲愤再到放达，情绪转换之意十分鲜明。

与拟陆诗不同的是，江淹所要表达的左思心态上强烈反差，不是以单纯的叙述史实的形式，而是通过大量用典，全诗一共用了七个典故。诗中的典故，呈现为一句内成正对、隔句成反对的形式。如"韩公"对"梅生"为正对，这一对与卫青、霍去病成反对；"终军"对"贾谊"为正对，"金张"与"许史"为正对，而这两对又成反对，以真才实学为明主赏识和无所作为的高官外戚相比，"金张"与"许史"最后又与张仲蔚成反对，表明作者的人生理想不在于成为前者，而是后者。

这里的反对，不是简单意义上的字句相反，如上文指出的"红"对"绿"，而是内在意义上的对立，这使得诗歌有了一种更加深刻的含义。这种艺术手法的应用，在南朝士人手中十分常见，尤其是梁代以后的作家，如庾信等人。周勋初认为："趋新派作家讲求隔句作对，一方面表现出更趋雕琢的倾向，另一方面也相应地提高了写作技巧。"[1] 可以说，拟左思诗这种大量用典的手法，对诗歌的自然英旨有所伤害，但是它向人们展示的是用典这种诗文写作手法在南朝的

---

[1] 周勋初：《文史探微》，上海古籍出版社1987年版，第113页。

"新变",以及这种"新变"给后来诗歌带来的积极意义。

综上所述,从《陈思王赠友》《刘文学感遇》《王侍中怀德》《陆平原羁宦》《左记室咏史》,江淹"杂拟"手法的运用不仅实现了诗体的创新,同时也体现了六朝文学发展过程中的一些新动向。

第一,在作家风格上,将所模拟的作家的全部作品甚至是同时代其他诗人相近的作品作为一个整体。"一是注意到他们受到的影响有多方面,往往不限于一家;二是注意到诗人在不同时期所接受的不同影响,而不是一成不变。"① 这是对传统"知人论世"观念的发展,注重对所拟作家因个性和经历不同而风貌相同或相异的作品予以整体把握。在江淹之前,许多诗人就已经开始对作家风格进行探讨和模拟。如谢灵运《拟魏太子邺中集诗八首》,分别模拟了建安诗坛上的八位作家——曹丕、王粲、陈琳、刘桢、应玚、徐幹、曹植、阮瑀,而且在每个人前面还有一段小序,交代作家的出身、经历及其所形成的创作风格。有些诗人还在其作品的标题上写明"学某某体",如鲍照《学刘公幹体》《学陶彭泽体》、王素《学阮步兵体》等。由此可见,六朝诗人在模拟的时候,已经充分注意到了所拟对象的诗歌风格和时代风格。

"江淹拟作'成一纵局',是因为他意识到了作家和时代的差异,其风格意识已经完全觉醒。从陆机到江淹的拟作类型的演变,与魏晋南北朝作家对个体风格的自觉追求的进程是一致的。"② 可以说,从谢灵运到江淹,被拟诗人的主体风格在拟作中一步一步得以确认和定型。当时一提起"某某体",就可以让人不由自主地联想到某人的创作风格,而这些定型下来的"经典",也就成为后人可以学习的典范。比如南北朝史书中有明确记载的谢灵运体、谢惠连体、徐庾体、吴均体等。徐陵、庾信、谢灵运本人,并没有形成明确的"体"的意识,而他人的模拟却将其"体"的特征确立并凸显出来。而且,当时的人不仅能够清楚地体现作家的创作风格,还能够分辨出其优点

---

① 张伯伟:《中国古代文学批评方法研究》,中华书局2002年版,第50页。
② 陈恩维:《模拟与汉魏六朝文学嬗变》,中国社会科学出版社2010年版,第92页。

和缺点，这无疑导致了作家鉴赏和批评的深入。

第二，在诗歌题材上，就公宴诗和赠答诗而言，建安时期，赠答之作以赠诗为主，除曹彪《答东阿王》、徐幹《答刘桢》二诗确知为"答诗"之外，其余传世者皆为赠诗。而且早期赠答诗多是酝酿在公宴活动中，诸子相聚，互相切磋，成为公宴诗、赠答诗创作的主要场所，二者的界限并不十分明显。随着文学的发展，文人以诗赠答的社交活动愈加兴盛，使得赠答诗作为一种文人诗歌创作的正式题材而得以确立。《文选》专设"赠答"一门，收录赠答诗七十二首，为《文选》选诗之最，而且"答诗"的数量大幅度提高，形成了"真正回环往复的情意结构"[①]。

五 "诗史互证"的创作方法

以文学家的身份对历史上著名诗人进行模拟的同时，也有作为史学家的江淹对于西晋灭亡、永嘉南渡这段动荡历史的思考。江淹曾做过史官，据《南史》本传载，"建元二年，始置史官，淹与司徒左长史檀超共掌其任"，"永明初，迁骁骑将军，掌国史"[②]，江淹的史家身份在其拟作中也有体现，我们先看拟刘琨之《刘太尉伤乱》：

> 皇晋遘阳九，天下横氛雾。秦赵值薄蚀，幽并逢虎据。伊余荷宠灵，感激徇驰骛。虽无六奇术，冀与张韩遇。宁戚扣角歌，桓公遭乃举。荀息冒险难，实以忠贞故。空令日月逝，愧无古人度。饮马出城壕，北望沙漠路。千里何萧条，白日隐寒树。投袂既愤懑，抚枕怀百虑。功名惜未立，玄发已改素。时哉苟有会，治乱惟冥数。[③]

---

① 梅家玲：《汉魏六朝文学新论——拟代与赠答篇》，北京大学出版社2004年版，第101页。
② （唐）李延寿：《南史》，中华书局2008年版，第1450页。
③ （明）胡之骥注，李长路、赵威点校：《江文通集汇注》，中华书局2006年版，第150页。

第二章 《杂体诗三十首》的双重属性：创新与评论

西晋末年，刘琨抗击北方的少数民族政权，最后被段匹磾杀害。被害之前，刘琨作有《重赠卢谌》，表达他对于时不我遇，功业未建的感恨。钟嵘评曰："（刘）琨既体良才，又罹厄运，故善叙丧乱，多感恨之词。"① 在《文选集注·江文通杂体诗》卷六十二《刘太尉伤乱》至《谢仆射游览》中，存有公孙罗的《文选钞》，对于诗歌主旨释意有一定帮助，其中数则题下注保留了不少亡佚文献，如《刘太尉伤乱》题下《文选钞》引《续文章志》云："琨既有勇气，兼善文章。初，元皇虽茸济江东，犹谦让未即位。琨遣长史混峤奉表劝进，其略曰：'天未绝晋，必将有主。晋祀者非陛下而谁。'王敦见而大忿，曰：'读《左传》卅年，而今见刘琨得其语矣。'初，江左建创，英贤毕集，时人犹恨琨不过焉。周伯曰：'江东地狭，不容琨气。'"②《文选钞》所载刘琨事迹，可与《晋书》以及相关史籍相参。

江淹作为南渡士族的后人③，面对偏安一隅且政权频繁更换的南朝政局，江淹的史学家身份在此暂时代替了文学家身份，他在模拟的同时，不自觉地试图用史家的眼光看待易代之际的一些史事，并用诗歌的形式表达，形成了"诗史互证"的创作方法。《文选钞》于《刘太尉伤乱》解题曰："于闵怀之间伤其乱离，故作之。"④ 结合刘琨原作的写作背景，阐明其中的伤乱主旨。诗文具体如下：

1. "皇晋遘阳九，天下横氛雾"，刘琨《答卢谌诗一首并书》中说："厄运初遘，阳爻在六。"李善注："言晋之遇灾也。"⑤ 刘琨用"六"表明晋室的厄运刚刚开始，急需人才挽救，这里的人才指的即是我辈。《晋书》云："琨少负志气，有纵横之才，善交胜己，而颇

---

① （南朝梁）钟嵘著，曹旭笺注：《诗品笺注》，人民文学出版社2009年版，第139页。
② 刘跃进著，徐华校：《文选旧注集存》，凤凰出版社2017年版，第6140页。
③ 丁福林《江淹年谱》云："西晋末，中原战乱，济阳江氏避难徙居成皋，后又南徙渡江，居南徐州之京口。"
④ 刘跃进著，徐华校：《文选旧注集存》，凤凰出版社2017年版，第6140页。
⑤ （南朝梁）萧统编，（唐）李善注：《文选》，上海古籍出版社2010年版，第1170页。

浮夸。与范阳祖逖为友,闻逖被用,与亲故书曰:'吾枕戈待旦,志枭逆虏,常恐祖生先吾著鞭。'其意气相期如此。"可见,刘琨颇为自负,以挽救国家社稷为其责。反观拟作,"皇晋遭阳九,天下横氛雾",《周易》曰:"上九,亢龙有悔,盈不可久也。"暗示西晋的灭亡是不可挽回的必然结果。如果说"六"字表明了刘琨对当时天下大势的判断,尽管这种判断带有刘琨一己之愿。而"九"字表明江淹以史家的身份,站在后人的立场,以冷静客观的态度来审视这场劫难。经历了十六年之久的八王之乱已经结束,中原已经残破不堪,外族乘机大肆侵略,北方边镇已尽为刘曜、石勒所有。在这种情况下,刘琨想以一己之力,颠倒乾坤,是不可能的。江淹只是对原诗进行了数字上的小小改动,却无意暴露了他作为后人对于这场大劫难在所难逃、不可避免的追忆和思考。在此江淹既不是刘琨,代他感慨;也不是有类似的失国之痛,抒发一己之情。而是他的史家身份在起作用:借助诗文来表达对国家兴衰、治乱的看法。

2. "秦赵值薄蚀,幽并逢虎据",《文选钞》曰:"谓姚泓称秦,石勒称赵。日月薄食,祸乱之微,此二处百姓皆为此二人所破,逢灾害也。刘聪、石勒破幽、并二州自据之,如虎狼之为也。"①后秦和石赵曾经分别占领长安和中原等广大地区,这些都是西晋以及前代王朝的核心统治区域。五胡入侵给当地的百姓带来了深重的灾难。

3. "时或苟有会,治乱惟冥数",李善注曰:《孙子兵法》曰:治乱,数也。范晔《后汉书·乌丸论》曰:天之冥数,以至于是乎!②江淹作为一名史家,纵观历史上朝代的分分合合,"治乱惟冥数",暗指国家的兴亡、治乱都是历史的必然趋势。凡事都有兴衰,古往今来的政权无不外乎此,是不可避免的。反观刘琨诗"时哉不我与,去乎若云浮"(《重赠卢谌》),仍是感慨一己之不遇,这也是刘琨当局者迷的表现。江淹拟诗,显得比刘琨冷静、客观,更像是一个客观的史评

---

① 刘跃进著,徐华校:《文选旧注集存》,凤凰出版社2017年版,第6144页。
② (南朝梁)萧统编,(唐)李善注:《文选》,上海古籍出版社2010年版,第2465页。

家在评述西晋的灭亡，这也是拟诗题目"伤乱"的寓意所在——感伤于乱世，评治乱于冥数。

上文已经分析了江淹认为西晋灭亡、晋室南渡的历史必然。那么，在江淹眼中，什么才是导致西晋覆亡的根本原因呢？答案是西晋浮诞的玄风。这体现在《卢郎中感交》一诗中：

> 大厦须异材，廊庙非庸器。英俊著世功，多士济斯位。眷顾成绸缪，乃与时髦匹。姻媾久不虚，契阔岂但一。逢厄既已同，处危非所恤。常慕先达概，观古论得失。马服为赵将，疆场得清谧。信陵佩魏印，秦兵不敢出。慨无幄中策，徒惭素丝质。羁旅去旧乡，感遇喻琴瑟。自顾非杞梓，勉力在无逸。更以畏友朋，滥吹乖名实。①

历史上，卢谌和刘琨为姻亲，又为知己好友，两人有一些互相赠答之作。与刘琨"雅壮而多风"（《文心雕龙·才略》）诗风不同，卢谌在诗文中非常喜欢以玄言入诗，如其《时兴诗》"亹亹圆象运，悠悠方仪廓"，"澹乎至人心，恬然存玄漠"。其《赠刘琨诗》通篇用四言，阐述玄理，"惟同大观，万殊一辙。死生既齐，荣辱奚别？处其玄根，廓焉靡结"。刘琨早年和卢谌一样仰慕玄风，刘琨兄弟曾在贾谧"二十四友"之中，成为西晋最为浮华之士。刘琨在《答卢谌书》中说："昔在少壮，未尝检括。远慕老庄之齐物，近嘉阮生之放旷，怪厚薄何从而生？哀乐何由而至？"但是战乱和国家危亡唤起了刘琨的抱负，"自顷辀张，困于逆乱，国破家亡，亲友雕残。负杖行吟，则百忧俱至，块然独坐，则哀愤两集。时复相与举觞，对膝破涕为笑，排终身之积惨，求数刻之暂欢。譬由疾疢弥年，而欲一丸销之，其可得乎？夫才生于世，世实须才。和氏之璧，焉得独曜於郢握？夜光之珠，何

---

① （明）胡之骥注，李长路、赵威点校：《江文通集汇注》，中华书局2006年版，第151页。

得专玩于随掌？天下之宝，当与天下共之。但分析之日，不能不怅恨耳！然后知聃、周之为虚诞，嗣宗之为妄作也"①。所以，他的诗风也发生了转变，以骨气刚健之作代替了虚诞的玄风。清沈德潜曰："越石英雄失路，万绪悲凉，故其诗随笔倾吐，哀音无次，读者乌得于语句间求之。"②

卢谌没有这些经历，他的诗风一直都带有浓重的玄言色彩。《文心雕龙·才略》载："刘琨雅壮而多风，卢谌情发而理昭。"这里的"理"即是说的玄理。我们来看拟诗，几乎没有玄言色彩，主要表达的是仰慕先达，谦虚自己能力不如刘琨，勉励自己以更加踏实勤奋的态度报效国家。最后一句"更以畏友朋，滥竽乖名实"，言自己不敢以名不副实、滥竽充数的态度，以畏友人。这与卢原诗喜欢用玄理讲一些玄之又玄、意义不大的东西大相径庭。所谓名不副实、滥竽充数的态度是说西晋沉溺于虚诞的玄风、不谙事务、清谈误国的不良风气。据《晋书·王衍传》载，西晋大名士王衍死前曾说："呜呼！吾曹虽不如古人，向若不祖尚浮虚，勠力以匡天下，犹可不至今日。"③东晋人也往往把西晋的灭亡归因于玄风，《世说新语·轻诋篇》载，"桓公入洛，过淮泗，践北境，与诸僚属登平乘楼，眺瞩中原，慨然曰：'遂使神州陆沈，百年丘墟，王夷甫诸人不得不任其责！'"④

江淹以史家的眼光敏锐地抓住了西晋覆亡的根本原因，因而在拟诗中改造了卢诗的风格，表达了他对玄风误国的不满，并提出了自己的思考，与后代史官的理性认识有着惊人的视域契合。干宝《晋纪总论》这样评价这段西晋覆亡的原因："风俗淫僻，耻尚失所，学者以《庄》《老》为宗，而黜《六经》，谈者以虚薄为辩，

---

① （南朝梁）萧统编，（唐）李善注：《文选》，上海古籍出版社2010年版，第1169—1170页。
② （清）沈德潜选：《古诗源》，中华书局2006年版，第148页。
③ （唐）房玄龄等撰：《晋书》，中华书局1974年版，第1238页。
④ 徐震堮：《世说新语校笺》，中华书局1984年版，第446—447页。

而贱名俭,行身者以放浊为通,而狭节信,进仕者以苟得为贵,而鄙居正,当官者以望空为高,而笑勤恪。是以目三公以萧杌之称,标上议以虚谈之名,刘颂屡言治道。傅咸每纠邪正,皆谓之俗吏。"① 这与江淹以诗文的形式反思这段历史得出的结论有异曲同工之处。可以说,江淹拟作从文学的角度补充了史家的言论,用诗意的文字勾勒了这段风起云涌的历史,既具有诗歌的含蓄幽长之美又兼备史家评传的沉着与理性。

六 宫体诗的雏形

在《杂体诗三十首》中,已经有后代宫体诗的雏形。如《潘黄门述哀》,各本诗题略有不同,"述哀",尤袤本作"悼亡",刘良注曰:"谓悼妇诗也。"集注本、九条本、陈八郎本、朝鲜正德本作"述哀",《江文通集》亦作"述哀"②。全诗如下:

> 青春速天机,素秋驰白日。美人归重泉,凄怆无终毕。殡宫已肃清,松柏转萧瑟。俯仰未能弭,寻念非但一。抚衿悼寂寞,恍然若有失。明月入绮窗,仿佛想蕙质。销忧非萱草,永怀寄梦寐。梦寐复冥冥,何由觌尔形?我惭北海术,尔无帝女灵。驾言出远山,徘徊泣松铭。雨绝无还云,华落岂留英?日月方代序,寝兴何时平!③

此诗以潘岳最具代表性的诗作《悼亡诗》为模拟对象。潘岳悼念亡妻之作,用语典雅,悲凉情深,十分感人。反观拟诗,有几处具体描写怀念之情的诗句,与原作颇为不类。具体如下:

---

① (南朝梁)萧统编,(唐)李善注:《文选》,上海古籍出版社2010年版,第2186页。
② 《郭弘农游仙》"道人读丹经,方士炼玉液",李善注:"已见《拟潘黄门述哀诗》",结合诸本及李善注所引,当以"述哀"为是。
③ (明)胡之骥注,李长路、赵威点校:《江文通集汇注》,中华书局2006年版,第146页。

第一,"美人归重泉,凄怆无终毕",以美人代表亡妻。而在潘岳《悼亡诗》中,是这样形容的,"之子归穷泉,重壤永幽隔"。在现存潘岳所有的诗中,找不到一处以"美人"形容亡妻。在中国传统文化观念中,美人或是象征,如楚辞的"香草美人",或是代表歌儿舞女。江淹此处绝无冒犯潘岳亡妻之意,他早年丧妻,对于这种切肤之痛感同身受,如《悼室人十首》:"佳人永暮矣,隐忧遂历兹",以"佳人"形容亡妻。这里可以看出,从"之子"到"美人"、"佳人",对妻子称呼的改变,似乎有一点轻佻的意味。

第二,"我惭北海术,尔无帝女灵",以宋玉《高唐赋》中巫山神女的典故①,来表达自己深切的思念。潘岳原作《悼亡诗》"独无李氏灵,仿佛睹尔容",以汉武帝怀念李夫人,比附亡妻不可再见。汉武帝对李夫人之情,是封建社会中帝王对后宫之情,在当时是属于正当的伦理关系。而"帝女"却是以巫山神女与楚襄王之间的情爱比拟夫妻之情,在当时有些不伦。

第三,"雨绝无还云,华落岂留英",以"旦为朝云,暮为行雨"指代男女的结合。这里将夫妻之情引向衽席床帏,挑逗的意味就十分明确了。江淹的这种写法,分明有了后来宫体诗的某些因子:以娼妓来写发妻、从重视精神结合到重视床帏之间。梁陈时期的宫体诗,有一种特殊的写法,即以娼妓来比附发妻。如吴均《鼓瑟曲有所思》"知君亦荡子,贱妾亦娼家",萧纲《咏内人昼眠》"夫婿恒相伴,莫误是娼家"。闻一多先生指出:"如果初期作者常用的'古意'、'拟古'一类暧昧的题面,是一种遮羞的手法,那么现在这些人是根本没有羞耻了。"②

---

① 宋玉《高唐赋》:"昔先王游于高唐,怠而昼寝,梦见一妇人,自云:我帝之季女,名曰瑶姬,未行而亡,封于巫山之台。闻王来游,原荐枕席。王因幸之。去乃言:妾在巫山之阳,高丘之阻,旦为朝云,暮为行雨,朝朝暮暮,阳台之下。旦而视之,果如其言。为之立馆,名曰朝云。"

② 闻一多:《宫体的自赎》,见《唐诗杂论》,中华书局2009年版,第11页。

第二节 评论：用诗歌隐约进行文学批评

魏晋南北朝时期是我国文学批评和理论十分繁荣的时期。从先秦发端的文学创作，经历了漫长时期的发展、沉淀，积累了许多创作经验，需要总结。文学创作的主体，已经完成由一般民众向专职文人的过渡，文人创作成为中国文学发展的主体。那时候文学批评和理论，很多情况下是通过文人具体创作反映出来的。罗宗强先生认为："中国文学批评史研究，不能只研究文学批评和理论自身，而忽略了文学创作实际所反映出来的文学思想倾向。"[①] 就拟诗而言，"因为拟作者对模拟客体的选择，本身就已经蕴含了对诗歌的整体观照和主观品评，所以又是一种间接的诗歌批评方式"[②]。因为模拟的过程蕴含着不以理论表述，而是通过对原作的改造（顺应与背离，增加或删除）而反映的文学思想。本节拟通过具体分析《杂体诗三十首》，发掘江淹在拟诗中隐含的文学批评观念。

一 有关李陵诗的排列顺序

李都尉从军[③]

樽酒送征人，踟蹰在亲宴。日暮浮云滋，握手泪如霰。悠悠清水川，嘉鲂得所荐。而我在万里，结友不相见。袖中有短书，愿寄双飞燕。[④]

---

① 罗宗强：《李杜论略》，内蒙古人民出版社1980年版，第20页。
② 赵红玲：《六朝拟诗研究》，上海辞书出版社2008年版，第159页。
③ 此诗之题，《文选》卷三十一作《李都尉陵》，明张溥《汉魏六朝百三家集》本《江淹集》题作《李都尉陵从军》，至于题下注，《文选》卷三十一作"从军"，明胡之骥《江文通集汇注》作"陵"。
④ （明）胡之骥注，李长路、赵威点校：《江文通集汇注》，中华书局2006年版，第138—139页。

在江淹所拟三十家中，除汉代无名氏外，二十九位实名作家中李陵名列第一。萧统《文选》选录李陵《与苏武诗》三首，《艺文类聚》和《古文苑》又有《录别诗》八首。但是有关李陵诗的真伪等问题一直饱受后人争议。根据《汉书·苏武传》和《李陵传》，李陵在武帝诏书的迫促下，引五千士卒出塞，后无援兵，最后不得已生降匈奴。在此之前，苏武奉诏命出使匈奴，同样被拘于匈奴。二人在匈奴共处十五年，曾有交往、赠答。相传为苏、李诗等作品均以表达离别为主，缺乏出征的豪情、兵败途穷的无奈及英雄失路的悲愤。且《汉书·艺文志》并未著录李陵诗，等等。据现存文献，最早对李陵诗提出疑问的，当属刘勰，认为李陵诗不出于其手，《文心雕龙·明诗》称：

> 汉初四言，韦孟首唱，匡谏之义，继轨周人。孝武爱文，《柏梁》列韵。严马之徒，属辞无方。至成帝品录，三百余篇，朝章国采，亦云周备，而辞人遗翰，莫见五言，所以李陵、班婕妤见疑于后代也。

颜延之《庭诰》中对"李陵众作"给予总体评价："逮李陵众作，总杂不类，元是假托，非尽陵制。"则固有陵制者矣。此后越来越多的人模拟李陵之作。在《恨赋》《泣赋》《诣建平王上书》《杂体诗三十首》中，江淹反复拟引李陵，借以抒发自身的失意不平。如《恨赋》：

> 至如李君降北，名辱身冤。拔剑击柱，吊影惭魂。情往上郡，心留雁门。裂帛系书，誓还汉恩。朝露溘至，握手何言？①

由于江淹、钟嵘等人的接受品评，李陵及其作品在齐梁时期被学界广泛关注，其"五言诗之祖"的文学史地位也最终得到普遍认同。

---

① （明）胡之骥注，李长路、赵威点校：《江文通集汇注》，中华书局2006年版，第8页。

刘勰《文心雕龙》、任昉《文章缘起》、裴子野《雕虫论》、萧子显《南齐书·文学传论》等，都涉及李陵之作，而且基本肯定其为真实之作。萧统《文选》卷二十九收录李陵《与苏武诗》三首、卷四十一收录李陵《答苏武书》。虽然《文选》所收李陵诸作的真伪尚无定论，但《文选序》论及古诗流变时说："自炎汉中叶，厥途渐异。退傅有'在邹'之作，降将著'河梁'之篇，四言五言，区以别矣。"① 在作品的编次上，萧统将"苏李诗"排在《古诗十九首》之后、张衡《四愁诗》之前，将《答苏武书》置于司马迁《报任少卿书》之前。以作品的时间作为编排的依据，萧统显然认为这些都是李陵的作品。钟嵘《诗品》称"陵，名家子，有殊才，生命不谐，声颓身丧。使陵不遭辛苦，其文亦何能至此！"② 认为其文与遭遇息息相关，而且，钟嵘和江淹都将"李陵诗"条至于无名氏古诗和班婕妤诗之间，间接承认了李陵诗的真实性。从刘宋至梁代，可以说集中反映了《文选》成书前的一个时期内士人理解、接受"李陵众作"的情况，以及对李陵诗真伪的看法。

二　阮旨遥深

江淹的拟诗，有些已经不限于模拟原作的诗风，进而对所拟之人用拟诗直接评论。

阮步兵咏怀

　　青鸟海上游，鸑斯蒿下飞。沉浮不相宜，羽翼各有归。飘飘可终年，沆瀁安是非。朝云乘变化，光耀世所希。精卫衔木石，谁能测幽微？③

---

① （南朝梁）萧统编，（唐）李善注：《文选》，上海古籍出版社2010年版，第2页。
② （南朝梁）钟嵘著，曹旭笺注：《诗品笺注》，人民文学出版社2009年版，第51页。
③ （明）胡之骥注，李长路、赵威点校：《江文通集汇注》，中华书局2006年版，第144页。

在三十位诗人中,江淹对阮籍应该是有特殊感情的,除了《阮步兵咏怀》一首以外,他还曾作《效阮公诗十五首》讽谏刘景素。在《阮步兵咏怀》中,江淹以阮籍《咏怀诗》为模拟对象,以阮籍曾经使用过的意象,如青鸟、朝云、精卫等,表现阮籍那种恍惚缥缈、不可言说的精神境界。但是,这首诗的意义不全在于此,"精卫衔木石,谁能测幽微"的结尾,可算是全诗的点睛之笔,含蓄地表达了对阮籍为人及其诗风的评论。《淮南子·要略》云:"言天地四时而不引譬连类,则不知精微。"这是说,要通过具体生动的形象来说明精妙幽微的道理。阮籍《咏怀诗》的情思内涵十分复杂,但都是通过大量援引《楚辞》《山海经》《淮南子》《庄子》的故事和意象来表达的。

"谁能测幽微?"一个"测"字,于细微处着眼,兼具评价阮公的为人行事。阮籍一生谨慎,与时局无所评论,发言玄远,口不臧否人物。《晋书·阮籍传》记载:"籍尝随叔父至东郡,兖州刺史王昶请与相见,终日不开一言,自以不能测。"① 这是评价阮籍的作风。颜延之注阮籍《咏怀诗》认为:"嗣宗身仕乱朝,常恐罹谤遇祸,因兹发咏,故每有忧生之嗟。虽志在刺讥,而文多隐避。百代之下,难以情测。"② 这是评价其诗风的。一个"测"字,隐约表达了阮公为人以及诗风的难解之处。

阮籍的诗歌有不可解之处,就在于阮籍低调谨慎的处世作风以及《咏怀诗》中大量使用一些含糊不明、难以实指的意象。

"幽微"一词,更是江淹对阮籍诗风的精确认识。上文已经说过利用意象和典故来构建这种"幽旨",钟嵘将阮籍列入上品,评曰:"《咏怀》之作,可以陶性灵,发幽思。言在耳目之内,情寄八荒之表。……厥旨渊放,归趣难求。"③

---

① (唐)房玄龄等撰:《晋书》,中华书局2010年版,第1359页。
② (南朝梁)萧统编,(唐)李善注:《文选》,上海古籍出版社2010年版,第1067页。
③ (南朝梁)钟嵘著,曹旭笺注:《诗品笺注》,人民文学出版社2009年版,第69页。

江淹早年曾作《效阮公诗十五首》，是为了阻止刘景素阴谋，《梁书》本传称"淹每从容谏曰……景素不纳。……淹知祸机将发，乃赠诗十五首以讽焉"。可见，为了达到讽谏的目的，又不至于惹祸上身，利用阮籍那种含糊、幽微难解的诗风是再妥当不过了。江淹早年就对阮籍的诗风有了非常明晰的认识，而且可以利用拟诗来达到政治目的。所以说，在《阮步兵咏怀》一诗中，"精卫衔木石，谁能测幽微"，不仅是精卫填海难测幽微之典故，也是江淹对阮籍为人和诗风的评价。

三　玄言诗的流变

玄言诗是魏晋时期独特的诗歌样式。历来研究玄言诗，大多以玄言诗人为数不多的玄言诗和南朝诗论家对玄言诗的品评为主，尚不能完全反映这段诗歌史的发展流变。在此以江淹《杂体诗三十首》中几首拟玄言诗为切入点，探讨作为南朝文人的江淹以模拟的形式对这段诗歌史的理解，其中涉及玄言诗的形成、发展、新变、衰落以及玄言诗和游仙诗的关系等方面。这为我们今天全面了解玄言诗史提供了独特的视角。将几首诗分别著录如下：

嵇中散言志

曰余不师训，潜志去世尘。远想出宏域，高步超常伦。灵凤振羽仪，戢景西海滨。朝食琅玕实，夕饮玉池津。处顺故无累，养德乃入神。旷哉宇宙惠，云罗更四陈。哲人贵识义，大雅明庇身。庄生悟无为，老氏守其真。天下皆得一，名实久相宾。咸池飨爰居，钟鼓或愁辛。柳惠善直道，孙登庶知人。写怀良未远，感赠以书绅。[1]

---

[1] （明）胡之骥注，李长路、赵威点校：《江文通集汇注》，中华书局2006年版，第143页。

孙廷尉杂述①

太素既已分，吹万著形兆。寂动苟有源，因谓殇子夭。道丧涉千载，津梁谁能了。思乘扶摇翰，卓然凌风矫。静观尺棰义，理足未常少。冏冏秋月明，凭轩咏尧老。浪迹无蚩妍，然后君子道。领略归一致，南山有绮皓。交臂久变化，传火乃薪草。亹亹玄思清，胸中去机巧。物我俱忘怀，可以狎鸥鸟。②

许征君自序

张子暗内机，单生蔽外像。一时排冥筌，泠然空中赏。遣此弱丧情，资神任独往。采药白云隈，聊以肆所养。丹葩曜芳蕤，绿竹荫闲敞。苦苦寄意胜，不觉陵虚上。曲棂激鲜飙，石室有幽响。去矣从所欲，得失非外奖。至哉操斤客，重明固已朗。五难既洒落，超迹绝尘网。③

嵇康身处魏末，孙绰、许询为东晋人，将其三人置于一组，主要是为了通过拟作，来分析江淹对于玄言诗产生以及其流变的文学批评观。

嵇康以四言诗著名，代表作有《赠兄秀才入军诗》十八章，《四言诗》十一首。《文选》所选录的嵇康诗，也都是四言诗。在这组专门模拟五言诗的诗作中，江淹非要列入四言诗人嵇康，原因可能就是他对其人品有一份特别的推重，《诗品》对嵇康诗评价为"过为峻切，讦直露才。伤渊雅之致。然托谕清远，良有鉴裁，亦未失高流矣"，重点在其"峻"、"切"、"清"方面。拟作中，江淹着重表现嵇康心羡老庄，不慕名利的一面，首句"曰余不师训，潜志去世尘"点出嵇康不同流俗的性格特点。"咸池飨爰居，钟鼓或愁辛"，"咸

---

① "孙廷尉杂述"，"孙"北宋监本、尤袤本等作"张"，集注本、九条本、陈八郎本、朝鲜正德本为"孙"。"杂述"，奎章阁本作"述杂"。
② （明）胡之骥注，李长路、赵威点校：《江文通集汇注》，中华书局2006年版，第153页。
③ （明）胡之骥注，李长路、赵威点校：《江文通集汇注》，中华书局2006年版，第154页。

池"是古乐名,"爱居"是一种海鸟,这句话表明自己与海鸟一样不善音乐,本性如此,不能强求,凸显其品质的高洁。"柳惠善直道,孙登庶知人",化用嵇康《幽愤诗》"昔惭柳下,今愧孙登",表达其追求高远道德的理想。与江淹时代接近的颜延之曾作《五君咏》"中散不偶世,本自餐霞人。形解验默仙,吐论知凝神。立俗迕流议,寻山洽隐沦。鸾翮有时铩,龙性谁能驯",赞美嵇康的性格和品行。可见这是时人对嵇康人格的共同认识。

由于生活时代的缘故,他的诗不免沾染上"诗杂仙心"的特质,"嵇康有双重性格,是非分明。峻切、讦直之外,未尝不温文尔雅,自赏风流"(张伯起《文选集评》卷七)。与两晋典型的玄言诗直接抒发玄理的方式截然不同,他不是执于玄理,不是为了说理而说理。如其《赠兄秀才入军诗》其十四:

> 息徒兰圃,秣马华山。流磻平皋,垂纶长川。目送归鸿,手挥五弦。俯仰自得,游心太玄。嘉彼钓叟,得鱼忘筌。郢人逝矣,谁可尽言?①

诗中刻画了兰圃、华山、平皋、长川、归鸿等自然景物,主人公在这样的环境中悠然自得的活动,最后体会到了一丝难以言说的玄意。正如王士禛《古夫于亭杂录》评嵇康诗"目送归鸿,手挥五弦"二句为"妙在象外"②,即指这些诗句含义悠远不尽。这种"言有尽而意无穷"的写法,诗中所包含的哲理,不是以直说的形式,而是以让人联想的方式来阐述,故钟嵘评其"托谕清远"。罗宗强先生认为:"嵇康的意义,就在于他把庄子的理想人生境界人间化了,把它从纯哲学的境界,变为一种实有的境界,把它从道的境界,变成诗的境界。"③ 就此诗而言,诗意是主要方面,玄理是次要的,并未脱离诗

---

① (三国魏)嵇康著,戴明扬校注:《嵇康集校注》,中华书局2014年版,第24页。
② (明)王士禛著,赵伯陶点校:《古夫于亭杂录》,中华书局1988年版,第30页。
③ 罗宗强:《玄学与魏晋士人心态》,天津教育出版社2003年版,第104页。

歌艺术的创作规律。

我们来看拟诗，"处顺故无累，养德乃入神"，乃是化用《庄子·达生》"欲勉为形者，莫如弃世，弃世则无累"一句。"庄生悟无为，老氏守其真。天下皆得一，名实久相宾"，可以说是彻头彻尾的玄言诗句了，完全脱离了嵇康诗的意境和风格，直接吟咏老庄、抒发玄理，十分接近东晋成熟的玄言诗。这两句玄言，虽然在拟嵇康诗中占的篇幅不大，离通篇玄言还有一定的差距，但是它已经完全脱离了嵇康"诗杂仙心"的特点，而成为讲说玄理之诗了。

我们知道，玄言诗是东晋的主要诗体。但是诗中谈玄并不是到东晋才产生的：

> 永嘉时，贵黄、老，稍尚虚谈。于时篇什，理过其辞，淡乎寡味。爰及江表，微波尚传，孙绰、许询、桓、庾诸公诗，皆平典似《道德论》，建安风力尽矣。①

> 自中朝贵玄，江左称盛，因谈余气，流成文体。是以世极迍邅，而辞意夷泰，诗必柱下之旨归，赋乃漆园之义疏。故知文变染乎世情，兴废系乎时序，原始以要终，虽百世可知也。②

可见，以诗谈玄，是早在西晋末年就有的，只是到了东晋时期才"流成文体"。以江淹善拟之才力，在拟嵇康诗中穿插不类嵇康的玄言，绝非江淹所生活的外部环境、时代思潮使然（齐永明年间早已不是玄言诗一统天下的局面了），而是江淹敏锐地捕捉到了后世所盛行的诗体（果）在前代已经埋下种子（因），这种诗体的对应，客观上收到了"草蛇灰线，伏延千里"的效果。所以，这首拟诗，已经完全带

---

① （南朝梁）钟嵘著，曹旭笺注：《诗品笺注》，人民文学出版社 2009 年版，第 15 页。
② （南朝梁）刘勰著，范文澜注：《文心雕龙注·时序》，人民文学出版社 2008 年版，第 675 页。

有文学批评的意味了。就像上文所述在诗文中兼评阮籍的为人一样，江淹在此也使用了一些典故："咸池飨爰居，钟鼓或愁辛。柳惠善直道，孙登庶知人。"两句话用正反两个典故，来说明嵇康的人生悲剧和本性的洒脱。

孙绰、许询同为东晋玄言诗的代表诗人，《杂体诗三十首》中有三首"征君"，分别为《许征君自序》《陶征君田居》《王征君养疾》。"征君"之称较早出现在魏晋之际，赵翼《陔余丛考》认为"有学行之士，经诏书征召而不仕者，曰征士，尊称之则曰征君"①。作为社会上隐居不仕的士人的统称。在《许征君自序》题下，《文选钞》曰："征为司徒掾不就，故号'征君'。好神仙游乐隐遁之事，故自序本怀所好之事，在集，文通今拟之。"② 对于二人的诗风，当时即有许多评论，认为两人各有千秋。比如：

> 绰与询一时名流，或爱询高迈，则鄙于绰；或爱绰才藻，而无取于询。沙门支遁试问绰："君何如许？"答曰："高情远致，弟子早已伏膺；然一咏一吟，许将北面矣。"③

> 简文称许掾云："玄度五言诗，可谓妙绝时人。"④

从这些评论看，似是许询诗善述玄理，孙绰诗长于描摹。但许询诗传世甚少，逯钦立《先秦汉魏晋南北朝诗》中只有他三首诗的残句。尽管如此，从许询"青松凝素髓，秋菊落芳英"这样的残句看，其描摹功力似并不输于孙绰《秋日诗》。而今传孙绰为数不少的诗歌，反而多是质木无文的玄理之作。江淹拟许诗明显比拟孙诗在辞采上要生动得多，像"丹葩曜芳蕤，绿竹荫闲敞。……曲棂激鲜飙，石室有

---

① （清）赵翼撰，曹光甫校点：《陔余丛考》，上海古籍出版社1990年版，第724页。
② 刘跃进著，徐华校：《文选旧注集存》，凤凰出版社2017年版，第6191页。
③ （唐）房玄龄等撰：《晋书·许绰传》，中华书局2010年版，第1544页。
④ 徐震堮：《世说新语校笺·文学》，中华书局2009年版，第143页。

幽响"这样的写景摹状佳句，就是放在元嘉诗坛上也不逊色。不过，由于许询诗今天近乎不存，实际上已很难评判他与孙绰诗风的区别。

对于玄言诗，胡大雷曾说："玄言诗的标志，即叙写玄学人生境界与体悟玄理。其方式有三：甲，单纯述说玄理、体悟玄理；乙，从人事和自然现象体悟玄理；丙，通过对人物风度的称赏来体悟玄理。"① 江淹的拟孙诗，鲜明地体现了第一种玄言诗，拟许诗则体现为第二种。人们通常理解的玄言诗，只记得它"淡乎寡味"，其实玄言诗中有不少富有辞采、描写山水的名句，已开刘宋山水诗的滥觞。而且，拟许诗有一种非常奇特的游览方式，即所谓的"神游"——"遣此弱丧情，资神任独往"，当时的许多诗人都有"神游"之作，如支遁《咏怀诗》其三：

> 晞阳熙春圃，悠缅叹时往。感物思所托，萧条逸韵上。尚想天台峻，仿佛岩阶仰。泠风洒兰林，管濑奏清响。霄崖育灵蔼，神蔬含润长。丹沙映翠濑，芳芝曜五爽。苔苔重岫深，寥寥石室朗。中有寻化士，身外解世网。抱朴镇有心，挥玄拂无想。隗隗形崖颓，冏冏神宇敞。宛转元造化，缥瞥邻大象。愿投若人踪，高步振策杖。②

这诗描写诗人心中的理想境界，想象一个高士在如此美景中专心修行，遗世独立、物我两忘。这种景致，不是诗人所见或生活在其中的，而是纯粹出于想象，并且表现出景物多于玄理的倾向。"魏晋文人有一种很奇特的游历方式，它不是直接步入山林、走向田园，而是端坐于斗室之中，甚至横卧于几榻之上，遥望山色，静聆水声，或者闭目敛颔，沉思冥想。身形不动，而心驰神往，此为卧游或心游、神游。"③

---

① 胡大雷：《玄言诗研究》，中华书局2007年版，第297页。
② 逯钦立辑校：《先秦汉魏晋南北朝诗》，中华书局1983年版，第1081页。
③ 张廷银：《魏晋玄言诗研究》，商务印书馆2008年版，第211页。

这种游览方式，直到其后《殷东阳兴瞩》才完全改过来，变成一种"真游"："晨游任所萃，悠悠蕴真趣。"这反映了江淹对玄言诗发展及其流变的清晰意识，山水诗是如何取代玄言诗呢？即通过士人真正地参与其中，以亲身经历发现它们的美，而不是依靠纯粹的想象。

四　庄老告退，山水方滋

上文已经说过，从"神游"到"真游"方式的转变，使得真实的山水景致大量进入玄言诗中，并且在数量上逐渐压倒玄言。后世的山水诗就是沿着这条线路取代玄言诗的。南朝人论说玄言诗的终结，一般都会归结于谢混、殷仲文二人①，而且认为谢混的诗比殷仲文的诗要写得好一些：

> 有晋中兴，玄风独振，为学穷于柱下，博物止乎七篇，驰骋文辞，义单乎此。自建武暨乎义熙，历载将百，虽缀响联辞，波属云委，莫不寄言上德，托意玄珠，遒丽之辞，无闻焉尔。仲文始革孙、许之风，叔源大变太元之气。②

> 正始中，王弼、何晏好庄老玄胜之谈，而世遂贵焉。至过江，佛理尤盛，故郭璞五言，始会合道家之言而韵之。询及太原孙绰，转相祖尚，又加以三世之辞，而诗骚之体尽矣。询、绰并为一时文宗，自此作者悉体之。至义熙中，谢混始改。③

> 永嘉时，贵黄、老，稍尚虚谈。于时篇什，理过其辞，淡乎寡味。爰及江表，微波尚传，孙绰、许询、桓、庾诸公诗，皆平

---

① 因为殷仲文、谢混流传下来的诗作极少，对于二人的诗风，我们已经不能具体判别了。
② （南朝梁）沈约：《宋书·谢灵运传》，中华书局2008年版，第1778页。
③ 徐震堮：《世说新语校笺·文学》，刘孝标注引《续晋阳秋》，中华书局2009年版，第143页。

典似《道德论》，建安风力尽矣。先是郭景纯用俊上之才，变创其体。刘越石仗清刚之气，赞成厥美。然彼众我寡，未能动俗。逮义熙中，谢益寿斐然继作。①

诗歌史由玄言诗到山水诗的发展走向，在江淹的相关拟诗中，得到了鲜明的呈现，且看下面几首。

殷东阳兴瞩

晨游任所萃，悠悠蕴真趣。云天亦辽亮，时与赏心遇。青松挺秀萼，惠色出乔树。极眺清波深，缅映石壁素。莹情无余滓，拂衣释尘务。求仁既自我，玄风岂外慕。直置忘所宰，萧散得遗虑。②

谢仆射游览

信矣劳物化，忧矜未能整。薄言遵郊衢，摠辔出台省。凄凄节序高，寥寥心悟永。时菊曜岩阿，云霞冠秋岭。眷然惜良辰，徘徊践落景。卷舒虽万绪，动复归有静。曾是迫桑榆，岁暮从所秉。舟壑不可攀，忘怀寄匠郢。③

谢临川游山

江海经邅回，山峤备盈缺。灵境信淹留，赏心非徒设。平明登云峰，杳与庐霍绝。碧郭长周流，金潭恒澄澈。桐林带晨霞，石壁映初晰。乳窦既滴沥，丹井复寥泬。岩崿转奇秀，岑崟还相蔽。赤玉隐瑶溪，云锦被沙汭。夜闻猩猩啼，朝见䶃鼠逝。南中气候暖，朱华凌白雪。幸游建德乡，观奇经禹穴。身名竟谁辨，图史终磨

---

① （南朝梁）钟嵘著，曹旭笺注：《诗品笺注》，人民文学出版社2009年版，第15页。
② （明）胡之骥注，李长路、赵威点校：《江文通集汇注》，中华书局2006年版，第155页。
③ （明）胡之骥注，李长路、赵威点校：《江文通集汇注》，中华书局2006年版，第156页。

灭。且泛桂水潮，映月游海溢。摄生贵处顺，将为智者说。①

谢光禄郊游

　　肃舲出郊际，徙乐逗江阴。翠山方蔼蔼，青浦正沉沉。凉叶照沙屿，秋荣冒水浔。风散松架险，云郁石道深。静默镜绵野，四睇乱曾岑。气清知雁引，露华识猿音。云装信解薜，烟驾可辞金。始整丹泉术，终觏紫芳心。行光自容裔，无使弱思侵。②

谢法曹赠别

　　昨发赤亭渚，今宿浦阳汭。方作云峰异，岂伊千里别？芳尘未歇席，涔泪犹在袂。停舻望极浦，弭棹阻风雪。风雪既经时，夜永起怀思。泛滥北湖游，苕亭南楼期。点翰咏新赏，开袟莹所疑。摘芳爱气馥，拾蕊怜色滋。色滋畏沃若，人事亦销铄。《子衿》怨勿往，《谷风》诮轻薄。共秉延州信，无惭仲路诺。灵芝望三秀，孤筠情所托。所托已殷勤，祗足搅怀人。今行嵝崟外，衔思至海滨。觏子杳未僝，款睇在何辰？杂珮虽可赠，疏华谓无陈。无陈心悁劳，旅人岂游遨？幸及风雪霁，青春满江皋。解缆候前侣，还望方郁陶。烟景若离远，末响寄琼瑶。③

　　拟殷仲文诗，"晨游任所萃，悠悠蕴真趣。云天亦辽亮，时与赏心遇。青松挺秀萼，惠色出乔树。极眺清波深，缅映石壁素"。详细描述了诗人晨游所见，当时天已经大亮，青松和乔树相得益彰，远眺清波，深绿的湖水映着湖边的千仞。最后才是借景抒发玄理。虽然还是以说理为目的，但是其中的山水秀句已经绝非作为玄理的陪衬，而

---

① （明）胡之骥注，李长路、赵威点校：《江文通集汇注》，中华书局2006年版，第157页。
② （明）胡之骥注，李长路、赵威点校：《江文通集汇注》，中华书局2006年版，第163页。
③ （明）胡之骥注，李长路、赵威点校：《江文通集汇注》，中华书局2006年版，第159—160页。

是开始成为诗篇中独立的部分。以前的玄言诗，虽然也有描写自然景物，同样也是借助山水之景表述玄理，但是玄言诗人认为观赏山水同体悟玄理是可以合二为一的，他们眼中的山川大地，缺乏了本身的自然美，呈现出一种辽阔、抽象、玄远的境界。

拟谢混诗，全篇充斥着玄言，中间偶有写景之句"时菊曜岩阿，云霞冠秋岭"，在当时也可称为佳句，但主要还是为玄理服务。相比较而言，拟谢诗不如拟殷诗那样气韵生动，显得更加酷不入情。

拟殷仲文、谢混二诗表达了江淹对玄言诗终结的看法，二人的诗中虽然出现了一些写景的佳句，但仍然是玄言诗的继续。也就是说，他是不同意"仲文始革孙、许之风，叔源大变太元之气"这种说法的；相反，"逮义熙中，谢益寿斐然继作"这种观点，也许更加符合江淹对二人诗风的认识。刘勰曾说："袁、孙已下，虽各有雕采，而辞趣一揆，莫与争雄。"① 认为殷、谢仍然是属于玄言一派。江淹在这点上，与刘勰有相似之处。这也许与当时士人如沈约等的文学批评观相左，从今日可以看到的诗作也很难还原当时的具体情况，但这仅仅代表江淹本人的观点，相较于文学批评专论，他以拟诗的形式表达文学变革时期的文学批评，更显别致。

那么，在江淹眼中，谁才是真正变革玄言诗风的人呢？那就是"元嘉之雄"——谢灵运。江淹模拟谢灵运，以谢最擅长的登游之作为对象，描写了登山游览的经历，展示了游览的全过程和山水景物的整体形象。"平明登云峰，杳与庐霍绝"，记叙诗人天亮时分开始登临。看到"碧鄣长周流，金潭恒澄澈。桐林带晨霞，石壁映初晰。乳窦既滴沥，丹井复寥泬。岩崿转奇秀，岑崟还相蔽。赤玉隐瑶溪，云锦被沙汭"这样大自然难得的奇景。最后是那条"玄言的尾巴"——"摄生贵处顺，将为智者说"。宛如一篇短小的旅行日记。江淹抓住大谢铺陈繁复、精致工巧的特点，依照游览顺序展开，不脱

---

① （南朝梁）刘勰著，范文澜注：《文心雕龙注·明诗》，人民文学出版社 2008 年版，第 67 页。

"情、景、理"三者糅合的框架。

江淹认为真正改变永嘉平淡之风的是谢灵运，而非殷仲文、谢混二人，理由如下：

第一，在数量上，谢灵运诗中的山水秀句在全诗中已经占压倒性的比重，玄言的成分已经大大减弱了。

第二，谢灵运诗中的山水景物已经完全脱离了玄理的附庸，有了独立的价值。诗人对山水不是没有感情，相反，他是抱着真心喜爱、欣赏（"赏心"）自然山水的审美态度，使得客观的山水也带上了主观色彩，呈现出一种物我交融的和谐状态。

第三，也是最重要的是，谢灵运的山水诗奠定了以诗歌表现景物为主的艺术发展方向。殷仲文、谢混的诗中虽然也有山水佳句，但是呈现的是主观（悟理）对客观（山水）的代替，乃至客观（山水）被吞没。

在江淹眼中，殷仲文、谢混还属于玄言诗人，而谢灵运已经完全脱离了玄言诗人的范畴了，他开辟了一个新的诗歌领域——山水诗。虽然，江淹还是看到了谢诗中被人诟病的"玄言的尾巴"，并将它写进拟诗中。此种情形，正是江淹看到了新的成分在旧的母体中孕育的标志。明陆士雍《诗镜总论》云："诗至于宋，古之终而律之始也，体制一变，便觉声色俱开。"[①]"体制一变"，指的是诗歌体裁的变化，如山水诗的勃兴、语言风格的变化，如去永嘉平淡之风以及对诗歌艺术技巧的探索，如对仗、炼字炼句、声律等；"声色俱开"，指的是注重描写物象外在形式的美，元嘉诗人无不在诗歌"体物"方面踵事增华。清沈德潜《说诗晬语》也言："诗至于宋，情性渐隐，声色大开，诗运一转关也。"[②] 可见，无论是在江淹的文学观念里，还是后人的文学观念，谢灵运都是毋庸置疑的"诗运转关"的关键之人。

---

① （明）陆时雍选评，任文京、赵文岚点校：《诗镜总论》，河北大学出版社2010年版，第5页。

② （清）沈德潜撰，王宏林笺注：《说诗晬语》，人民文学出版社2013年版，第128页。

再看《谢光禄郊游》，谢庄（字希逸）是谢弘微之子，大谢的族侄，二人皆擅长五言诗，其诗风有相似之处。拟作在结构上鲜明体现了谢庄刻意模拟谢灵运的特点，首句"肃舲出郊际，徙乐逗江阴"，点出郊游的行程，从"翠山方蔼蔼，青浦正沉沉"至"气清知雁引，露华识猿首"描写出游中所见的景致。最后"云装信解黻，烟驾可辞金。始整丹泉术，终觌紫芳心。行光自容裔，无使弱思侵"，抒发感怀和议论。在写景上，清汪师韩曰："《谢光禄郊游》云：'徙乐逗江阴。'乐者行乐也，加徙字则拙。又云：'烟驾可辞金。'置身烟景而金印不足羡也。然词拙而晦。"①"词拙而晦"即以谢灵运为代表的古奥、晦涩的用字、诗风。然而这样的用字在整首诗中只是偶一为之，不占压倒性优势，在写景佳句上，更多呈现出"属对精工，全似唐，此正希逸体，与集道里名诗绝相类"（孙月峰《文选集评》卷五），认为其模拟的是谢庄《自浔阳至都集道里名为诗》，在音律、对仗上趋于完备，比较接近唐人风范。特别是结尾处的抒怀和议论基本脱离了"玄言的尾巴"，玄言的成分进一步弱化。

关于谢惠连，其人时常与谢灵运合称"小谢"、"大谢"，他十岁能文，深得谢灵运的赏识。二人的写景诗大多采取开首叙事、中间写景、结尾说理或抒情三段式结构。与谢氏家族的其他成员一样，小谢工于五言诗。后世学习和模仿谢氏家族文学的人很多，以至还出现了"谢惠连体"之称，尤以赠答诗著称。如《宋书》本传称"惠先爱会稽郡吏杜德灵，及居父忧，赠以五言诗十余首"。清吴淇认为拟诗是模拟《西陵遇风献康乐》。曹道衡、沈玉成二位先生有考证："六年春，惠连即入建康，过钱塘江西陵，有《西陵遇风献康乐》诗五章，时在仲春，灵运有答诗《酬从弟惠连》，亦五章。复有《答谢惠连》诗云：'怀人行千里，我苦盈十旬。别时花灼灼，别后叶蓁蓁。'则惠连入京复又有

---

① （清）汪师韩：《诗学纂闻》，载（清）王夫之等撰，丁福保辑《清诗话》，上海古籍出版社2015年版，第469—470页。

诗寄灵运，灵运答诗，时距仲春之别已三月余。"①《诗品》"谢惠连"条称："小谢才思富捷，恨其兰玉夙凋，故长辔未骋。《秋怀》《捣衣》之作，虽复灵运锐思，亦何以加焉。又工为绮丽歌谣，风人第一。"②所谓"风人"，即谢惠连向当时的乐府民歌学习。

艺术手法上，二谢相互影响，经常使用顶真手法，如谢灵运《田南树园激流植援》"由来事不同，不同非一事"，《登江中孤屿》"乱流趋孤屿，孤屿媚中川"，《石壁精舍还湖中作》"昏旦变气候，山水含清晖。清晖能娱人，游子憺忘归"等。谢惠连诗现存三十三篇，几乎找不到顶针格。但萧纲《戏作谢惠连体十三韵》"杂蕊映南庭，庭中光景媚。可怜枝上花，早得春风意。春风复有情，拂幔且开楹。开楹开碧烟，拂幔拂垂莲。偏使红花散，飘飐落眼前。眼前多无况，参差郁可望。珠绳翡翠帷，绮幕芙蓉帐。香烟出窗里，落日斜阶上。日影去迟迟，节华咸在兹。桃花红若点，柳叶乱如丝。丝条转暮光，影落暮阴长。春燕双双舞，春心处处扬。酒满心聊足，萱枝愁不忘"③，也使用了顶真，可见是小谢较有代表性的特点。

拟作"弭棹阻风雪。风雪既经时"，"拾蕊怜色滋。色滋畏沃若"，"孤筇情所托。所托已殷勤"，"疏华谓无陈。无陈心悯劳"，小谢向民歌学习，估计就是这种顶真手法。"从萧纲《戏作谢惠连体十三韵》、江淹《杂体诗三十首·谢法曹赠别》出发，认为所谓谢惠连体的特色，当即指运用顶真修辞格而言。"④"《西洲曲》大量使用顶真格，又十分娴熟流美，推想起来应是受到谢惠连体的影响。"⑤可见拟诗在保留、强化原作艺术特色方面的巨大作用。整首诗作明快流利，颇有民间风

---

① 曹道衡、沈玉成：《谢灵运与谢惠连》，载《中古文学史料丛考》，中华书局2003年版，第265—266页。
② （南朝梁）钟嵘著，曹旭笺注：《诗品笺注》，人民文学出版社2009年版，第171页。
③ 逯钦立辑校：《先秦汉魏晋南北朝诗》，中华书局1983年版，第1942页。
④ 王运熙：《谢惠连体和西洲曲》，载《乐府诗述论》，上海古籍出版社2006年版，第505页。
⑤ 王运熙：《谢惠连体和西洲曲》，载《乐府诗述论》，上海古籍出版社2006年版，第502页。

味,结尾处的玄言的成分已经完全消除。吴淇《六朝选诗定论》云:"康乐深,惠连秀。康乐奥,惠连细。"① 小谢诗歌描写细致入微具体可感,诗歌色调显得暖、亮、柔,开启了南朝明易通俗的诗风的转变。

综上,江淹《杂体诗三十首》中,孙绰、许询与《文选》诗没有交集。《文选》不录孙、许二家诗,钟嵘也说孙、许等人诗"皆平典似《道德论》",可见当时的诗论家对玄言诗的认同度并不高。相关史书、文集中对玄言诗的记载,也大多着眼于其所处的尚玄学的时代,而非诗歌本身的特质。在三十首诗中,江淹在拟作中出现的嵇康、孙绰、许询、殷仲文、谢混(谢灵运、谢庄诗作中也有程度不等的玄言成分),玄言诗的作者多达五人,呈现出玄言诗发轫、发展以及衰落的全过程,本身就暗含着江淹对玄言诗这种独特诗体的"同情之理解"。

在保存诗人作品原貌、风格的方面,还有《王征君微养疾》一篇。全诗如下:

> 窈蔼潇湘空,翠涧澹无滋。寂历百草晦,欻吸鹍鸡悲。清阴往来远,月华散前墀。炼药瞩虚幌,泛瑟卧遥帷。水碧验未黩,金膏灵讵缁。北渚有帝子,荡漾不可期。怅然山中暮,怀痾属此诗。②

此诗的主题是"养疾",与《诗品序》所标举的"王微风月"不同。《诗品》"江淹条"将其与王微、谢朓作比,评为:"筋力于王微,成就于谢朓",可见两人应有诸多相似之处。王微是江淹的前辈诗人。《诗品》评其诗"源出于张华,才力苦弱,故务其清浅,殊得风流媚趣","王微风月"等,这主要是针对王微《四气诗》等写景诗而言,属于张华"儿女情多,风云气少"一派。一般来说,江淹模拟诗喜欢借用或化用被模拟诗人的某些诗句、词藻或意象,将其嵌入己诗之

---

① (清)吴淇:《六朝选诗定论》,广陵书局2009年版,第391页。
② (明)胡之骥注,李长路、赵威点校:《江文通集汇注》,中华书局2006年版,第161页。

中，达到渲染烘托的目的。值得注意的是，细检此诗李善注，无一处引及王微诗。返检逯钦立《先秦汉魏晋南北朝诗》，王微诗现存仅五首，已难窥其全貌了。其中包括《杂诗》二首、《四气诗》、《咏愁诗》、《七襄怨诗》（残），无一首涉及"养疾"主题。据《宋书》本传，其人"素无宦情，称疾不就"，自称"颇晓和药，尤信《本草》"，其弟僧谦"遇疾，微躬自处治，而僧谦服药失度，遂卒，微深自咎恨，发病不复自治"，未久亦卒，年三十九岁。《杂体诗三十首》特设《王征君微养疾》一首，足见江淹对王微情有独钟。江淹还有《卧疾怨别刘长史》，由其身体心理状况来看，容易与王微产生共鸣。明王世贞推演扩充江淹《杂体诗三十首》，成《拟古》七十首，其中包括《江记室淹卧疾》，费元禄《拟古》七十一首，也有《江记室淹卧疾》，可见后人对江淹、王微近似的人生遭遇的认同。

五　仙与玄的结合

郭璞以《游仙诗》著名，历来有很大的争议，是"列仙之趣"还是"坎壈咏怀"，是游仙诗还是玄言诗？江淹在拟诗中作了回答。其《郭弘农游仙》如下：

> 崦山多灵草，海滨饶奇石。偃蹇寻青云，隐沦驻精魄。道人读丹经，方士炼玉液。朱霞入窗牖，曜灵照空隙。傲睨摘木芝，凌波采水碧。眇然万里游，矫掌望烟客。永得安期术，岂愁濛汜迫？①

郭璞《游仙诗》创作时间有很大争议，但是大多都承认非一时一地所作②。其《游仙诗》，逯钦立《先秦汉魏晋南北朝诗》收 19 首，其余的均为断章残句，已难窥其全貌了。江淹距郭璞的年代不久，可能

---

① （明）胡之骥注，李长路、赵威点校：《江文通集汇注》，中华书局 2006 年版，第 152 页。
② 聂恩彦《郭弘农集校注》认为是在 322 年以后；连镇标《郭璞研究》认为在 323—324 年；钱志熙《魏晋南北朝诗歌史述》中认为在渡江前任临沮令时的吏隐之作。

见到的诗作较多。我们看这首拟诗，全诗刻画了这样的奇景：在多灵草、奇石的环境中，朱霞透过窗隙照射进室内，隐士采药、服食、炼丹，然后飞升成仙，在天界恣意地游乐，得到长生不老，全诗表达的是对"羽化成仙"的追慕之情。

在拟诗中，未见到所谓的"坎壈咏怀"，所吟咏的是一种令人神往的"列仙之趣"。郭璞的《游仙诗》表达的仙味是十分明显的，比较突出的有《游仙诗》其六①、其十等。但也还存在一些"非列仙之趣"的作品，如其五②，表达自己怀才不遇的苦闷和哀叹乱世的悲凉。这一类作品被钟嵘称为"坎壈咏怀"之作，并受到后人的重视。

那么，为什么以"善拟"著称的江淹在拟作时，会漏掉其咏怀、寄托的内容呢？③ 这个问题，一方面可能与郭璞《游仙诗》的写作时间有关，另一方面是江淹以及南朝士人对郭璞的奇特理解造成的。

郭璞是跨西晋、东晋两个时代的文人，他的诗风肯定会带有两个时代的特点。他那些颇多咏怀的作品，极有可能是写于西晋末年，即他南渡之前，也就是钱志熙先生认为在渡江前任临沮令时的吏隐之作。那时候经过"八王之乱"，中原已经破败不堪，同时期稍早的刘琨也有很多"伤乱"之作。

江淹把郭璞当作东晋的第一个诗人，而不是西晋诗人。这极有可能是那些"列仙之趣"的《游仙诗》的大部分篇章是作于东晋之后④。东晋政权偏安的局面，江南的名山秀水以及郭璞本人的学术

---

① 《游仙诗》其六："杂县寓鲁门，风暖将为灾。吞舟涌海底，高浪驾蓬莱。神仙排云出，但见金银台。陵阳挹丹溜，容成挥玉杯。姮娥扬妙音，洪崖颔其颐。升降随长烟，飘飖戏九垓。奇龄迈五龙，千岁方婴孩。燕昭无灵气，汉武非仙才。"主要是描写隐逸生活，表现高蹈求仙的志向。

② 其五："逸翮思拂霄，迅足羡远游。清源无增澜，安得运吞舟？珪璋虽特达，明月难暗投。潜颖怨青阳，陵苕哀素秋。悲来恻肤心，零泪缘缨流。"

③ 江淹《王侍中怀德》《陆平原羁宦》《左记室咏史》中，试图把握作者不同时期、境遇和心态的作品，使其在一首拟诗中反映，前文已述。

④ 东晋时期，郭璞以术艺得到许多名士甚至皇帝的接赏，社会地位有很大的提升，其中的"怨愤"之情有可能有所减少。《晋书》本传称他"辞赋为中兴之冠"，说明郭璞的很多作品都产生于东晋。

传统①，也很有可能使得郭璞放弃了言志之作，而回归到传统游仙诗的范畴中去，即追求隐逸、长生、成仙。无怪潘德舆《养一斋诗话》认为"江文通拟景纯诗，专以游仙为题"②。

另外，这与江淹和南朝士人对郭璞的奇特认识有关。在他们眼中，郭璞是一位方士，《晋书》本传说他以自己特殊的本领求得官职。同时期葛洪在《神仙传》记述郭璞，就把他描绘成道教的尸解仙了。该书记载，郭璞下葬三日之后，南州商贩看到郭璞"货其平生服饰，与相识共语，非但一人。（王）敦不信，开棺无尸。璞得兵解之道，今为水仙伯"③。萧统《昭明文选》选诗很严，收其《游仙诗》七首，偏重的也是他遁世隐居之作。唐初官修的大型类书《北堂书钞》《艺文类聚》等收入的《游仙诗》，均表现其超凡脱俗的求仙之志。鲁迅《中国小说史略》认为："六朝人虚造神仙家言，每好称郭氏，殆以影射郭璞。"④陈寅恪先生论述陶渊明受天师道影响时，就说郭璞"本道家方士"，郭璞属于"求长生学神仙"之类"旧自然说"者⑤。

因此，江淹拟郭璞诗作中没有"坎壈咏怀"的内容，就不足为奇了。这一点和钟嵘的看法相反，也很好理解，钟嵘论诗强调"风骨"、"寄托"、"丹彩"，在东晋"平典似《道德论》"的诗风之中，郭璞《游仙诗》中确实是与众不同的。

那么，基于以上分析，郭璞的《游仙诗》是否属于玄言诗的范畴呢？拟诗之中都是描写求仙和神仙生活，全无半点玄味。《养一斋诗话》即说："拟郭弘农诗，只是砌道书景物。"⑥看似讥弹之语，实则揭示了郭璞《游仙诗》并非玄言诗的本质。《世说新语·文学》注引

---

① 郭璞的学术传统有别于王、何代表的魏晋玄学，而是典型的汉代的学术传统，下文会有所说明。
② （清）潘德舆：《养一斋诗话》，中华书局2010年版，第148页。
③ （宋）李昉等：《太平广记》，中华书局1961年版，第95页。
④ 鲁迅：《中国小说史略》，上海古籍出版社2006年版，第19页。
⑤ 陈寅恪：《陶渊明之思想与清谈之关系》，载《金明馆丛稿初编》，上海古籍出版社1980年版，第204页。
⑥ （清）潘德舆：《养一斋诗话》，中华书局2010年版，第148页。

《续晋阳秋》："至过江，佛理尤盛，故郭璞五言，始会合道家之言而韵之。询及太原孙绰，转相祖尚，又加以三世之辞，而诗骚之体尽矣。"认为郭璞是玄言诗发展的关键人物，这是不确切的。

相比较而言，萧子显的说法比较接近事实，也和江淹的观点较为相近。他认为："江左风味，盛道家之言。郭璞举其灵变；许询极其名理；仲文玄气，犹不尽除；谢混清新①，得名未盛；颜、谢并起，乃各擅奇；休、鲍后出，咸亦标世。朱蓝共妍，不相祖述。"②"举其灵变"与"极其名理"是相对的概念，它们"朱蓝共妍，不相祖述"，即从不同的系统流变而来。不可否认，郭璞《游仙诗》中确实有一些玄理，但那是魏晋时期的时代特征决定的。刘大杰先生认为："至于《老》《庄》，可以说是魏晋士人的灵魂。我们看《魏志》和《晋书》，在社会上稍稍出色一点的人物，无不是精通《老》《庄》之学。时流学术，俱以谈玄说道闻名于时。父兄之劝戒、师友之讲求，莫不以推求《老》《庄》为第一事业。"③就像西晋末张协抒写个人情志的《杂诗》，都沾染着玄风，更何况是郭璞这样跨越两晋的人物呢？萧子显认为郭璞"举其灵变"，应是指郭诗中引自《老子》《庄子》《山海经》《穆天子传》或者其他道教书籍的灵怪故事和典故，这与玄风有一定的扭结点，因而很容易被人误认为是玄言诗。

江淹选择的三十位诗人进行模拟，并不是随意选取的，而是经过长期精心研究，从诗歌发展角度出发，推源溯流。所以，他在拟诗中略去了玄言，表明了他对《游仙诗》这种从先秦《楚辞》流传下来的文学传统的清晰认识④。这样看来，拟诗中全无玄理，是因为江淹认为郭璞《游仙诗》并非玄言诗。郭璞应该祖述的是从《楚辞·远游》留下来的传统——与孙、许不同的传统。因其《游仙诗》中表

---

① 清，原作"情"，据百衲本影宋本《南齐书》改。
② （南朝梁）萧子显：《南齐书·文学传论》，中华书局2007年版，第908页。
③ 刘大杰：《古典文学思想源流》，上海世纪出版公司2008年版，第20页。
④ 诗歌是诗人创作倾向的集中反映。换句话说，他认为诗歌是这样写的，在某首具体的诗中可能会有这方面的体现，但是，他认为诗歌不是这样写的，那么他的具体创作中应该就不会这样写诗。

达的都是隐居、采药、服食、求神仙等两汉游仙传统。更重要的是，郭璞本人的学术背景决定的：他擅长卜筮、阴阳、历算之学，属于汉代京房、管辂一派，而与王弼、何晏一派有所不同。他本人并无一些清谈、贵游之举，与当时的流俗不同。他注释《尔雅》，别为《音义》《图谱》，又注《三苍》《方言》《穆天子传》《山海经》及《楚辞》《子虚》《上林赋》数十万言，这些都是延续汉代的注疏学术传统。在文学上，模拟汉代东方朔作《客傲》表达不满。可见，从各个方面，郭璞都与魏晋之际的玄学学术传统不相符。江淹拟制郭璞，可谓真得其实也！

总之，江淹《杂体诗三十首》用拟诗的形式生动表达了他对玄言诗由滥觞到兴盛再到衰落的全过程的理解。这从另一个角度丰富和补充了《文心雕龙》《诗品》等文学理论专著中有关玄言诗部分的文学史的内容，可视为一种别具一格的文学批评样式。

六 "险"、"俗"分流

鲍照和谢灵运、颜延之被誉为"元嘉三大家"，他的诗风在当时独具一格。萧子显认为当时的诗风主要有三体，"次则发唱惊挺，操调险急，雕藻淫艳，倾炫心魂，亦犹五色之有红紫，八音之有郑、卫。斯鲍照之遗烈也"[1]。

鲍照比江淹登上文坛的时间要早，鲍照作为典型的刘宋诗人，而江淹是齐梁诗人，文学史上经常把江淹与鲍照并称为"江鲍"。隋王通《中说·事君篇》："鲍照、江淹，古之狷者也，其文急以怨。"[2]主要是就二者诗风的相似而言。鲍照、江淹早年都有过宦游的经历，在旅途中写作了大量的山水诗、行役诗，其诗风的相似也主要是指的这几种诗。唐代大诗人李白《经乱离后天恩流夜郎忆旧游书怀赠江夏太守良宰》："览君荆山作，江、鲍堪动色。清水出芙蓉，天然去雕

---

[1] （南朝梁）萧子显：《南齐书·文学传论》，中华书局2007年版，第908页。
[2] 张沛撰：《中说校注》，中华书局2013年版，第79页。

饰。"① 也主要是指鲍照的《登翻车岘》《登黄鹤矶》《还都道中》《上浔阳还都道中》《还都至三山还望石头城》和江淹的《步桐台》《秋至怀归》《望荆山》《赤亭渚》《渡泉峤出诸山之顶》《迁阳亭》这类作品。其后杜甫《赠毕四曜》也说："同调嗟谁惜,论文笑自知。流传江鲍体,相顾免无儿。"② 日僧遍照金刚《文镜秘府论·集论》："搴琅玕于江、鲍之树。"③ 古人的这些述说,说明江淹和鲍照诗风相近,有共同的审美趣尚。江淹在《杂体诗三十首》中成功地模拟了鲍照诗,充分表现了他对鲍照诗风的理解和接受。

鲍参军戎行

  豪士枉尺璧,宵人重恩光。殉义非为利,执羁轻去乡。孟冬郊祀月,杀气起严霜。戎马粟不暖,军士冰为浆。晨上城皋坂,碛砾皆羊肠。寒阴笼白日,太谷晦苍苍。息徒税征驾,倚剑临八荒。鶂鹏不能飞,玄武伏川梁。铩翮由时至,感物聊自伤。竖儒守一经,未足识行藏。④

江淹模拟鲍照诗,取名为"鲍参军戎行",主要是取材鲍照的旧题乐府《东武吟》《出自蓟北门行》《结客少年场行》《东门行》《苦热行》《白头吟》《放歌行》《升天行》等。《南史·吉士瞻传》载吉士瞻:"少有志气,不事生业。时吴苞见其姿容,劝以经学,因诵鲍照诗云:'竖儒守一经,未足识行藏。'拂衣不顾。"被后人误认为是鲍照的原作⑤。侧面反映了江淹对鲍照诗风理解的深刻性和准确性。鲍

---

① （唐）李白著,（清）王琦注:《李太白全集》,中华书局2015年版,第675页。
② （唐）杜甫著,（清）杨伦笺注:《杜诗镜铨》,上海古籍出版社2019年版,第191页。
③ ［日］遍照金刚撰,卢盛江校考:《文镜秘府论汇校汇考》,中华书局2015年版,第1497页。
④ （明）胡之骥注,李长路、赵威点校:《江文通集汇注》,中华书局2006年版,第164页。
⑤ （唐）李延寿:《南史》,中华书局2008年版,第1363页。

照出身寒微，渴望建功立业，成就不朽的名声。但在重视出身的南朝得不到应有的重视，而且还经常遭到冷落。他的旧题乐府经常蕴含着一种怀才不遇、磊落不平之气。他的拟乐府继承了汉乐府反映现实的笔力，又充分地表达了个人的情志。其中很多乐府诗中的主人公就是鲍照自身形象的展现。葛晓音先生认为："鲍照有大量古题乐府，从主题、内容、句调、表现都恢复了魏晋古乐府的传统。他的五言古诗也多以拟古的方式抒写自己的情志。"① 拟作"豪士枉尺璧，宵人重恩光。殉义非为利，执羁轻去乡"，全诗一开始就树立了主人公高洁伟岸的形象，表明壮士为义而非利去离家征战。"孟冬郊祀月，杀气起严霜。戎马粟不暖，军士冰为浆。晨上城皋坂，磥砢皆羊肠。寒阴笼白日，太谷晦苍苍。"非常类似于鲍照《苦热行》中对自然环境的描写，这些诗句表明了当时环境的严酷，也体现了壮士坚韧的意志力。"息徒税征驾，倚剑临八荒。鹡鹏不能飞，玄武伏川梁。铩翮由时至，感物聊自伤。"表达了报国无门、怀才不遇的苦闷之情。最后一句"竖儒守一经，未足识行藏"，凸显了一股俊逸之气，嘲笑了"竖儒守一经"这样无能的现实。全诗彰显了鲍照感情强烈、外露，节奏流畅而又急促的特点。清人何焯评为："诗至明远，已发露无余。"② 可见江淹的这首拟作，注意从不同方面继承鲍照的诗风。

　　从另一角度看，鲍照不仅创作了大量的旧题乐府，还有为数不少模拟新兴的吴歌、西曲的新题乐府诗，如《白纻舞歌辞》四首、《吴歌》三首、《幽兰》五首、《代白纻曲》两首等。但是，当时的文人对这些是持批评态度的，认为是不登大雅之堂的。这也许是钟嵘讥鲍"险俗"的原因之一。值得注意的是，江淹在模拟鲍照诗歌的时候，略去了他有关新题乐府的诗作，而专取他的旧题乐府，也就是说江淹专取鲍照诗"险"的一面，而有意识地规避了"俗"的一面，在这首拟作中，呈现出"险俗"分流的状态。这首拟作，清吴淇指出：

---

① 葛晓音：《从江鲍与沈谢看宋齐五言诗的沿革》，《学术研究》2010年第3期。
② （清）何焯著，崔高维点校：《义门读书记》，中华书局1987年版，第938页。

"此拟鲍参军《拟古》三首之意。旧注云'险侧自快，婉然明远风调，但未及俶诡靡曼之致'。不知未及俶诡靡曼，正所以善拟明远。盖明远长于乐府，故古诗中皆带有乐府意，乃明远之体也。此诗险侧自快，正是诗中稍带乐府意。若更极俶诡靡曼，则是拟明远之乐府而非拟明远之诗矣。"① 可以看出，江淹模拟鲍照诗，模仿的是其旧题乐府的艺术风格②，也就是继承其诗歌"险侧自快"的一面。

总之，江淹对于鲍照诗歌的接受和理解，鲜明地体现在这首拟作之中。这是一种间接的批评模式。从今存文献看，江淹是模拟鲍照作品的第一人，他以拟作确立了鲍照在诗歌史上的地位，使在当时被沈约、颜延之视为不登大雅之堂的鲍照，成为后人可以模仿、学习的典范。

《杂体诗三十首》最后一首《休上人怨别》，是江淹模拟汤惠休所作：

> 西北秋风至，楚客心悠哉。日暮碧云合，佳人殊未来。露彩方泛艳，月华始徘徊。宝书为君掩，瑶琴讵能开。相思巫山渚，怅望阳云台。膏炉绝沉燎，绮席生浮埃。桂水日千里，因之平生怀。③

汤惠休（生卒年不详，主要活动时间是刘宋孝武帝时期），《宋书·徐湛之传》里留下一句非常简短的介绍，"时有沙门释惠休，善属文，辞采绮艳，湛之与之甚厚。世祖命使还俗。本姓汤，位至扬州从事史"④。故钟嵘《诗品》称他为"惠休上人"。可见，汤惠休在当时还是有很大

---

① （清）吴淇：《六朝选诗定论》，广陵书社2008年版，第479页。
② 陈恩维《论模拟与永明文学新变》中认为江淹对他的新声乐府不感兴趣（《宁夏大学学报》2010年第1期）。在此，我们姑且不论江淹对鲍照新题乐府诗感兴趣与否，因为江淹拟诗，总是选取诗人最具代表性的作品和题材，而诗歌的题目《鲍参军戎行》，决定了其内容是不可能涉及鲍照的新声乐府的。
③ （明）胡之骥注，李长路、赵威点校：《江文通集汇注》，中华书局2006年版，第165页。
④ （南朝梁）沈约：《宋书》，中华书局2008年版，第1847页。

的影响力。《南齐书·文学传论》将他和鲍照并论，称为"休鲍"。汤惠休和鲍照有一些赠答之类的诗歌，如汤惠休《赠鲍侍郎》及鲍照《答休上人》。可以看出鲍照、汤惠休的诗风有些类似。汤惠休诗今存不多，据逯钦立《先秦汉魏晋南北朝诗》所录，只有十一首：《怨诗行》一首、《江南思》一首、《杨花曲》三首、《白纻歌》三首、《秋思引》一首、《楚明妃曲》一首、《赠鲍侍郎诗》一首。他的诗作大部分是乐府诗，多表现闺中女子的相思怨别之情。如他的代表作《怨诗行》：

> 明月照高楼，含君千里光。巷中情思满，断绝孤妾肠。悲风荡帷帐，瑶翠坐自伤。妾心依天末，思与浮云长。啸歌视秋草，幽叶岂再扬？暮兰不待岁，离华能几芳？愿作张女引，流悲绕君堂。君堂严且秘，绝调徒飞扬。①

将男女离别之情写得这般哀婉缠绵，摇曳多姿，完全看不出这是出自僧人之手，被人评为"辞采绮艳"，也主要是指情思的绮靡和辞藻的华艳。与鲍照大力创作旧题乐府相比，汤惠休的大部分精力都用在写作新声乐府上。《南史·颜延之传》载："延之每薄汤惠休诗，谓人曰：'惠休制作，委巷中歌谣耳，方当误后生。'"② 颜延之认为汤惠休所作类于"委巷歌谣"，很有可能对后人产生不良影响。的确，模拟新声乐府，成为刘宋以后文坛的普遍倾向。江淹选择汤惠休的诗歌进行模拟，也是充分看到了其诗作的特征，以及这种新出现的文学现象在当时的巨大影响力。

拟作主要是模拟汤惠休的《怨诗行》，表达了深闺的女子对男子的恋慕、相思之情。"相思巫山渚，怅望阳云台"一句，给全诗增添了香艳之情。"膏炉绝沉燎，绮席生浮埃"，回忆昔日的欢愉只

---

① 逯钦立辑校：《先秦汉魏晋南北朝诗》，中华书局1983年版，第1243页。
② （唐）李延寿：《南史》，中华书局2008年版，第881页。

能带来今日更加深沉的落寞、寂寥。最后，"桂水日千里，因之平生怀"，给全诗的基调带来了清净之风。对此，清沈德潜评《怨诗行》曰："只一起便是绝唱。文通'碧云'之句，庶足相拟。"① 的确，《休上人怨别》中"日暮碧云合，佳人殊未来"曾被白居易误为汤惠休的原诗。

如果说江淹拟鲍照诗主要继承了其"险"的特点，那么，拟汤惠休诗主要是学习他"俗"的一面。纵观全诗，诗歌的体制大大缩短，充满了华美的词采，几乎不用生僻的典故，文风自然轻快，有着江南民歌流利轻便的意味。

江淹是处在元嘉诗风向永明诗风转变的关键之人。受当时的诗风转变的影响，他的诗风也体现了对平易文风的追求。《颜氏家训》载沈约曾言："文章当从三易：易见事，一也；易识字，二也；易读诵，三也。"② 与此同时，后来的永明文人开始大力创作新题乐府，比如沈约、谢朓、王融等，他们有意识地学习江南民歌，特别是吴歌、西曲的创作手法。江淹《杂体诗三十首》最后一首，鲜明地用拟诗的形式彰显了这种文坛的显著变化③。这首拟作，被收入以宫体艳诗和新体诗为主的《玉台新咏》中。"从元嘉体到永明体，以子夜吴歌和西曲歌为代表的江南民歌，在其间起到了关键的推动作用。"④ 江淹身处其中，这种接受新的文学思想的倾向不仅反映在这首拟作中，他还创作了相当有新体意味的诗歌，如《征怨》《咏美人春游》《西洲曲》⑤ 等。《乐府诗集》卷六十一《杂曲歌辞》引《宋书·乐志》："自晋迁江左，下逮隋、唐，德泽寖微，风化不竞，去圣逾远，繁音日滋。艳曲兴于南朝，胡音生于北俗。哀淫靡曼之辞，迭作并起，流

---

① （清）沈德潜选：《古诗源》，中华书局2006年版，第238页。
② 王利器集解：《颜氏家训集解》，上海古籍出版社1982年版，第253页。
③ 很多学者认为江淹拒绝接受永明文风、声律以及江南民歌的影响，认为这是导致他后来"才尽"的主要原因。但就此诗看来，并不尽然。
④ 刘跃进：《门阀士族与永明文学》，生活·读书·新知三联书店1996年版，第149—150页。
⑤ 《西洲曲》是否为江淹所作尚有争议。

而忘反,以至陵夷。原其所由,盖不能制雅乐以相变,大抵多溺于郑、卫,由是新声炽而雅音废矣。"① 足以说明这种日后蔚为大观的文学风气的巨大力量。

七 拟陶诗的诗歌史意义

《杂体诗三十首》中最为人注目的一首是拟陶渊明的《陶征君田居》:

> 种苗在东皋,苗生满阡陌。虽有荷锄倦,浊酒聊自适。日暮巾柴车,路暗光已夕。归人望烟火,稚子候檐隙。问君亦何为,百年会有役。但愿桑麻成,蚕月得纺绩。素心正如此,开径望三益。②

清张玉穀在《杂体诗三十首》中选取三首,分别是《古离别》《刘太尉琨伤乱》《陶征君潜田居》,评《陶征君潜田居》曰:"此诗误入《陶集》,作《归园田居》之第六章,东坡亦并和之。雒吟寻味,亦几可乱真矣。"③ 可见这首的确是一首毕肖原作的传神之作。

江淹在拟作时,有意识地大量化用陶诗中的意象和语句,描绘了一幅异常完美和宁静的田园生活,充分反映了江淹对陶渊明的理解:拟陶诗的题目——《陶征君田居》中"征君",乃指曾被朝廷征聘而不肯受职的隐士。《宋书》将陶渊明编入《隐逸传》,应是沈约等史家对陶渊明辞官归隐的礼敬。在《宋书·谢灵运传论》中,沈约对晋宋之际殷仲文、谢混、颜延之与谢灵运皆有好评,但对笔下充斥田家语与达观论的陶渊明,沈约不曾有一语论及。

江淹接受了晋宋以来颜延之、鲍照等人对陶渊明作为隐士的定

---

① (宋)郭茂倩:《乐府诗集》,中华书局1979年版,第884页。
② (明)胡之骥注,李长路、赵威点校:《江文通集汇注》,中华书局2006年版,第156—157页。
③ (清)张玉穀著,许逸民点校:《古诗赏析》,中华书局2017年版,第484页。

位。但是在具体描写过程中，江淹略去了陶渊明独善其身、傲岸不羁的隐士以及生活困顿的一面①，如《诗品序》称"陶公《咏贫》之制"。陶渊明家世寒门，迫于生计，几度出仕，托身于江州祭酒、建威参军与彭泽县令各类小官。其《庚子岁五月中从都还阻风于规林》其二"自古叹行役，我今始知之"。几番进退之后，终于不肯为五斗米折腰向乡里小儿，挂冠而去，在任八十余天，归隐之后写下《归园田居》《饮酒》《乞食》《咏贫士》那样的田居诗。在江淹看来，陶渊明不仅是一位隐者，更是一位田园诗人。胡适曾说，陶渊明"尽管做田家语，而处处有高远的意境"②。江淹拟作抓住了陶诗田园的趣味，保留了陶诗中田园生活的冲淡、宁静的境界，却忽略了陶渊明原作的思想高度。笔者认为，拟诗中"高远的意境"的缺失，是由江淹的思想深度决定的。江淹官至显宦，但也有相当长的时间过着隐居生活。他所理解的陶渊明，无疑带有其个人生活的经历。江淹《与交友论隐书》："淹者，海滨窟穴，弋钓为伍。自度非奇力异才，不足闻见于诸侯。每承梁伯鸾卧于会稽之墅，高伯达坐于华阴之山，心尝慕之，而未及也。"他所追求的，不过是"但愿拾薇藿，诵诗书，乐天理性，敛骨折步，不践过失之地耳。犹以妻孥未夺，桃李须阴。望在五亩之宅，半顷之田。鸟赴檐上，水匝阶下，则请从此隐，长谢故人。"③可见，江淹在拟作的过程中，抓住了陶诗中"田园"的一面，忽略了其淡泊名利、得失忘怀的人生境界。

不仅是江淹，齐梁士人对隐居的理解也大抵如此，这与齐梁之际"朝隐"之风兴起有关。如萧绎《全德志序》："人生行乐，止足为先。但使樽酒不空，坐客恒满。宁与孟尝闻琴，承睫泪下；中山听

---

① 正如鲁迅所说的，陶渊明并非浑身"静穆"，也还有"精卫衔微木，将以填沧海。刑天舞干戚，猛志固常在"（《读山海经》其十）之类的"金刚怒目"式（《题未定草》六、七）。
② 胡适：《白话文学史》，东方出版中心1996年版，第131页。
③ （明）胡之骥注，李长路、赵威点校：《江文通集汇注》，中华书局2006年版，第349—350页。

息，悲不自禁，同年而语也。"① 说明了齐梁士人对于隐居的理解，大多只是停留在田园生活的宁静、惬意上，带有贵族生活的色彩，不可能真正做到陶渊明似的洒脱。《宋书·隐逸传》评曰："夫独往之人，皆禀偏介之性，不能摧志屈道，借誉期通。若使夫遇见信之主，逢时来之运，岂其放情江海，取逸丘樊？盖不得已而然故也。"② 这段史论就南朝一些隐士而发，反映了某些"隐士"的真实心态。江淹以田园生活的环境描写以及细节琐事的描摹为主，使隐居的意趣由深层转化为表层，由诗人内心对大自然的彻悟变成了外在的隐居姿态的渲染。清贺贻孙的评价最为精当："江文通《拟陶征君》一首，非不酷似，然皆有意为之。如富贵人家园林，时效竹篱茅舍，闻鸡鸣犬吠声，以为胜绝，而繁华之意不除。若陶诗则如桃源异境，鸡犬桑麻，非复人间，究竟不异人间；又如西湖风月，虽日在歌舞浓艳中，而天然澹雅，非妆点可到也。"③

从诗歌发展史的角度来看，"陶体"命名，较早出现在鲍照的《学陶彭泽体》"长忧非生意，短愿不须多。但使尊酒满，朋旧数相过。秋风七八月，清露润绮罗。提琴当户坐，叹息望天河。保此无倾动，宁复滞风波"④。江淹较早给予了陶渊明足够的重视，他眼中的陶渊明不仅是一位隐者，还是一位文采风流的诗人。他用拟诗的形式，将陶渊明成功带入了诗歌发展的主流，使其成为五言诗发展过程中不可或缺的一环。稍后则有萧统，大力推重陶渊明的人品和文章，《陶渊明集序》称："其文章不群，辞彩精拔，跌宕昭彰，独超众类，抑扬爽朗，莫之与京。横素波而傍流，干青云而直上。语时事则指而可想，论怀抱则旷而且真。"⑤ 江淹拟陶诗重要的意义还在于，他是

---

① （清）严可均辑：《全梁文》，商务印书馆1999年版，第189页。
② （南朝梁）沈约：《宋书》，中华书局1974年版，第2297页。
③ （清）贺贻孙：《诗筏》，载郭绍虞编选，富寿荪校点《清诗话续编》，上海古籍出版社2016年版，第152页。
④ （南朝宋）鲍照著，丁福林、丛玲玲校注：《鲍照集校注》，中华书局2012年版，第346页。
⑤ （清）严可均辑：《全梁文》，商务印书馆1999年版，第221页。

第一个给陶渊明冠上了最能代表其思想艺术特色的标题——田园,并且第一次标出了陶渊明是隐逸诗人、田园诗人。钱锺书先生即说:"后世的田园诗,正像江淹的'杂体'诗所表示,都是从陶潜那里来的榜样。"①

---

① 钱锺书:《宋诗选注》,人民出版社 1958 年版,第 193 页。

第三章

《杂体诗三十首·序》研究

第一节 《杂体诗三十首·序》的文学批评观念

江淹在诗赋等文体之前，通常喜欢写作一段简短的序文，阐明其创作动机、主旨或者某种批评观念，如仿屈原《天问》作《遂古篇》，其序曰："仆尝为《造化篇》，以学古制今。触类而广之，复有此文，兼象《天问》，以游思云而。"《学梁王兔园赋》，其序称："或重古轻今者。仆曰：'何为其然哉！无知音，则已矣。聊为古赋，以奋枚叔之制焉。'"① 同样，在《杂体诗三十首》的前面，也有一篇简短的序文，系统体现了江淹的文学批评观。它与后面的三十首诗相互照应，构成一个统一的有机体。还需说明，有关《杂体诗三十首》序文的有无，《江文通集》与《文选》的各种版本，特别是李善注系统各本与五臣注系统各本，是颇为不同的，"陈八郎本、朝鲜正德本、奎章阁本'三十首'下有'并序'二字。北宋本、尤袤本未录此序。陈八郎本、朝鲜正德本、奎章阁本有此序，但无注。胡克家《文选考异》谓五臣从《江文通集》辑录此序。建州本据五臣注本辑录此序"②。李善注中无

---

① （明）胡之骥注，李长路、赵威点校：《江文通集汇注》，中华书局2006年版，第183、94页。
② 刘跃进著，徐华校：《文选旧注辑存》，凤凰出版社2017年版，第6047页。

针对总序的内容,可见《文选》早期版本中是不录江氏总序的,至五臣才据《江文通集》补入。《文选集注》载《文选音决》关于序文的音注及陆善经的注文,陆注对于深入理解此序有助益。现将其《序》文和注文著录如下:

夫楚谣汉风,既非一骨;魏制晋造,固亦二体。(陆善经曰:"诗赋本于风谣也。骨体,文之梗概。屈原、宋玉,楚人,好词赋,为文章唱始。历汉、魏、晋,体制皆殊。")譬犹蓝朱成彩,杂错之变无穷;宫商为音,靡曼之态不极。(陆善经曰:"言变体多也。")故蛾眉讵同貌,而俱动于魄;芳草宁共气,而皆悦于魂,不其然欤?(陆善经曰:"言皆然,喻文体虽殊,其感于人一也。")至于世之诸贤,各滞所迷,莫不论甘而忌辛,好丹而非素。岂所谓通方广恕,好远兼爱者哉?(陆善经注:"言偏滞者则非通方之士。江生自以兼能,故托此以见意。")及公幹、仲宣之论,家有曲直;安仁、士衡之评,人立矫抗。况复殊于此者乎?(陆善经曰:"言评论文体,好尚各殊,情有偏党。刘、王、潘、陆为绝伦,犹被讥评,况异于此者,则纷竞弥甚。")又贵远贱近,人之常情;重耳轻目,俗之恒弊。是以邯郸托曲于李奇,士季假论于嗣宗,此其效也。然五言之兴,谅非夐古。但关西、邺下,既已罕同;河外、江南,颇为异法。(陆善经曰:"谅,信。夐,远也。五言起于李陵。汉都长安,在关之西。魏氏居邺,后汉都洛阳,在河之南。水南为外。晋宋齐梁,皆居建业,在江之南。")故玄黄经纬之辨,金碧沉浮之殊,仆以为亦各其美,兼善而已。(陆善经曰:"玄黄,以彩饰为喻。经纬,以组织为喻。金碧,以珍宝为喻。沉浮,以轻重为喻。惣而论之,皆兼善。")今作三十首诗,斆其文体,虽不足品藻渊流,庶亦无乖商榷云尔。(陆善经曰:"言所作之诗,虽不足品藻源流,但商略众体,庶于义无乖也。")

陆注长于探析诗意，尤其重在揭示诗句的比兴手法及深层意旨，在此我们结合陆注，对于更加准确理解诗意颇有益处。序文评论了作者所处时代的诗歌发展的状况，目的是廓清诗坛上一些不良的风气。这些不良的文风有以下几个表现。

第一，"世之诸贤，各滞所迷，莫不论甘而忌辛，好丹而非素"。当时许多士人，根据自己的好恶来评价他人，失去了评论的客观性。这种风气在南朝诗坛上屡见不鲜，大有愈演愈烈之嫌。如钟嵘《诗品序》云："观王公缙绅之士，每博论之余，何尝不以诗为口实。随其嗜欲，商榷不同。淄渑并泛，朱紫相夺；喧哗竞起，准的无依。近彭城刘士章，俊赏之士，疾其淆乱，欲为当世诗品，口陈标榜，其文未遂。嵘感而作焉。"① 陆注曰："江生自以兼能，故托此以见意。"通过钟嵘《诗品》所记载的时代风气相比对，进一步揭示出江淹《杂体诗》的创作意图，江淹批评当时评论诗歌毫无准的的情况，这不利于对诗人进行客观准确的评价。尤其是对于那些时代相近、风格相似的诗人，如刘公幹与王仲宣、潘安仁与陆士衡，这种因人而异的主观评价的分歧就更明显了。陆注曰："言评论文体，好尚各殊，情有偏党。刘、王、潘、陆为绝伦，犹被讥评，况异于此者，则纷竞弥甚。"像刘、王、潘、陆这样第一流的诗人都不免于此，遑论其他。这显然不利于诗歌的发展，不利于前辈诗人诗篇文集的流传，也不能给后辈树立学习的典范。正因为有明确的理论和指导现实的鲜明针对性，《杂体诗三十首》其序文具有明确的方法论的意义。

第二，文坛上还存留着"贵远贱近"、"重耳轻目"的风气。东汉以来，社会上形成了一种尊古卑今、贵远贱近的不良风气。王充《论衡·齐世》言："述事者好高古而下今，贵所闻而贱所见，辨士则谈其久者，文人则著其远者。近有奇而辨不称，今有异而笔不记。"② 早在曹丕《典论·论文》就曾说："常人贵远贱近，向声背

---

① （南朝梁）钟嵘著，曹旭笺注：《诗品笺注》，人民文学出版社 2009 年版，第 37 页。

② （东汉）王充著，黄晖校释：《论衡校释》，中华书局 2006 年版，第 809 页。

实,又患暗于自见,谓己为贤。"葛洪《抱朴子·均世》也说:"然则古之子书,能胜今之作者,何也? 然守株之徒,喽喽所玩,有耳无目,何肯谓尔! 其于古人所作为神,今世所著为浅。贵远贱近,有自来矣。"① 刘勰《文心雕龙·知音》亦云:"夫古来知音,多贱同而思古,所谓'日进前而不御,遥闻声而相思'也。昔《储说》始出,《子虚》初成,秦皇、汉武,恨不同时;既同时矣,则韩囚而马轻。岂不明鉴同时之贱哉!"② 文坛上贵远贱近的风气由来已久,在江淹这个时代,文坛上的一些人如裴子野等,过分强调诗歌应当回归《诗经》"劝美惩恶"的传统,批评刘宋以后的诗歌"巧而不要,隐而不深"③,这些都是不利于诗歌向前发展的声音。

　　第三,在江淹的时代,所谓"贵远贱近"、"重耳轻目"的情况还有一种表现,那就是人们对新起的五言诗并没有引起足够的重视。如西晋挚虞《文章流别论》云:"夫诗虽以情志为本,而以成声为节。然则雅音之韵,四言为正,其余虽备曲折之体,而非音之正也。"④ 挚虞的这种观点,偏于保守,不符合时代发展潮流。但是这种思想并不是当时所有士人的心声,与挚虞同时的张华,写过《赠挚仲洽诗》,不取"雅音",而用五言诗写成,表达了当时文人进步、创新的文学观念。可以说,这两种观念在当时分离并存,而非激烈对峙,它们并行发展了相当长一段时间,终于在刘勰《文心雕龙》和钟嵘《诗品》中汇合,从而真正确立了五言诗的地位。刘勰《文心雕龙·明诗》说:"若夫四言正体,则雅润为本;五言流调,则清丽居宗。"针对挚虞对五言诗"非音之正"的批评,刘勰认为四言诗是诗歌正体,五言则是别调、别体。罗宗强先生认为:

---

① (东晋)葛洪撰,杨明照校笺:《抱朴子外篇校笺》下册,中华书局1997年版,第71页。
② (南朝梁)刘勰著,范文澜注:《文心雕龙注》,人民文学出版社2008年版,第713页。
③ (南朝梁)裴子野:《雕虫论》,收录于严可均《全梁文》卷五十三,商务印书馆1999年版,第576页。
④ (清)严可均:《全晋文》,商务印书馆1999年版,第820页。

"他所谓正体，实为本体，即原有体式之意，谓诗之原有体式，就是四言；五言乃是诗之别体。所谓别体，带有从四言流变而来的意思。"① 刘勰在论及五言诗时，肯定了五言诗的源流，并指出当时五言诗的风格特点，即"清丽"。钟嵘《诗品》是历史上第一部专门评价五言诗的专著，评价了一百二十三位诗人，而且以他们创作的五言诗为基准。刘勰《文心雕龙》和钟嵘《诗品》的写作时间，要略晚于江淹《杂体诗三十首》②。在刘勰和钟嵘之前，对五言诗的评价，大多都是像挚虞一样，负面评论较多，很少有正面的评价。江淹在刘勰、钟嵘之前肯定了五言诗的积极意义，有意抬高五言诗的地位。

　　基于上述，江淹系统地提出了自己的批评观：（一）关于五言诗的起源。江淹指出，"然五言之兴，谅非复古。但关西、邺下，既已罕同；河外、江南，颇为异法"。在他看来，"楚谣汉风"是五言诗的滥觞，《楚辞》里《沧浪歌》和许多汉乐府民歌都属于五言诗的范畴，他否认了五言诗产生于远古，而是源于"楚谣汉风"。其后钟嵘《诗品序》也持类似观点："古诗眇邈，人世难详。推其文体，固是炎汉之制，非衰周之倡也。"③ 刘勰《文心雕龙·明诗》说："《召南·行露》，始肇半章；孺子《沧浪》，亦有全曲；《暇豫》优歌，远见春秋；《邪径》童谣，近在成世：阅时取证，则五言久矣。"也是沿袭江淹的观点。钟嵘《诗品序》又云："楚谣曰'名余曰正则'，虽诗体未全，然是五言之滥觞也。"④ 准此以观，江淹把"汉风"与"楚谣"对举，当是指汉乐府民歌中的五言诗。但"楚谣"终是未全之体，故江淹拟诗中未有体现，可见他认为真正的、直接的五言诗源头，是在汉乐府中，客观上暗含有五言诗非是文人创造之意。江淹等

---

① 罗宗强：《读文心雕龙札记》，生活·读书·新知三联书店2007年版，第72页。
② 俞绍初、张亚新《江文通集校注》认为三十首作于齐初建元与永明年间，今取此种说法。
③ （南朝梁）钟嵘著，曹旭笺注：《诗品笺注》，人民文学出版社2009年版，第6页。
④ （南朝梁）钟嵘著，曹旭笺注：《诗品笺注》，人民文学出版社2009年版，第4页。

六朝文人对五言诗起源问题的深刻探讨①，对今日研究五言诗也具有重要意义。再看陆注，"五言起于李陵。汉都长安，在关之西。魏氏居邺，后汉都洛阳，在河之南。水南为外。晋宋齐梁，皆居建业，在江之南"，指出江淹所言文学地域中心后汉、建安、西晋、东晋南朝等，与其保持高度的一致。

（二）"通方广恕，好远兼爱"的批评观。由于五言诗并不是自远古兴起的，所以没有以远古为尚的必要。并且，"关西、邺下，既已罕同；河外、江南，颇为异法"，汉魏以来诗歌风貌多样，也没有"论甘而忌辛，好丹而非素"的必要。从《杂体诗三十首》模拟对象看，江淹选取了从汉代至刘宋末年的三十位诗人（第一首为无名氏古诗），具体如下：

汉代：古诗、李陵、班婕妤
曹魏：曹丕、曹植、刘桢、王粲、嵇康、阮籍
西晋：张华、潘岳、陆机、左思、张协、刘琨、卢谌、郭璞
东晋：孙绰、许询、殷仲文、谢混、陶潜
刘宋：谢灵运、颜延之、谢惠连、王微、袁淑、谢庄、鲍照、汤惠休

不难看出，这份历代诗人的名单，可谓兼顾远近，兼顾不同风格，陆善经曰："玄黄，以彩饰为喻。经纬，以组织为喻。金碧，以珍宝为喻。沉浮，以轻重为喻。惣而论之，皆兼善。"阐释了序文所说的"通方广恕，好远兼爱"的批评观。"通方广恕，好远兼爱"的另一种表述，就是"具美兼善"：

1. 不同地域、不同时代产生的不同风貌的诗歌，即兼取"楚谣汉风"、"魏制晋造"，"关西（汉）"、"邺下（曹魏）"，"河外（西

---

① 时代在江淹之前，沈约作有《宋书·谢灵运传论》、萧子显《南齐书·文学传论》对于古诗的起源，均未有涉及。

晋）"、"江南（东晋和刘宋）"。

2. 不同作家的诗歌。从汉代至刘宋末年的三十位诗人、诗作，几乎涵盖了从汉代到刘宋所有代表性诗人。正如何焯所言："江文通杂体诗，所拟既众，才力高下时有不齐。意制体源，罔轶尺寸。爰自棰轮汉京，迄乎大明、泰始，五言之变，旁备无遗矣。"①

3. 不同作家相近题材的创作。例如游览类：《殷东阳兴瞩》《谢仆射游览》《谢临川游山》《谢光禄郊游》；侍宴类：《魏文帝游宴》《王侍中怀德》《颜特进侍宴》；离别类：《古离别》《张司空离情》《谢法曹赠别》。

4. 时代相同、风格相似的不同作家。如潘岳《潘黄门述哀》和陆机《陆士衡羁旅》；王粲《王侍中怀德》和刘桢《刘文学感遇》。

第二节 《杂体诗三十首·序》的文学史意义

一 《杂体诗三十首》与同时期其他论文家的关系

江淹选拟了三十位诗人（第一首为无名氏古诗），表明这三十位诗人在五言诗发展史上有着非常重要的地位。其后有钟嵘《诗品》专门品评五言诗作家。对比一下，就可以发现二者的关系。

1. 《诗品》上品所收录的十二位诗人，全部都在江淹模拟的三十位诗人之内，《诗品》中置于上品的诗人有：汉无名氏、李陵、班婕妤、王粲、刘桢、阮籍、曹植、陆机、潘岳、左思、张协、谢灵运。

2. 江淹模拟的三十位诗人中，另有十三家被收入《诗品》中品；有五家收入了下品。中品有：曹丕、嵇康、张华、卢谌、刘琨、郭璞、谢混、陶渊明、颜延之、谢惠连、王微、袁淑、鲍照。下品有：孙绰、许询、殷仲文、谢庄、汤惠休。

3. 《诗品序》言及的五言诗人的题材和篇章，与《杂体诗三十首》也多有暗合之处，如下：

---

① （清）何焯著，崔高维点校：《义门读书记》，中华书局1987年版，第938页。

陈思赠弟，仲宣《七哀》，公幹思友，阮籍《咏怀》，子卿"双凫"，叔夜"双鸾"，茂先寒夕，平叔衣单，安仁倦暑，景阳苦雨，灵运《邺中》，士衡《拟古》，越石感乱，景纯咏仙，王微风月，谢客山泉，叔源离宴，鲍照戍边，太冲《咏史》，颜延入洛，陶公《咏贫》之制，惠连《捣衣》之作：斯皆五言之警策者也。①

对应钟嵘之语来看，江淹在每一首拟作时，设有小标题，如"陈思王赠友"、"王侍中怀德"、"刘文学感遇"、"阮步兵咏怀"、"张司空离情"、"左记室咏史"、"张黄门苦雨"、"刘太尉伤乱"、"郭弘农游仙"、"谢临川游山"、"谢法曹赠别"、"鲍参军戎行"、"休上人怨别"等。不难见出，钟嵘所述的题材或篇章，与江淹选拟的题材或篇章，有高度的重合性和相似性。

《杂体诗三十首》中的许多题材，在《文心雕龙》和《文选》中也有响应。为清眉目，特列表3-1说明：

表3-1　《杂体诗三十首》与《文心雕龙》、《文选》比较简表

时代	作家	题材	《文心雕龙》	《文选》选诗收录情况	
				总数（首）	说　明
汉	无名氏	古诗	是	19	"杂诗"类收录19首
汉	李陵	从军	是	3	"军戎"类未收，"杂诗"类收录3首
汉	班婕妤	咏扇	是	1	《文选》作《怨歌行》，"乐府"类收入
魏	曹丕	游宴	是	5	"公宴"类未收
魏	曹植	赠友	是	25	"赠答"类收6首
魏	刘桢	感遇	是	10	"杂诗"类收1首
魏	王粲	怀德	是	13	"军戎"类收1首

---

① （南朝梁）钟嵘著，曹旭笺注：《诗品笺注》，人民文学出版社2009年版，第211页。

续表

时代	作家	题材	《文心雕龙》	《文选》选诗收录情况	
				总数（首）	说明
魏	嵇康	言志	是	7	"赠答"类收5首
魏	阮籍	咏怀	是	17	"咏怀"类收17首
西晋	张华	离情	是	6	"赠答"类收2首
西晋	潘岳	述哀	是	10	"哀伤"类收3首
西晋	陆机	羁宦	是	52	"行旅"类收5首
西晋	左思	咏史	是	11	"咏史"类收8首
西晋	张协	苦雨	是	11	"杂诗"类收其《杂诗》10首
西晋	刘琨	伤乱	否	3	"赠答"类收2首，"杂歌"类收1首
西晋	卢谌	感交	否	4	"赠答"类收3首
东晋	郭璞	游仙	是	7	"游仙"类收7首
东晋	孙绰	杂述	是	0	未收
东晋	许询	自序	是	0	未收
东晋	殷仲文	兴瞩	否	1	"游览"类收1首
东晋	谢混	游览	否	1	"游览"类收1首
东晋	陶潜	田园	否	8	"杂诗"类收4首
宋	谢灵运	游山	—	42	"游览"类收其山水诗9首
宋	颜延之	侍宴	—	21	"公宴"类收2首
宋	谢惠连	赠别	—	5	"赠答"类收1首
宋	王微	养疾	—	1	"杂诗"类收1首
宋	袁淑	从驾	—	2	"游览"类未收，"杂拟"类收2首
宋	谢庄	郊游	—	0	未收
宋	鲍照	戎行	—	18	"行旅"类收1首
宋	汤惠休	怨别	—	0	未收

注：《文心雕龙》一列，"是"、"否"表示刘勰在评论汉魏晋南北朝诗歌时是否提到该位作家；《文心雕龙》的评论至刘宋初止，故于刘宋作家后均以"—"表示。

从表3-1《杂体诗三十首》与《文心雕龙》《文选》的简略对比可以看出，江淹对三十位诗人的选取，反映了齐梁相似的审美情趣。他与时人的区别在于：

1. 江淹不同于刘勰、钟嵘，他既有理论指导创作，又有创作来扩大理论的影响。

2. 萧统推重典丽的文学思想①，比较轻视民间文学②。江淹则主张"雅"、"俗"兼容并包，不排斥"俗"的作品，如拟汤惠休作《休上人怨别》，有些接近萧纲提出的"雅俗兼施"、"或雅或俗"的审美主张。

二 指示了后人学诗的法门

"江淹《杂体诗三十首》选择了汉魏以来的三十家诗人，对不同诗体均学做一首，目的是'品藻渊流'，为学习和批评树立典范。"③江淹以序文和三十首拟作，表明：学诗、作诗，要广泛博取前人的优秀遗产，不拘泥于一门一户，要兼收并蓄。这种文学思想，为后人所发扬。如刘勰就说："凡操千曲而后晓声，观千剑而后识器。故圆照之象，务先博观。阅乔岳以形培塿，酌沧波以喻畎浍。无私于轻重，不偏于憎爱，然后能平理若衡，照辞如镜矣。"④ 杜甫《戏为六绝句》⑤也持相同的观点：

不薄今人爱古人，清词丽句必为邻。窃攀屈宋宜方驾，恐与齐梁作后尘。（其五）

未及前贤更勿疑，递相祖述复先谁。别裁伪体亲风雅，转益多师是汝师。（其六）

学习时要对材料加以细心的选择，能够鉴别选择，转益多师，打破

---

① 刘孝绰《昭明太子集序》云："深乎文者，兼而善之，能使典而不野，远而不妨，丽而不淫，约而不俭，独擅众美，斯文在斯。"
② 《文选》采录乐府诗数量不多，乐府民歌几乎没有入选。
③ 傅刚：《〈昭明文选〉研究》，中国社会科学出版社2000年版，第274页。
④ （南朝梁）刘勰著，范文澜注：《文心雕龙注·知音》，人民文学出版社2008年版，第714—715页。
⑤ （唐）杜甫著，（清）杨伦笺注：《杜诗镜铨》，上海古籍出版社2019年版，第398—399页。

"古""今"、"新""旧"的樊篱。徐复观先生说得非常到位:"因为能博取兼资,贯通融合,才不为一家所限,一体所拘,因而得以创成自己一家之体。多学一家,是多吸收一家,也是多突破以前所学过的一家。"①

三 奠定了三十位诗人的文学史地位

入选《杂体诗三十首》的有些诗人,在当时并不十分知名。比如陶渊明,《文心雕龙》未评价陶渊明,《诗品》将其列为中品。拟作确立了他在五言诗发展过程中的独特贡献,并为稍后的萧统所重视。拟作也在相当程度上保留了后世存诗较少的诗人的诗歌风貌,比如钟嵘说东晋玄言诗人孙绰、许询等人诗"皆平典似《道德论》"②,孙绰、许询、谢庄、汤惠休等几位与《文选》也没有交集。可谓与时人大异其趣。可见在一定程度上,江淹确实做到了"通方广恕,好远兼爱"。总而言之,三十首拟诗与诗前总序一起,组成了一部小型的历代五言诗选,无形中寓有作者对历代诗人诗作的审美的和文学史地位的肯定。不仅有辨别诗人风格、诗歌体制的特点,也构建了完整的五言诗诗歌流变谱系,显示了作者参与文学史的强烈意识。

江淹拟作在后世受到众多继作者的青睐,早在唐代,就有人对江淹这组拟诗进行模拟,如释无可《大理正任二十和江淹拟古诗二十章寄示》。从明代开始,效仿者开始注意保持完整的序列,如薛蕙《杂体诗二十首并序》,可能是江淹《杂体诗三十首》系列的最早效仿者,其序称:"诗自曹、刘,下逮颜、谢,体裁各异,均一时之隽也。及江文通拟诸家三十首,虽间有未尽,然可谓妙解群藻矣。余慕其殊丽,依之为二十首,略者十人。惭凫企鹤,罔量非伦云尔。"③ 有意

---

① 徐复观:《中国艺术精神》,华东师范大学出版社2004年版,第217页。
② (南朝梁)钟嵘著,曹旭笺注:《诗品笺注》,人民文学出版社2009年版,第15页。
③ (明)薛蕙:《考功集》,《景印文渊阁四库全书》第1272册,台湾商务印书馆1986年版,第7—15页。

略去《古离别》与苏、李诗等作品，在有些诗作的标目上也有所改易，如《张司空闺情》《潘黄门羁宦》《陆平原行旅》等。王世贞继起而作《拟古》组诗，并增广为七十首，其序称：

> 梁江淹拟《古离别》至休上人凡三十首，明亳州薛蕙亦嗣响焉。虽于汉氏未纯，亦彬彬乎优孟抵掌矣。夫物贵缔始，则因述似易；人具体裁，则兼功殆难。难矣，然文通颇胜于自运；易矣，然灵运微短于邺中。诗云唯其有之，是以似之。甚哉似之于有也。不佞既以罢官陆还，挟策仅文通一编，忽忽无博奕之欢，抽绎穷愁，窃仿厥体。自李都尉而下至休上人凡二十九，广自苏属国至韦左司凡四十一。时代既殊，规格从变。虽未足鼓吹诸氏，庶几驱驰江、薛云尔。其《古离别》一章，请俟异日为《后十九首》，故不更拟。①

江淹构建的五古谱系始于汉代而终于刘宋，王世贞在延续、改易江淹谱系的基础上，又做了极大的扩充，如在刘宋以前增加诗人新作十二首，分别为：《苏属国武别友》《孔北海融述志》《郗征士炎见志》《应侍中璩百一》《繁主簿钦咏蕙》《何司空劭赠贻》《曹司马摅感旧》《傅司隶咸杂感》《陆司马云赠妇》《谢仆射瞻秋饯》《支道人遁赞佛》《宋文帝北伐》。在《休上人别怨》之后，增加《谢吏部朓省直》《王著作融游邸》《沈仆射约饯别》《范仆射云贻友》《江记室淹卧疾》《梁简文纲闺怀》《何水部逊示僚》《吴纪室均春怨》《庾开府信校书》《阴常侍铿送别》《薛内史道衡酬忆》《杨司空素坐怀》《王参军勃梦游》《杨盈川炯游峡》《卢典签照邻咏史》《陈正字子昂感遇》《沈詹事佺期访道》《宋学士之问祠海》《崔员外颢游侠》《孟襄阳浩然留客》《王右丞维山居》《岑嘉州参塞宴》《高常侍适咏途》

---

① （明）王世贞：《弇州四部稿》，《景印文渊阁四库全书》1279 册，台湾商务印书馆 1986 年版，第 105—106 页。

《李翰林白自明》《杜员外甫述贬》《王龙标昌龄独游》《储参军光羲咏耕》《韦左司应物寄僧》。王世贞构建的五言古诗谱系，含括汉魏至盛唐，就连江淹本人也在模拟序列中。还有晚明费元禄接续薛、王而作《拟古》诗七十一首，在诗序中，费元禄提到创始的江淹、嗣响的薛蕙与集成的王世贞。费元禄重新加上王世贞舍去的《古离别》，在各首标目上，大致与王世贞保持一致。甚至有些继作者，在模拟江淹的同时，构建自己的五言诗诗歌发展史，如清张琦《杂拟三十首》，小序称："始于十九首终于庾开府。"① 已极大偏离了江淹构建的诗歌谱系，只能算是宽泛的拟江淹组诗。总之，在某种程度上，效仿者有意并将以往的拟作者纳入，不仅扩大了江淹拟诗的影响，也成为反观自身的一面镜子，复述、推衍和修正五言诗诗歌流变的谱系，真正做到了"五言之变，旁备无遗"②，也成为五言诗经典化的工程。

---

① （清）张琦：《宛邻集》卷一，清光绪盛氏刻常州先哲遗书本。
② （清）何焯著，崔高维点校：《义门读书记》，中华书局1987年版，第938页。

第四章

《杂体诗三十首》与南朝文学思潮

第一节 《杂体诗三十首》与南朝
诗坛重形式的诗风

  南朝时期文学发展的突出特点,在于对文学形式美的积极追求,注重文学的艺术特质。刘勰《文心雕龙·明诗》云:"俪采百字之偶,争价一句之奇。情必极貌以写物,辞必穷力而追新。"这是追求文采的美。《南齐书·文学传》载沈约语:"宫羽相变,低昂舛节。若前有浮声,则后须切响,一简之内,音韵尽殊,两句之中,轻重悉异。"这是追求诗歌的声律之美。到后来,这种思想发展到了极端,即出现了大量的咏物诗和宫体诗。明屠隆《文论》云:"由建安下逮六朝,鲍、谢、颜、沈之流,盛粉泽而掩质素,绘面目而失神情,繁枝叶而离本根,周、汉之声,荡焉尽矣。然而秾华色泽,比物连汇,亦种种动人。譬之南威、西子,丽服靓妆,虽非姜、姒之雅,端人庄士,或弃而不睨,其实天下之丽,洵美且都矣!"①

  六朝重形式的文风,因其忽略思想内容和过度追求形式美,在后代多招致批评。例如,唐代陈子昂《与东方左史虬修竹篇序》说:

---

① (明)屠隆:《由拳集》,明万历刻本。

"文章道弊五百年矣。汉魏风骨，晋宋莫传，然而文献有可征者。仆尝暇时观齐梁间诗，彩丽竞繁，而兴寄都绝，每以永叹。思古人常恐逶迤颓靡，风雅不作，以耿耿也。"① 把这种过分追求形式的创作倾向当作"浮靡"文风的代名词。这种注重诗歌形式的思潮，长时间得不到人们的认可也就不足怪了。但是，这种注重形式美的诗歌思潮，不仅是诗歌发展史的事实，也对传统诗歌特质的形成起到了不可忽视的重要作用。因此，本节主要讨论南朝重形式的创作表现，着眼点是将江淹《杂体诗三十首》这一组拟古诗，放在南朝整个文学发展系统之中加以考察，以凸显其在这种注重诗歌形式美的文学思潮中的意义。

一 摘句嗟赏

摘句是中国古代文学批评常用的方法之一。六朝时期，由于社会崇文思潮的巨大影响，摘句嗟赏成为当时一种十分常见的文化现象。摘句滥觞于先秦时期士大夫在外交场合摘《诗》之句，以供他们"断章取义"。"在《论语》《孟子》及《荀子》等书中，也经常可以发现他们摘引《诗》的某章某句来说明某一道理。《诗》的结构是由句而章、由章而篇，赋《诗》的通例是'断章'，而引《诗》的通例可谓'裁句'。《诗》是四言诗，往往要两句才能表达一个完整的意思，所以引用时最少是两句。这可以说是文学批评上'摘句法'的滥觞。"② 那时候的"摘句"，主要是为了在外交场合达到政治目的，而非将其作为文学艺术而欣赏、揣摩。

文学批评意义上的摘句法大致始于六朝③。《南齐书·文学传论》说："若子桓之品藻人才，仲治之区判文体，陆机辨于《文赋》，李

---

① （唐）陈子昂撰，徐鹏校点：《陈子昂集》，上海古籍出版社2013年版，第16页。
② 张伯伟：《寻章摘句》，载《钟嵘诗品研究》，南京大学出版社1999年版，第94页。
③ 程千帆先生曾言："将一篇作品中特别精彩的句子摘出来，加以评赏，这个风气始于六朝。"程千帆：《俭腹抄》五十五《关于对联》，上海文艺出版社1998年版。

充论于《翰林》,张眎摘句褒贬,颜延图写情兴,各任怀抱,共为权衡。"① 说明在齐梁之际,这种摘句批评的风气已经形成。《南齐书·文学传论》载张眎有"摘句褒贬"的专著,惜其不传。纵观六朝,这种摘句风气几乎贯穿其始终,以下试举几例。

谢太傅寒雪日内集,与儿女讲论文义,俄而雪骤,公欣然曰:"白雪纷纷何所似?"兄子胡儿曰:"撒盐空中差可拟。"兄女曰:"未若柳絮因风起。"公大笑乐。即公大兄无奕女,左将军王凝之妻也。②

谢公因子弟集聚,问:"《毛诗》何句最佳?"遏称曰:"昔我往矣,杨柳依依;今我来思,雨雪霏霏。"公曰:"讦谟定命,远猷辰告。"谓:"此句偏有雅人深致。"③

郭景纯诗云:"林无静树,川无停流。"阮孚云:"泓峥萧瑟,实不可言。每读此文,辄觉神超形越。"④

王孝伯在京,行散至其弟王睹户前,问:"古诗中何句为最?"睹思未答。孝伯咏"所遇无故物,焉得不速老":"此句为佳。"⑤

王处仲每酒后,辄咏"老骥伏枥,志在千里。烈士暮年,壮心不已"。以如意打唾壶,壶口尽缺。⑥

---

① (南朝梁)萧子显:《南齐书》,中华书局2007年版,第907页。
② 徐震堮:《世说新语校笺·言语》,中华书局1984年版,第72页。
③ 徐震堮:《世说新语校笺·文学》,中华书局1984年版,第128页。
④ 徐震堮:《世说新语校笺·文学》,中华书局1984年版,第140页。
⑤ 徐震堮:《世说新语校笺·文学》,中华书局1984年版,第149页。
⑥ 徐震堮:《世说新语校笺·豪爽》,中华书局1984年版,第326页。

（谢灵运诗）名章迥句，处处间起；丽曲新声，络绎奔发。譬犹青松之拔灌木，白玉之映尘沙，未足贬其高洁也。①

（谢朓诗）一章之中，自有玉石。然奇章秀句，往往警遒，足使叔源失步，明远变色。②

宋孝武殷贵妃亡，灵鞠献挽歌三首，云："云横广阶暗，霜深高殿寒。"帝摘句嗟赏。③

孝武尝问颜延之曰："谢希逸《月赋》何如？"答曰："美则美矣；但庄始知'隔千里兮共明月'。"帝召庄，以延之答语语之，庄应声曰："延之作《秋胡诗》，始知'生为久离别，没为长不归'。帝抚掌竟日。"④

范詹事《自序》："性别宫商，识清浊，特能适轻重，济艰难。古今文人多不全了斯处，纵有会此者，不必从根本中来。"尚书亦云："自灵均以来，此秘未睹。或暗与理合，匪由思至。张、蔡、曹、王曾无先觉，潘、陆、颜、谢去之弥远。"大旨欲"宫商相变，低昂舛节，若前有浮声，则后须切响，一简之内，音韵尽殊，两句之中，轻重悉异"。辞既美矣，理又善焉；但观历代众贤似不都谙此处，而云"此秘未睹"，近于诬乎。案范云"不从根本中来"，尚书云"匪由思至"，斯则揣情谬于玄黄，摘句著其音律也。⑤

---

① （南朝梁）钟嵘著，曹旭笺注：《诗品笺注》，人民文学出版社2009年版，第91页。
② （南朝梁）钟嵘著，曹旭笺注：《诗品笺注》，人民文学出版社2009年版，第180页。
③ （南朝梁）萧子显：《南齐书·文学传》，中华书局2007年版，第889页。
④ （唐）李延寿：《南史·谢庄传》，中华书局1975年版，第554页。
⑤ （唐）李延寿：《南史·陆厥传》，中华书局1975年版，第1195页。

恽立性贞素，以贵公子早有令名，少工篇什，为诗云："亭皋木叶下，垅首秋云飞。"琅邪王融见而嗟赏，因书斋壁及所执白团扇。武帝与宴，必诏恽赋诗。①

（陆瑜）论其博综子史，谙究儒墨，经耳无遗，触目成诵，一褒一贬，一激一扬，语玄析理，披文摘句，未尝不闻者心伏，听者解颐，会意相得，自以为布衣之赏。②

如欲辨秀，亦惟摘句："常恐秋节至，凉飙夺炎热"，意凄而词婉，此匹妇之无聊也；"临河濯长缨，念子怅悠悠"，志高而言壮，此丈夫之不遂也；"东西安所之，徘徊以旁皇"，心孤而情惧，此闺房之悲极也。……③

据上所引，六朝人眼中的"美句"、"佳句"，主要是描写景物或者情语之美，有些已经暗合音律的抑扬之感。而且主要以对句为主，有些含有玄理的佳句，甚至还能够使人通过字句体会出亲切可感的形象和难以言传的旨趣。

早在魏晋之际，士人们就认识到这种"秀句"的重要作用。陆机《文赋》曾说："立片言而居要，乃一篇之警策。虽众辞之有条，必待兹而效绩。亮功多而累寡，故取足而不易。"④刘勰具体阐述了"秀句"的界定："隐也者，文外之重旨者也；秀也者，篇中之独拔者也。隐以复意为工，秀以卓绝为巧，斯乃旧章之懿绩，才情之嘉会也。……凡文集胜篇，不盈十一；篇章秀句，裁可百二。并思合而自

---

① （唐）李延寿：《南史·柳恽传》，中华书局1975年版，第988页。
② （唐）姚思廉：《陈书·文学传》，中华书局1972年版，第464页。
③ 此段为明人所补《隐秀》的残缺文字，清纪昀称此段疑为明人伪托，范文澜注本未收录。
④ （西晋）陆机著，张少康集释：《文赋集释》，人民文学出版社2006年版，第145页。

逢，非研虑之所课也。或有晦塞为深，虽奥非隐；雕削取巧，虽美非秀矣。故自然会妙，譬卉木之耀英华；润色取美，譬缯帛之染朱绿。朱绿染缯，深而繁鲜；英华曜树，浅而炜烨。隐篇所以照文苑，秀句所以侈翰林，盖以此也。"① 可见，六朝人已经充分重视到诗中"秀句"、"警句"的作用，能使文章增色不少，成为一篇之警拔，给人以直观的印象，代表了全篇的形象，给人以画龙点睛之感。此种摘句褒贬的风气，是六朝的诗歌欣赏和批评风气盛行的一个侧面②。

江淹《杂体诗三十首》就是孕育在六朝这种摘句嗟赏的风气之中，可以说，江淹这组诗的成功，与这种文学思潮密不可分。在本书第二章第一节"创新：模拟中的因革"中，具体分析了江淹的创作方法——化用或者选择被模拟的诗人或者其同时代其他诗人最具代表性的意象、词组、句式、辞藻、表达方式等加以改造，将其成功地植入拟诗之中。这些具有代表性的诗句、辞藻，就是江淹眼中前辈先贤的名言俊句，鲜明反映了汉魏六朝摘句风气对其创作方法的影响。具体见表4-1：

表4-1

	拟诗	原诗
《古离别》	黄云蔽千里，游子何时还。	浮云蔽白日，游子不顾反。（《古诗十九首》之《行行重行行》）
	君在天一涯，妾身长别离。	行行重行行，与君生别离。（《古诗十九首》之《行行重行行》）
《李都尉从军》	樽酒送征人，踟蹰在亲宴。	我有一樽酒，欲以赠远人。（《苏武诗》其一《骨肉缘枝叶》）
	而我在万里，结发不相见。	结发为夫妻，恩爱两不疑。（《苏武诗》其三《结发为夫妻》）

---

① （南朝梁）刘勰著，范文澜注：《文心雕龙注·隐秀》，人民文学出版社2008年版，第632—633页。
② 王运熙：《中国古代文论管窥》，上海古籍出版社2006年版，第116页。

续表

	拟诗	原诗
《班婕妤咏扇》	窃愁凉风至，吹我玉阶树。	常恐秋节至，凉风夺炎热。（班婕妤《怨诗》）
	君子恩未毕，零落在中路。	弃捐箧笥中，恩情中道绝。（班婕妤《怨诗》）
《魏文帝游宴》	置酒坐飞阁，逍遥临华池。	乘辇夜行游，逍遥步西园。（曹丕《芙蓉池作》）
	绿竹夹清水，秋兰被幽崖。	秋兰被长坂，朱华冒渌池。（曹植《公宴诗》）
	月出照园中，冠珮相追随。	月出照园中，珍木郁苍苍。（刘桢《公宴诗》）清夜游西园，飞盖相追随。（曹植《公宴诗》）
	客从南楚来，为我吹参差。	有客从南来，为我弹清音。（曹丕《善哉行》）
《陈思王赠友》	双阙指驰道，朱宫罗第宅。	两宫遥相望，双阙百余尺。（《古诗十九首》之《青青陵上柏》）
	朝与佳人期，日夕望青阁。	朝与佳人期，日夕殊不来。（曹丕《秋胡行》）
	延陵轻宝剑，季布重然诺。	思慕延陵子，宝剑非所惜。（曹植《赠丁仪》）
《刘文学感遇》	苍苍中山桂，团团霜露色。	亭亭山上松，瑟瑟谷中风。（刘桢《赠从弟三首》之二）
	霜露一何紧，桂枝生自直。	风声一何盛！松枝一何劲。（刘桢《赠从弟三首》之二）
	橘柚在南国，因君为羽翼。	橘柚垂华实，乃在深山侧。（古诗《橘柚垂华实》）
	丹彩既已过，敢不自雕饰。	闻君好我甘，窃独自雕饰。（古诗《橘柚垂华实》）
《王侍中怀德》	伊昔值世乱，秣马辞帝京。	西京乱无象，豺虎方遘患。（王粲《七哀诗》其一）
《张司空离情》	秋月照帘栊，悬光入丹墀。	明月曜清景，晓光照玄墀。（张华《情诗》其二）清风动帷帘，晨月照幽房。（张华《情诗》其三）
	佳人抚鸣琴，清夜守空帷。	幽人守静夜，回身入空帷。（张华《情诗》其二）
	庭树发红彩，闺草含碧滋。	寒花发黄彩，秋草含绿滋。（张协《杂诗》）

续表

	拟诗	原诗
《潘黄门述哀》	美人归重泉，凄怆无终毕。	之子归穷泉，重壤永幽隔。（潘岳《悼亡诗》其一）
	抚衿悼寂寞，恍然若有失。	抚衿长叹息，不觉涕沾胸。（潘岳《悼亡诗》其二）
	日月方代序，寝兴何时平。	四节代迁逝。（潘岳《悼亡诗》其三） 寝息何时忘。（潘岳《悼亡诗》其一）
《陆平原羁宦》	明发眷桑梓，永叹怀密亲。	眷言怀桑梓，无乃将为鱼。（陆机《赠尚书郎顾彦先》其二）
	流念辞南澨，衔怨别西津。	永叹遵北渚，遗思结南津。（陆机《赴洛道中诗》其一）
	服义迫上列，矫迹厕宫臣。	在昔蒙嘉运，矫迹入崇贤。（陆机《从梁陈诗》）
	日暮聊揔驾，逍遥观洛川。	余固水乡士，总辔临清川。（陆机《答张士然诗》）
	游子易感忾，踯躅还自怜。	伫立望故乡，顾影凄自怜。（陆机《赴洛道中诗》其一）
《张黄门苦雨》	青苔日夜黄，芳蕤成宿楚。	青苔依空墙，蜘蛛网四屋。（张协《杂诗》）
《刘太尉伤乱》	功名惜未立，玄发已改素。	功业未及建，夕阳忽西流。（刘琨《重赠卢谌诗》）
	时哉苟有会，治乱惟冥数。	时哉不我与，去乎若云浮。（刘琨《重赠卢谌诗》）
《郭弘农游仙》	崦山多灵草，海滨饶奇石。	圆丘有奇草，钟山出灵液。（郭璞《游仙诗》其七）
	眇然万里游，矫掌望烟客。	延首矫玉掌，啸傲遗世罗。（郭璞《游仙诗》其八）
《孙廷尉杂述》	亹亹玄思清，胸中去机巧。	亹亹玄思得，濯濯情累除。（许询《农里诗》）
《陶征君田居》	种苗在东皋，苗生满阡陌。	种豆南山下，草盛豆苗稀。（陶渊明《归园田居》其三）
	归人望烟火，稚子候檐隙。	荒涂无归人，时时见废墟。（陶渊明《和刘柴桑》）
	但愿桑麻成，蚕月得纺绩。	代耕本非望，所业在田桑。（陶渊明《杂诗》）

续表

拟诗		原诗
《谢临川游山》	江海经邅回，山峤备盈缺。	但欲淹昏旦，遂复经盈缺。（谢灵运《登庐山绝顶望诸峤》）
	南中气候暖，朱华凌白雪。	南州实炎德，桂树凌寒山。（谢灵运《入华子岗是麻源第三谷》）
	身名竟谁辨，图史终磨灭。	莫辩百世后。（谢灵运《入华子岗是麻源第三谷》）
	摄生贵处顺，将为智者说。	寄言摄生客。（谢灵运《还湖中诗》）处顺故安排。（谢灵运《登石门最高顶诗》）匪为众人说，冀与智者论。（谢灵运《石门新营所住茂林修竹》）
《谢法曹赠别》	昨发赤亭渚，今宿浦阳汭。	昨发浦阳汭，今宿浙江湄。（谢惠连《西陵遇风献康乐》）
	停舻望极浦，弭棹阻风雪。	临津不得济，伫楫阻风波（谢惠连《西陵遇风献康乐》）
《袁太尉从驾》	宫庙礼哀敬，枌邑道严玄。	哀敬隆祖庙，崇树加园茔。（颜延年《拜陵庙诗》）
	和惠颁上笏，恩渥浃下筵。	温渥浃舆隶，和惠属后筵。（颜延之《应诏观北湖田收诗》）
《鲍参军戎行》	晨上城皋坂，碛砾皆羊肠。	漳坂既马领，碛路又羊肠。（鲍照《登翻车岘诗》）

从表 4-1 可以明显看出，江淹拟诗对原作摘句改作，根据诗歌的不同发展阶段也呈现出的不同的特点：

第一，在对汉魏古诗的模拟上，从《古诗十九首》、班婕妤诗和相传为苏李诗中选取的，主要是原作一些代表性的意象，比如黄云、蕙草、琼树、短书、纨扇等，以点带面。但在具体的方法上，很难看出有摘句的现象，表现出一种混沌的、难以实指的情状。清赵翼认为："古诗难于摘句，读者可观其有气有意，有书有笔，则得之矣。"① 江淹在拟汉代古诗时，表现出一种拟全篇的倾向。

---

① （清）赵翼著，江守义、李成义校注：《瓯北诗话》，人民文学出版社 2013 年版，第 236 页。

第二，从拟曹丕诗开始，江淹不满足于只是对具体意象的摘录，而是对原作进行了全方位的摘录，表现在对偶、句式、辞藻、炼字甚至是声律上，表现出十分明确的摘句意识。随着诗歌史的不断向后发展，到模拟元嘉诗歌时，江淹的这种意识发展到了高峰，甚至出现了有句无篇的现象。严羽在《沧浪诗话·诗评》中曾说："汉魏古诗，气象混沌，难以句摘。晋以还方有佳句，如渊明'采菊东篱下，悠然见南山'，谢灵运'池塘生春草'之类。"① 由此可以反观江淹的拟诗创作，的确是准确把握到了不同发展时期诗歌的特征。

就整体摘录的风貌来看，江淹还是主要选择那些写景和形似的佳句，和有些蕴含深沉感情的句子，这也代表了六朝人在当时的普遍追求。这些"秀句"，只是表现在对偶、辞藻、用典、声律、炼字上的精巧，而在情景事理的混融上还有一线之隔。直到后来唐代元兢《古今诗人秀句》，在序中才明确表达了"秀句"的概念：既不是华丽的词采，也不是一般的写景形似之言，而是缘情寄物、情景交融的佳句。② 江淹选取所拟诗人及其同时代其他诗人的诗句入诗，表明这些诗句本身就是"秀句"；江淹拟作时，这些"秀句"给予他直观鲜明的感受，再加上他对原作的悉心学习和模仿，使得在整个创作过程中感性的感知力与理性的思索相结合，所以取得了巨大的成功。

这种摘句嗟赏并成功移植于创作的现象，对当时和后来的文学发展和文学批评都有着积极的意义：

第一，促进了五言诗对偶艺术的发展。因为当时人欣赏的主要是对句，所以表现在诗歌创作上，就易于形成对偶日工的普遍追求。刘勰说："故丽辞之体，凡有四对：言对为易，事对为难；反对为优，正对为劣。言对者，双比空辞者也；事对者，并举人验者也；反对

---

① （宋）严羽著，郭绍虞校释：《沧浪诗话校释》，人民文学出版社1983年版，第151页。
② 《古今诗人秀句》已经亡佚，《文镜秘府论》南卷《集论》所引第一段"或曰"文字，据现代学者考据，乃是唐代元兢《古今诗人秀句序》。

者，理殊趣合者也；正对者，事异义同者也。"① 日僧遍照金刚《文镜秘府论》东卷中就有《论对》和《二十九种对》，对当时近体诗的发展产生了至关重要的作用。

第二，拟诗中的"秀句"，相比于后来出现的专门论诗和品诗的著作，更加接近于一种"无言"的批评。直到清末的王国维，依然用"摘句"直接论诗："有有我之境，有无我之境。'泪眼问花花不语，乱红飞过秋千去'，'可堪孤馆闭春寒，杜鹃声里斜阳暮'，有我之境也。'采菊东篱下，悠然见南山'，'寒波淡淡起，白鸟悠悠下'，无我之境也。"② 这种批评方法，可以让读者直接从简单的几句诗中领会作品的全貌。

二 六朝拟诗的演变脉络

汉代以后，文人开始了有意识的模拟，扬雄、班固等人都有大量的拟作。他们的模拟之作，主要是辞赋和一些应用文体。这其中要数扬雄在模拟上用力最勤，对后世的影响最大。《汉书·扬雄传》："（雄）尝好辞赋。先是时，蜀有司马相如，作赋甚弘丽温雅，雄心壮之，常拟之以为式。"他模拟司马相如作汉大赋，他的代表作《甘泉赋》《长杨赋》《河东赋》《羽猎赋》等，就是模拟司马相如的《天子游猎赋》而作。后"（雄）实好古而乐道，其意欲求文章成名于后世。以为经莫大于《易》，故作《太玄》；传莫大于《论语》，作《法言》；史篇莫善于《仓颉》，作《训纂》；箴莫善于《虞箴》，作《州箴》；赋莫深于《离骚》，反而广之；辞莫丽于相如，作四赋：皆斟酌其本，相与放依而驰骋云。"他模拟的文章涉及各个方面，几乎到了无所不拟的地步。还有，自从枚乘作了《七发》，后代文人模拟《七发》而作七"体"，《文心雕龙·杂文》专列"七体"加以评论，《文选》特立"七"之名目，收"七"类作品二十四篇。可见，在六朝以前，文人就大量运用

---

① （南朝梁）刘勰著，范文澜注：《文心雕龙注·丽辞》，人民文学出版社 2008 年版，第 588 页。
② 彭玉平：《人间词话疏证》，中华书局 2011 年版，第 188 页。

模拟的方式进行创作，而且形成了文体的范式。

魏晋南北朝是文人开始创作拟古诗的时期。最早的拟古诗，大概要算魏何晏所作的《言志诗》①：

鸿鹄比翼游，群飞戏太清。常恐夭网罗，忧祸一旦并。岂若集五湖，顺流唼浮萍。逍遥放志意，何为怵惕惊。（其一）

转蓬去其根，流飘从风移。芒芒四海涂，悠悠焉可弥。愿为浮萍草，托身寄清池。且以乐今日，其后非所知。浮云翳白日，微风轻尘起。（其二）

逯钦立《先秦汉魏晋南北朝诗》何晏《言志诗》解题："《诗纪》作《拟古》。又引《名士传》曰：'是时曹爽辅政，识者虑有危机。晏有重名，与魏姻戚，内虽怀忧，而无复退也。著五言诗以言志。'"②钟嵘《诗品》将何晏列于"中品"，认为"平叔'鸿雁'之篇，风规见矣"③，即指他的这首拟古诗。所谓讽谕规劝，主要是指诗人在巨大政治变动到来之前的那种朝不保夕之感，蕴含着强烈的忧生之嗟。从整个诗歌的风貌来看，它产生于汉魏之际，与《古诗十九首》的时代相去不远，从沿用的意象到句式，和汉末文人五言诗风格差别不大，表达的都是文人士子的悲伤、忧患意识。但是，何晏这两首拟作，具体模拟的哪首哪篇，很难实指，或者是作者为了惧祸，有意模糊原作也未可知。但可以确定的是，何晏在拟作的同时，投入了深沉的情感，寄托了个人的忧思。《说文解字》认为"拟，度也。从手，疑声"。段玉裁注曰："今所谓揣度也。"④也就是揣摩、猜测的意思。

---

① （明）刘节《广文选》将此诗题为"拟古"，冯惟讷《诗纪》又沿用此题。
② 逯钦立辑校：《先秦汉魏晋南北朝诗》，中华书局2008年版，第468页。
③ （南朝梁）钟嵘著，曹旭笺注：《诗品笺注》，人民文学出版社2009年版，第126页。
④ （汉）许慎撰，（清）段玉裁注：《说文解字注》，浙江古籍出版社2006年版，第604页。

《文选》"杂拟上"刘良注曰:"杂,谓非一类也;拟,比也,比古志以明今情。"①用模拟的方法写诗,原意就是认真揣摩原作的内容和情感,在写作的同时,找到个人的情怀和古人的相通之处,形成情感共鸣,再用古人的表达方式抒写个人的情志。从这个角度上说,拟诗从一开始出现,就和咏怀诗、杂诗一样,都是表达个人情怀的方式,重点不在于"古意",而在于"今情"。

"西晋是中国文学史上模拟风气最盛的时代。"②许多作家都有模拟之作,如傅玄、张华、潘岳、陆机、陆云、左思等。其中的翘楚当属陆机。他模拟《古诗十九首》创作了《拟古诗十二首》,将《古诗十九首》中的大部分诗作题目上加"拟"字,作为拟诗题目。这表明,陆机比何晏有着更为明确的模拟意识。但是在艺术表现上,陆机拟诗与原诗有着很大的区别。概而言之:拟作比原作更加整齐,"尚规矩"、"贵绮错";对偶更加工整,注重炼字。拟诗与汉末古诗浑然天成、质朴自然的诗风大相径庭。陆机虽然在遣词用语上比古诗更绮丽,但在句意构思上却表现出字模句拟、亦步亦趋的倾向。明许学夷对此颇有微词:"拟古皆逐句模仿,则情性窘缚,神韵未扬,故陆士衡《拟行行重行行》等,皆不得其妙,如古人摹古帖是也。"③许学夷抓住了陆机字模句拟的缺点,指出他弱化了自身情感的表达。

陆机的拟作方法大概是先确定模拟的对象,再进行创作的。他在《文赋》中表达了这种心态:"余每观才士之所作,窃有以得其用心……故作《文赋》,以述先士之盛藻,因论作文之利害所由。""伫中区以玄览,颐情志于典坟。"④他注重先贤的经典作品,从中学习、吸取精华,再运用到自己的创作中来。陆机的创作总是有一种"欲丽前人"的动机,表现出一种逞才游艺的倾向,陆云《与兄平原君书》

---

① (南朝梁)萧统编,(唐)李善、吕延济、刘良、张铣、吕向、李周翰注:《六臣注文选》,中华书局2012年版,第575页。
② 徐公持:《魏晋文学史》,人民文学出版社1999年版,第254页。
③ (明)许学夷:《诗源辩体》,人民文学出版社1987年版,第52页。
④ (西晋)陆机撰,张少康集释:《文赋集释》,人民文学出版社2006年版,第1—36页。

曾评价其"往日论文，先辞而后情"，对陆机提出了委婉的批评。但是，我们不能因此说陆机的这组拟诗完全没有自身的情感，只是形式上的堆砌。姜亮夫先生认为，这组诗隐藏着诗人自己的心态。其《陆平原年谱》说，这组诗作于陆机入洛阳前夕，"审其文义，多就题发挥，抽绎古诗之义"，是陆机在背井离乡之前，为表达离别之意而作。而《古诗十九首》"大率逐臣弃妻，朋友阔绝，死生新故之感"①，这在一定程度上迎合了陆机所要表达的情感和怀抱。

西晋及以前的拟古诗，因为选取的模拟对象自由度大，诗人可以不受限制地完成个人感情的抒发。但在具体写作时，表明模拟的对象②，而且许多新增加的写作技巧也显露了出来，如重视对偶、辞藻、炼字、炼句、用典，甚至是音律等方面，表现出"为文而文"的倾向。

东晋时期是玄言诗的天下，这时期的拟古作品数量非常之少。只有谢道韫《拟嵇中散咏松诗》，是明确的拟体之作。最令人称道的陶渊明《拟古诗》九首，则很难确指模拟对象。许学夷说："靖节《拟古》九首，略借引喻，而实写己怀，绝无摹拟之迹。""且如士衡诸公拟古，皆各有所拟，靖节拟古，何尝有所拟哉！"③ 认为陶渊明拟古是"借古人酒杯，浇胸中块垒"。具体看这九首诗，主要表达的是朋友相欺、盛时难继、功名难就、时光易逝之感，也有少数篇目存有朋友相交的欢愉之情。大体上看，是以汉末《古诗》为模拟对象，但是具体模拟的哪一篇都很难说清；只能说陶渊明注重在意象、句式以及表达的情感方面，向汉魏古诗复归。但是，这些诗在表现手法上，分明展现了与汉魏古诗不同的风貌。

1. 作者大量提取概括性的意象，这些意象有汉末文人诗之中的，也有作者时代的。前者有"百尺楼"、"青松"、"白云"、"谷中树"等，后者有"张掖"、"幽州"等，呈现出一种杂糅的状态。

---

① （清）沈德潜选：《古诗源》，中华书局2006年版，第80页。
② 如傅玄《拟四愁诗》《拟马防诗》、张载《拟四愁诗》等，均有所确指。
③ （明）许学夷：《诗源辩体》，人民文学出版社1987年版，第104页。

2. 用赋法铺陈。最有代表性的是第五首:"东方有一士,被服常不完。三旬九遇食,十年著一冠。辛苦无此比,常有好容颜。我欲观其人,晨去越河关。青松夹路生,白云宿檐端。知我故来意,取琴为我弹。上弦惊《别鹤》,下弦操《孤鸾》。愿留就君住,从今至岁寒。"作者虚构了一个完美的名士形象,但是在具体的描写上,少有着笔,用一些流水账似的记叙方法,用意不在咏怀,而在叙事。其中的也不难看出雕琢的痕迹,尤其在对句的使用方面。

3. 与汉魏古诗相比,缺乏含蓄深沉的意味。王士禛《带经堂诗话》云:"十九首之妙,如无缝天衣。"① 但是这些拟古诗,人工的作用还是十分明显的。如第六首:"苍苍谷中树,冬夏常如兹。年年见霜雪,谁谓不知时?厌闻世上语,结友到临淄。稷下多谈士,指彼决吾疑。装束既有日,已与家人辞。行行停出门,还坐更自思。不怨道里长,但畏人我欺。万一不合意,永为世笑嗤。伊怀难具道,为君作此诗。"内容过于质实,描写人物心理细微之处尚有可取,但是缺乏古诗那种言有尽而意无穷的韵味。王士禛《古诗选》收陶《拟古》八首,独不收此首,可能就是因为渔洋倡"神韵",此诗锋芒太露,似离"神韵"太远。

可见,陶渊明的这几首拟作,虽然前人评价甚高,但是在很多方面已经体现出脱离汉魏古诗传统的一面。

到了刘宋时期,拟古诗创作达到了一个高潮。赵红玲指出:"晋宋以后出现的第二种新倾向,拟诗领域产生了不仅仅针对具体诗作,而是针对个体和时代诗体的诗歌模拟。"② 以谢灵运《拟魏太子邺中集诗八首》为代表,它是模拟八位建安诗人曹丕、王粲、陈琳、徐幹、刘桢、应场、阮瑀、曹植的诗歌。谢灵运除以曹丕口吻为组诗作总序外,还分别为其他七位诗人作小序,交代其身份、性格和经历、风格。从创作手法看,已经由原来的"拟作"向"代言"方向发展。

---

① (明)王士禛著,(清)张宗柟纂集,戴鸿森校点:《带经堂诗话》,人民文学出版社1963年版,第92页。

② 赵红玲:《六朝拟诗研究》,上海辞书出版社2008年版,第79页。

梅家玲认为："事实上，由于所依据之文本性质的差异，拟作、代言原自有分际，但在某些情况下，却又以合一的姿态出现。考诸汉魏以来的拟代之作，'纯拟作'、'纯代言'、'兼具拟作、代言双重性质'，正是其三种最基本的作品类型。以此三类为宗，复有若干交糅错综之变化。"① 这八首拟作，表现的无外乎宴会之欢愉，君王之雅重，文士之感激以及人生的感慨等。由于谢灵运本人的偏好，拟诗中很多地方带有玄言色彩，如拟曹丕"论物靡浮说，析理实敷陈"，拟徐干"此欢谓可终，外物始难毕"，等等。谢灵运的拟作，已经从追求与原作对应发展到追求原作诗人风格。而且，在进行拟作时，先树立模拟对象，有着明确的辨体意识，是明确的拟体之作。这对后来鲍照②、江淹等人的拟古作诗，产生了影响。同时，诗人主观的寄托之意更加内敛，更加朝着"性情渐隐，声色大开"的方向发展。葛晓音先生即说："晋宋以前的诗歌偏重言志抒怀，齐梁以后则偏重应酬娱情。"③

齐梁之际江淹的拟古诗，可谓六朝拟诗集大成之作。这也是一组体现出风格研究特色的代言式拟作，体现了从汉末到刘宋时期五言诗的发展流变，具有五言诗发展史的意义。很多评论家认为这组诗有寄托之意④，但纵观全部，这些模拟之作的情感抒发，仍然还是继承谢灵运开创的代他人立言的传统，很难具备诗人的自主性。清汪师韩《诗学纂闻》说这类拟诗，"取往古名篇，规摹其意调，其止一二首者，既直题曰拟某篇，而其拟作多者则虽概题曰拟古，仍于每篇之前，一一标题所拟者为何篇……无不显然示人，是以谓之拟"⑤。傅刚先生指出："从六朝的杂拟作品看，主要的目的倒不在托古明志，

---

① 梅家玲：《汉魏六朝文学新论：拟代与赠答篇》，北京大学出版社2004年版，第44页。
② 鲍照《学刘公幹体诗五首》《拟阮公夜中不能寐诗》《学陶彭泽体诗》等拟古之作，都具有明确的辨体意识。
③ 葛晓音：《八代诗史》，中华书局2007年版，第332页。
④ 这里我们只涉及《杂体诗三十首》，而不包括江淹其他拟古诗。
⑤ （清）汪师韩：《诗学纂闻》，载（清）王夫之等撰，丁福保辑《清诗话》，上海古籍出版社2015年版，第455—456页。

大多数则在'规摹其意调'。"① 其后，诗坛上出现了大量的"古意"之作，代表有沈约《古意诗》、吴均《古意诗二首》、徐悱《古意酬到长史溉登琅邪城诗》、刘孝绰《古意送沈宏诗》等，与原作内容和感情基调更加疏离。如刘孝绰《古意送沈宏诗》写道："荡子十年别，罗衣双带长。春楼怨难守，玉阶空自伤"；"相思昏望绝，宿昔梦容光。魂交忽在御，转侧定他乡"。内容还是继承的古诗的相思别离，但是内容肤浅、琐碎，把男女之情表现得淫靡、清艳，新声艳诗被运用到写作中来，已经带有宫体诗的韵味了。其他的一些古意诗，如吴均《古意诗二首》、徐悱《古意酬到长史溉登琅邪城诗》、王僧孺《古意诗》等，主要是描写边塞生活，虽然在一派绮靡之情的南朝诗坛注入了刚健的气骨，但是大多受到"永明诗风"的影响，注重对偶和声律，有的已经完全是声律谐和的新体。"因为是缘题赋写，所以齐梁陈人所作的边塞乐府诗并没有太多的真情实感。但是从审美趣味来看，这批古曲名边塞诗，却能将齐梁陈人从软靡之极、绮碎之极的创作气氛中引导出来，走入相对来说比较刚健、浑厚、充实的艺术境界。"②

同时，这时期拟古诗还有一种新的发展，以"赋得"为题的作品大量出现。如《赋得舞鹤诗》《赋得入阶雨诗》《赋得蝉诗》《赋得涉江采芙蓉诗》《赋得兰泽多芳草诗》《赋得竹诗》《赋得蒲生我池中诗》等。有的是从古诗中借用一句题目，有的是以他人作品的某一句为题，这些作品都是仅仅与原作挂上一个松散的名号，实际并无多大关联。这些诗作，多是一些应制、奉诏、咏物、游戏、艳情之作，不要说寄托情感了，大部分都是内容狭窄、题材单调之作。如果单从诗歌意义上说，的确价值不大。

综上所述，拟古诗从魏晋之际开始出现，经过西晋短暂的繁盛，东晋的衰落，到了南朝，达到了全面的繁荣。伴随着诗歌发展，从最

---

① 傅刚：《〈昭明文选〉研究》，中国社会科学出版社2000年版，第179页。
② 钱志熙：《齐梁拟乐府诗赋题法初探——兼论乐府诗写作方法之流变》，《北京大学学报》1995年第4期。

开始的"揣度他人情感"、"比古志以明今情",到后来明确模拟对象,"拟体"大行其道,再到最后的咏物、艳情、游戏、赠答之类无所不入,原作的感情被抽离了。无怪陈子昂说"彩丽竞繁,而兴寄都绝"。拟古诗的初衷,主要是用古题表达今情,否则就不能叫作"拟古"。伴随着整个南朝重形式诗风的渗透,拟古诗脱离了寄托、咏怀的传统,变成了和宫体诗、咏物诗、应制诗一样可以无所寄托的诗歌,彻底完成了新变。从这个传统的衰落和流变的过程,可以看出南朝重形式诗风的巨大影响力,也鲜明显示了江淹拟诗的承转地位。

第二节 《杂体诗三十首》与南朝文体观念

"文体"是魏晋南北朝文学理论中常用的术语,简称"体"。王运熙先生指出:"体指作品的体貌、风格。其所指对象则又有区别,大致可以分为三种:一是文体风格,即不同题材、样式的作品有不同的体貌风格。《典论·论文》、《文赋》分别指出八种、十种文章体裁的作品,体貌不同,都是指的文体风格。二是指作家风格,即不同作家所呈现的独特风貌。《文赋》中'夸目者尚奢'四句,已经接触到这一文体。《宋书·谢灵运传论》指出司马相如、班彪父子、曹植、王粲作品的不同体貌,说的就更鲜明了。三指时代风格,即某一历史时期文学作品的主要风格特色。这种时代风格常常为一二大作家所开创,其后许多文人闻风响应,因而形成一个时代的创作风尚。"①

翻检魏晋南北朝时期的史传、文章可以发现,六朝人对文体的表达非常之多。例如:

> 吾文体英绝,变而屡奇。②

---

① 王运熙:《中国古代文论中的"体"》,见《中古文论要义十讲》,复旦大学出版社2004年版,第188页。
② (南朝梁)萧子显:《南齐书·张融传》,中华书局2007年版,第729页。

（吴）均文体清拔，有古气，好事者或学之，谓为"吴均体"。①

夫人善于自见，而文非一体，鲜能备善，是以各以所长，相轻所短。②

去圣久远，文体解散。辞人爱奇，言贵浮诡。饰羽尚画，文绣鞶帨。离本弥甚，将遂讹滥。③

古诗眇邈，人世难详，推其文体，固是炎汉之制，非衰周之倡也。④

不仅如此，六朝人对文体的分类已经非常细致。《文心雕龙》从《明诗》到《书记》二十篇文体批评中，讨论了三十四种文体，而且有些种类里还包含了许多小类；《文选》收录文体有三十七类，其中诗下又分为二十三类，赋下又分十五类；任昉《文章缘起》分为八十四体。这充分说明了六朝人有着明确清晰的文体意识。

魏晋南北朝文体学的勃兴，原因有很多。但是其中不可否认的一个重要原因是，模拟对作品体式的体认和确定作用："魏晋人在文体研究方面取得成就，与诗文写作中的拟古风气有密切联系。"⑤ "在写作中注意模仿名作，可从中感受到特定的文体模式。名作往往是某种文体模式具体化了的范本，它具体而形象地告诉人们应该这样写，或

---

① （唐）李延寿：《南史·吴均传》，中华书局1975年版，第1780页。
② （魏）曹丕：《典论·论文》，（清）严可均辑《全三国文》，商务印书馆1999年版，第82页。
③ （南朝梁）刘勰著，范文澜注：《文心雕龙注·序志》，人民文学出版社2008年版，第726页。
④ （南朝梁）钟嵘著，曹旭笺注：《诗品笺注·诗品序》，人民文学出版社2009年版，第6页。
⑤ 王运熙、杨明：《魏晋南北朝文学批评史》，上海古籍出版社1989年版，第11页。

不应该这样写。"①

这时期模拟与文体的密切关系，在拟古诗中表现得尤其突出，江淹《杂体诗三十首》便是显例。

"文章以体制为先。"② 作家在对作品进行模拟之前，要有一种清晰的"文体"意识，他势必要对前代或者他人的作品进行长时间的研读、揣摩、思索，对其作品的体式、体貌不断加深认识。这样，在创作之前，就要求作家有明确的"辨体"意识：

> 故词人之作也，先看文之大体，随而用心。③

> 先辨古人之体，一一参其性情声调，拟古成篇。④

吴承学解释说："'先'，不仅是时间和逻辑上的，也是价值观上的。'大体'、'体制'、'辨体'，主要的功能和目的在于'划界限'和'比高下'，即通过对某一体裁、文类或文体之一定的内在质的规定性掌握，划分各种体裁、文类或文体之间的内外界限，划分各种体裁、文类或文体内部的源流正变的界限，并分别赋予高下优劣的价值判断和价值评价。"⑤

江淹在《杂体诗三十首·序》中，首先将所要模拟的三十位诗人划分了明确的界限：汉代—曹魏—西晋—东晋—刘宋。确定了时代以后，还确定了每个时代应该被写进去的作家：

---

① 金振邦：《时代呼唤一种自觉的文体意识》，《社会科学探索》1994 年第 1 期。
② （明）吴讷著，于北山校点：《文章辨体序说》，人民文学出版社 1962 年版，第 14 页。
③ ［日］遍照金刚撰，卢盛江校考：《文镜秘府论汇校汇考》，中华书局 2015 年版，第 1386 页。
④ （清）陈祚明评选，李金松点校：《采菽堂古诗选》，上海古籍出版社 2008 年版，第 759 页。
⑤ 吴承学、沙红兵：《中国古代文体学学科论纲》，《文学遗产》2005 年第 1 期。

汉代：古诗、李陵、班婕妤
曹魏：曹丕、曹植、刘桢、王粲、嵇康、阮籍
西晋：张华、潘岳、陆机、左思、张协、刘琨、卢谌、郭璞
东晋：孙绰、许询、殷仲文、谢混、陶潜
刘宋：谢灵运、颜延之、谢惠连、王微、袁淑、谢庄、鲍照、汤惠休

这就在实际上，将刘宋以前的五言诗发展脉络划分为五个明确的阶段，鲜明地体现出不同阶段内诗歌的不同特色。在诗人的选择上，他考虑到了每个时代的代表性，确定了哪些诗人可以选择，哪些诗人不能入选。比如汉末的张衡和西晋的傅玄等，就没有入选。虽然江淹未将这三十位诗人区分高下，但在诗人的具体选择上，已经可以看出对他们的推崇之意。不仅如此，他还清理了五言诗从发生到发展的正变源流，阐述了五言诗的发生流变过程，"然五言之兴，谅非复古"，也就是否认了五言诗产生于远古，而是源于"楚谣汉风"。"关西、邺下，既已罕同；河外、江南，颇为异法"，认为五言诗可能产生于整个中国的不同地域，而且不同地域产生的诗歌其风格特点也是大相径庭。既然如此，诗歌的体制、作法随其时代而异，应当区分不同时代的五言体制。从序文中我们可以看出江淹明确的"辨体"意识。

在三十首诗作的具体内容上，葛晓音先生认为："意象是最明显的辨体的一个视角，其做法一般是将作家多首诗的内容加以综合，并选择其最典型的意象加以重组，使拟作能大致形似，甚至神似。"①如《古离别》中的"黄云"、"蕙草"，《班婕妤咏扇》中的"团扇"，《刘文学感遇》中的"桂树"，《阮步兵咏怀》中的"青鸟"、"精卫"，《张黄门苦雨》中的"霖雨"等②，诗中生动的意象在后人的诗作中不断被传承。以至到后来，某些意象被固定指代特定的内容，奠

---

① 葛晓音：《江淹"杂拟诗"的辨体观念和诗史意义——兼论两晋南朝五言诗中的"拟古"和"古意"》，《晋阳学刊》2010年第4期。
② 在本书第二章已经详细说明，此不赘述。

定了诗歌的主基调。

不仅在传统意象上体现出"辨别"意识,在诗歌描写的内容和题材方面也同样体现了这种观念,江淹在诗歌的标题中就注明了其要表现的内容:

> 班婕妤咏扇、魏文帝游宴、陈思王赠友、刘文学感遇、王侍中怀德、嵇中散言志、阮步兵咏怀、张司空离情、潘黄门述哀、陆平原羁宦、左记室咏史、张黄门苦雨、刘太尉伤乱、卢郎中感交、郭弘农游仙、张廷尉杂述、许征君自序、殷东阳兴瞩、谢仆射游览、陶征君田居、谢临川游山、颜特进侍宴、谢法曹赠别、王征君养疾、袁太尉从驾、谢光禄郊游、鲍参军戎行、休上人怨别。

比较可知,《文选》诗歌分类大致与此相同。"江淹不但用拟作的标题显示了随时代发展而出现的新题材,以及体式随题材变化的关系,而且点明了题材与作家的关系。每个作家仅拟其一种题材,并非因为该作家仅有这种题材,而是指该种题材为某作家最擅长,有的是首创。不少是二者兼而有之,如班婕妤之咏扇,潘岳之述哀,陆机之羁宦,张协之苦雨,殷仲文之兴瞩,谢混之游览,陶渊明之田居,谢灵运之游山,王微之养疾等,既是该种题材的开创者,又是该种题材的代表作。有的虽非其开创,但该种题材也因该作家的成就而成为大宗,如魏文帝的游宴、左思的咏史、阮籍的咏怀、郭璞的游仙、颜延之的侍宴等。"①

在诗歌的句式结构和语言风格上,也表现出作者的辨体意识。比如:在模拟刘桢诗时,选择"一何"句式;对建安诗歌的全面认识,体现在重视对偶、炼字、炼句上;对于西晋诗歌,增加了自然景物的描写,以及色彩对比的运用;东晋诗歌,认识到玄言诗这样一种特殊的诗体;到

---

① 葛晓音:《江淹"杂拟诗"的辨体观念和诗史意义——兼论两晋南朝五言诗中的"拟古"和"古意"》,《晋阳学刊》2010年第4期。

了元嘉时期，在诗歌句式上展示大量的排偶对句，同时，将山水题材纳入诗作内容中来。江淹的辨体意识甚至细微到具体的诗人诗作，如拟谢灵运诗保留着"玄言的尾巴"，拟谢惠连诗的"顶真格式"，拟颜延之诗语言典雅凝练，酷不入情，拟汤惠休诗语言摇曳多姿，等等①。

更为重要的是，江淹在对三十位作家进行模拟时，运用了"杂拟"的手法，将所模拟的作家的全部作品甚至是同时代其他诗人相近的作品作为一个整体，"一是注意到他们受到的影响有多方面，往往不限于一家；二是注意到诗人在不同时期所接受的不同影响，而不是一成不变"②。

江淹之前，许多诗人就已经开始了对诗歌风格的探讨和模拟。如谢灵运《拟魏太子邺中集诗八首》，分别模拟了建安诗坛上的八位作家——曹丕、王粲、陈琳、徐幹、刘桢、应场、阮瑀、曹植，而且在每个人前面还有一段小序，交代作家的出身、经历及其所形成的创作风格。有些诗人还在其作品的标题上写明学某某体，如鲍照《学刘公幹体》《学陶彭泽体》、王素《学阮步兵体》等。可见，魏晋六朝诗人在模拟的时候，已经充分注意到了所拟对象的诗歌风格和时代风格。并且，从魏晋南北朝诗歌发展史上可以看出，有些诗歌体裁一旦形成，就对后世的作家产生了一种无形的规范作用，汉魏六朝的诗人们对已经产生的文体，是共同遵守的。"六朝人的主要任务是建构和完善体裁规范，而不是破坏它，所以很少有人主张'破体'。常常表现为对体裁规范的过度遵守。"③

江淹对不同时代三十位诗人的细致入微的模拟，是六朝拟诗风潮中重要一环。陈恩维说："江淹拟作'成一纵局'，是因为他意识到了作家和时代的差异，其风格意识已经完全觉醒。从陆机到江淹的拟作类型的演变，与魏晋南北朝作家对个体风格的自觉追求的进程是一致

---

① 这些在本书的第二章均有论述。
② 张伯伟：《中国古代文学批评方法研究》，中华书局2002年版，第151页。
③ 李士彪：《魏晋南北朝文体学》，上海古籍出版社2004年版，第69页。

的。"①

可以说，从谢灵运到江淹，被拟诗人的主体风格，在拟作中一步一步得以确认和定型。当时一提起"某某体"，就可以让人不由自主地联想到某人的创作风格，而这些定型下来的"经典"，也就成为后人可以学习的典范。比如：

> 父子在东宫，出入禁闼，恩礼莫与比隆。既有盛才，文并绮艳，故世号为徐、庾体焉。当时后进，竞相模范。②

> （伏挺）及长，有才思，好属文，为五言诗，善效谢康乐体。③

> 晔刚颖俊出，工弈棋，与诸王共作短句，诗学谢灵运体，以呈上，报曰："见汝二十字，诸儿作中最为优者。但康乐放荡，作体不辨有首尾，安仁、士衡深可宗尚，颜延之抑其次也。"④

徐陵、庾信、谢灵运本人，并没有形成明确的"体"的意识，而他人的模拟却将其"体"的特征确立并凸显出来。而且，当时人不仅能够清楚地体认作家的创作风格，还能够分辨出其优点和缺点，这无疑致了作家鉴赏和批评的深入。

江淹以及其他六朝诗人对同一时期诗人的模拟，促进了对文学时代风格的理解。尽管同一时代的诗人的喜好、个人创作倾向有很大差别，但在某种程度上，仍然展现了作为同一时代诗人的某些共同趣味。严羽认为："以时而论，则有建安体、黄初体、正始体、太康体、

---

① 陈恩维：《模拟与汉魏六朝文学嬗变》，中国社会科学出版社2010年版，第92页。
② （唐）令狐德棻：《周书·庾信传》，中华书局1971年版，第733页。
③ （唐）姚思廉：《梁书·伏挺传》，中华书局1973年版，第719页。
④ （南朝梁）萧子显：《南齐书·高帝十二王》，中华书局2007年版，第624—625页。

元嘉体、永明体、齐梁体、南北朝体、唐初体、盛唐体、大历体、元和体、晚唐体、本朝体、元祐体、江西宗派体。"① 这对后人研究某一特定历史时期内文学的整体风貌有着很大的帮助。

总之，江淹以及同时代的其他诗人在模拟过程中，表现出六朝文体意识的不断觉醒，对当时和后世产生了极大地影响，主要表现在以下几点：

1. 促进了六朝批评家对各种文体分类的意识。"魏晋六朝，文体分类学勃然兴起，众多批评家开始关注文体问题，他们自觉地对各类文体实行聚类区分，并表现出了强烈的辨体意识。"② 比如，刘勰的《文心雕龙》是中国文学史上第一步专门的批评专著，刘勰在书中建立了严密的文体批评体系，从《明诗》到《书记》二十篇，列举了诗、乐府、赋、颂、赞、祝、盟、铭、箴、诔、碑、哀、吊、杂文、谐、隐、史传、诸子、论、说、诏、策、檄、移、封禅、章、表、奏、启、议、对、书、记等三十四种文体。梁代任昉《文章缘起》，一共分为八十四种文体，对于梁以前出现的文体的分类，达到了巨细无遗的程度。同时，也促进了总集的编纂。萧统《昭明文选》收录了上至东周，下至南朝梁代的诗文共计七百多篇，选录文体三十七类。充分说明了六朝人在文体辨析上的明确意识。

2. 促进了当时文学风格批评方法的深入。南朝文人在创作上主动学习古人的名作，相应的，文学评论家就会探讨后代的作家对于前代作家作品的继承，指出他们是受到哪些前辈的影响。其中比较有代表性的当属钟嵘《诗品》中所采取的"推源溯流"的批评方法。宋人叶梦得说："魏晋间人诗，大抵专工一体，如'侍宴'、'从军'之类。故后来相与祖习者，亦但因所长而取之耳。谢灵运《拟邺中七子》与江淹《杂拟》是也。梁钟嵘作《诗品》，皆云某人诗出于某

---

① （宋）严羽著，郭绍虞校释：《沧浪诗话校释·诗体》，人民文学出版社1983年版，第52—53页。
② 贾奋然：《六朝文体批评研究》，北京大学出版社2005年版，第14页。

人，亦以此为然。"① 王运熙先生指出："钟嵘《诗品》'其源出于某人'，很像《汉志》论九流十家'某家者流，盖出于某官'的说法，实际上与晋宋以来诗歌创作中模拟、学习前代或当代作家的风气有直接关系，是对长期以来文论中重视风格传统的继承和发展。"②

第三节　文学批评的自觉：从历史批评到文学批评

中国古代的历史意识在上古时期就已经产生，但是史部的独立要在魏晋以后。班固《汉书·艺文志》将著录的图书分为六略，在《六艺略》中设置《春秋》小类，将史类附于其后，足见其地位尚未独立。晋人荀勖作《晋中经簿》，分为甲乙丙丁四部，将子部内容放在史部之前。东晋李充《进元帝书目》，将《晋中经簿》中的子部和史部调换。到了《隋书·经籍志》那里，变成了经史子集四部分类，史学一步步走向独立繁荣。从魏晋到隋代，史部的作品极多。周一良先生从史部著作、史书种类的角度出发，客观分析了整个魏晋南北朝史学的繁盛局面③。唐人刘知幾在评价这时期史学的繁荣时，用了"门千户万，波委云集"八个字，体现了整个六朝人对史学的浓厚兴趣。

史学的蓬勃发展，无疑加速了人们探求文学发展历史的兴趣，主要表现在用史家"推源溯流"的方法研究文学历史④。其中比较突出的当属挚虞《文章流别集》（《文章流别论》）和李充的《翰林论》。

---

① （宋）叶梦得撰，逯铭昕校注：《石林诗话》，人民文学出版社2011年版，第183页。
② 王运熙：《中国古代文论管窥》，上海古籍出版社2006年版，第122页。
③ 周一良：《魏晋南北朝史学发展特点》，载《魏晋南北朝史论集》，北京大学出版社1997年版。
④ 两汉之际，刘向、刘歆父子奉诏整理图书，奏其《别录》《七略》，"每一书已，向辄条其篇目，撮其旨意，奏而奏之"。清代章学诚《校雠通义·序》云："刘向父子，部次条别，将以辨彰学术，考镜源流。"章学诚这样推崇向、歆父子研究学术史的方法，是站在史家的立场而言的。

从存留下来的片段看，不仅辨明文章的体制，也追溯了各体的源流发展。其后梁代刘勰《文心雕龙·序志》，明确提出自己的指导思想："原始以表末，释名以章义，选文以定篇，敷理以举统：上篇以上，纲领明矣。"① 其实也是这种思想的体现。其所论的三十四类文体，也从实践上体现了这种思想。郭绍虞先生在分析南朝的文学批评时，将这种"推源溯流"的方法，称为"历史的批评"②。在整个齐梁之前，文学批评并不繁盛，"初期的文学批评，本不免与文学史相混……混文学史和文学批评而为一，固是不很妥当，但正因着眼在文风之流变，于是（1）文学进化的观念，（2）文学流别的窥测，（3）文学与历史的关系——这些问题，都称为当时的重要问题了"③。充分说明了早期的文学批评研究，是纠结在文学史研究之中的，即便是在文学自觉的时期内，在相当长的阶段内尚未真正独立。

这种思想，具体运用到文学创作，开风气之先的当是西晋傅玄的模拟之作。他在进行创作时，首先研究诗歌的体裁特点、源流变化，先辈的异同得失等，其《七谟序》《连珠序》《拟四愁诗序》就是鲜明的例证。如《连珠序》："所谓连珠者，兴于汉章之世，班固、贾逵、傅毅三子，受诏作之。其文体，辞丽而言约，不指说事情，必假喻以达其旨，而览者微悟，合于古诗讽兴之义。欲使历历如贯珠，易看而可悦，故谓之连珠。"④《拟四愁诗序》评论七言诗"体小而俗"⑤。《晋书·傅玄传》载傅玄"博学善属文。……与东海缪施俱以时誉选入著作，撰集魏书"，"少时避难于河内，专心诵学，后虽显贵，而著述不废。撰论经国九流及三史故事，评断得失，各为区例，名为《傅子》，为内、外、中篇，凡有四部、六录，合百四十首，数

---

① （南朝梁）刘勰著，范文澜注：《文心雕龙注》，人民文学出版社2008年版，第727页。
② 郭绍虞：《中国文学批评史》，百花文艺出版社1998年版，第50页。
③ 郭绍虞：《中国文学批评史》，百花文艺出版社1998年版，第142页。
④ （清）严可均辑：《全晋文》，商务印书馆1999年版，第474页。
⑤ 逯钦立辑校：《先秦汉魏晋南北朝诗》，中华书局1983年版，第573页。

十万言，并文集百余卷行于世"①。可见，傅玄在当时是一名出色的史家。关于他的诗歌创作，当时和后世的人普遍评价却不高。

"考镜源流"是史家的工作，在这一点上，史学家往往比文学家领会得更早。挚虞、李充、傅玄首先是史家，或者承担过史家的职责，其次才是文学家。刘勰虽然不是专职的史家，但是他"依沙门僧祐居，遂博通经论，因区别部类，录而序之"②。从这个角度出发，可以说六朝的文学批评早期，是孕育在历史批评里，受历史学影响比较深。

六朝时期，伴随着文学从史学中分离出来，文学批评也开始挣脱历史批评的束缚，渐渐走上独立发展的道路③。傅刚认为："六朝文学批评一直呈现着两种批评派别，可以称之为史学批评和文学批评。"④ 实际上，整个汉魏六朝，文学批评一直是和史学批评呈现着水乳交融的状态，并缓慢向前发展的。这主要表现在以下方面。

1. 对当时文学发展历史作整体分析的，大多是一些史家兼文学家，如沈约、萧子显等。他们都试图总结前代文学创作的源流、发展演变。

2. 从《后汉书》开始，史书里增加了《文苑传》，以后的史书中也一直存有专门论述文学的部分，比如《南齐书·文学传》等。

3. 沈约《宋书·谢灵运传》，体现了这种文学批评和史学批评相混合的复杂状态。他没有在史书中列出有关文学的专门部分，而是把对文学的评论放在南朝最负盛名的文学家谢灵运的传内，详细论述了刘宋之前的文学发展和自己的声律论。《昭明文选》即将其收录在"史论"之中。唐人刘知幾对沈约这种做法表示不满："沈侯《谢灵运传论》，全说文体，备言音律，此正可为《翰林》之补亡，《流别》

---

① （唐）房玄龄等撰：《晋书》，中华书局1974年版，第1317—1323页。
② （唐）李延寿：《南史·刘勰传》，中华书局2008年版，第1781页。
③ 《宋书·隐逸列传》载："元嘉十五年，征次宗至京师，开馆于鸡笼山，聚徒教授，置生百余人。会稽朱膺之、颍川庾蔚之并以儒学，监总诸生。时国子学未立，上留心艺术，使丹阳尹何尚之立玄学，太子率更令何承天立史学，司徒参军谢元立文学，凡四学并建。"
④ 傅刚：《〈昭明文选〉研究》，中国社会科学出版社2000年版，第66页。

之总说耳。如次诸史传，实为乖越。"① 这本身也体现了文学批评和历史批评的重合。"整个齐梁时代文学思潮中存在一种总结前代文学的发展历程，为当代的文学提供镜鉴的普遍思路，这一史学的思维方式渗透于多家的文学思想之中。萧子显《南齐书》、沈约《宋书》都以史家手眼统观文学发展史。"②

在这样的大背景下，我们看江淹《杂体诗三十首》和序文，就可以充分了解它的意义所在了。南朝时期，安定的生活环境，游戏、娱乐的作诗态度，以及赌博、投壶、打猎等竞技活动，甚至是汉末形成的人物品藻风气反映在文学上，使得文学创作区分优劣上下成为一种趋势（此种情形，在《南史》以及其他南朝史传中多有载记）。由于当时尚博学的风气，很多著名的诗人都是类似于"学者型的诗人"，如王俭、江淹等。江淹虽然自称"不事章句之学，留情于文章"，但他年轻时也做过史官，"建元二年，始置史官，淹与司徒左长史檀超共掌其任"，他曾自撰《齐史》十志行于世。其《铜剑赞序》由一柄古剑引发，江淹以历史学家的眼光在历史上第一次证明了"古者以铜锡为兵器"到战国铁质兵器才出现的观点，是一篇相当有价值的考察文物源流的历史学论文。当他以这种眼光看文学时，便是文学史的眼光，《杂体诗三十首·序》中即显示出江淹对于五言诗这种新诗体探究发展源流的意识③。

不仅如此，更为重要的意义在于，史家这种"推源溯流"的方法直接促进了此时期模拟文学的发展，反过来，这种模拟的方法也促进了当时人们寻求学术源流的积极性。张伯伟先生认为："这种精神作用于文学，便形成了文学史上的摹拟传统。"④ "推源溯流的产生，从思想背景上看，乃奠基于由史官发轫，孔子开创的古代学术传统；从

---

① （唐）刘知幾撰，（清）浦起龙通释：《史通通释》，上海古籍出版社2008年版，第371页。
② 张蕾：《玉台新咏论稿》，人民出版社2007年版，第36页。
③ 在本书第三章第一节详细论述，此不赘述。
④ 张伯伟：《中国古代文学批评方法论》，中华书局2002年版，第122页。

创作背景上看，则又与摹拟的传统有关。"① 可以说，以江淹为代表的六朝文人，在具体创作时，重视师承、传统，由此而拟作；同时，整个齐梁时代的文学思潮始终都存在着一种总结前代文学的发展历程，为当代和后世文学发展提供可以借鉴学习的思路。

同时，《杂体诗三十首·序》还明显可以看出江淹的"通变"文学观念。《周易·系辞下》云："《易》穷则变，变则通，通则久。"《周易·系辞上》曰："拟之而后言，议之而后动，拟议以成其变化。"就是说"变化"必须从"拟"中来。唐代皎然《诗式》中有"复古通变"一条，他解释："所谓通于变也。"这样的文化传统影响到文学上，就形成了文学上注重"通变"的思想。刘勰《文心雕龙》专列《通变》一篇，认为："是以九代咏歌，志合文则。黄歌'断竹'，质之至也；唐歌在昔，则广于黄世；虞歌《卿云》，则文于唐时；夏歌'雕墙'，缛于虞代；商周篇什，丽于夏年。至于序志述时，其揆一也。暨楚之骚文，矩式周人；汉之赋颂，影写楚世；魏之策制，顾慕汉风；晋之辞章，瞻望魏采。推而论之，则黄唐淳而质，虞夏质而辨，商周丽而雅，楚汉侈而艳，魏晋浅而绮，宋初讹而新。从质及讹，弥近弥澹，何则？竞今疏古，风味气衰也。"② 详细阐述了他的文学"通变"思想。但是，在具体论述各种文体的起源时，他都归原于"经典"，又回到了"宗经"的园囿之中，并将这种观点覆盖到这个论文的全过程。这不能不说是刘勰在这上面倒退了。

江淹的生活年代稍早于刘勰，但是观念却比刘勰先进。他没有把五言诗的产生归因于上古，而是承认它是近世才产生的，而且五言诗的产生在中国的不同地方，带有这些地方的强烈的地域色彩。他没有将五言诗的产生"还宗经诰"，体现了文学进化论的观点。这正是江淹与前后那些言及文体必溯至六经的文论的差别。而且在选取作家时，后代入选的作家要远远多于前代，到了刘宋时期达到了最高峰，

---

① 张伯伟：《中国古代文学批评方法论》，中华书局2002年版，第124页。
② （南朝梁）刘勰著，范文澜注：《文心雕龙注》，人民文学出版社2008年版，第519—520页。

也体现了他"古今兼爱"的思想。在具体拟作的时候,他也充分注意到了随着时间和地域的变化,五言诗在诗歌体式上的重大变迁,在"通"的时候不忽略"变"。相比于刘勰对于近世文风的批评,眼光还是进步的。

钟嵘《诗品》品评了一百多位诗人,都尽量考究源流。如说曹植"其源出于国风",王粲"其源出于李陵",等等,就是这种体现。重要的不是在于《诗品》以文学为主、以历史为辅的态度,而是钟嵘有意识地将诗歌分为上、中、下三等,品评其优劣得失,为后世树立了学诗的典范。他批评以往的作者"皆就谈文体,而不显优劣","显优劣"是批评意识自觉的表现。他虽然在具体内容上没有论述"变"的作用,但是他树立了"滋味"、"直寻"、"自然英旨"的批评观,就是要求作家在创作的时候,要寓目辄书,抒发自己的真情实感,抒写性灵。这本身就体现着与"师古"相对应的"师心"的创作手法,这是文学"新变"的重要特色。傅刚先生认为:"备受后世批评的'新变'观却是关于文学的批评,它将文学作为独立审美对象,研究它的形式特点和发展规律。而刘勰'通变'观却带有许多非文学批评的内容,它常以非文学标准衡量、评价文学的价值。在批评的观念和方法上,受历史学影响较深,对此方法,不妨称为历史批评。"①

伴随着文学自觉的进程,文学批评的自觉也在孕育,生根发芽,最终突破了历史批评的重重樊篱,走向了独立发展的道路。江淹的《杂体诗三十首》,处在两种批评分流的交叉口,体现了"通"和"变"的双重特色,强调由"通"而"变",这是一种进步观念的体现。在日渐丰富的文学批评发展过程中,应该占有一席之地。此后到了钟嵘《诗品》,中国古代论诗的批评日渐丰富,不仅仅是"推源溯流"的史学批评,还有意象批评、本事批评、摘句批评、比较批评等这样更加文学化的批评方式。可以说,在这种发展变化的大趋势中,江淹《杂体诗三十首》是不可或缺的一环。

---

① 傅刚:《〈昭明文选〉研究》,中国社会科学出版社2000年版,第120页。

附录一

"江郎才尽"真实含义考辨及其文学史意义

"江郎才尽"是我们耳熟能详的历史典故，顾名思义，一般指江淹才思枯竭，无佳作或无作品问世，后来逐渐成为形容人才华消失的代名词。考之相关文献，最早提出"江郎才尽"故事的当属钟嵘《诗品》，其文云：

> 文通诗体总杂，善于摹拟，筋力于王微，成就于谢朓。初，淹罢宣城郡，遂宿冶亭，梦一美丈夫，自称郭璞，谓淹曰："我有笔在卿处多年矣，可以见还。"淹探怀中，得一五色笔以授之。尔后为诗，不复成语，故世传江淹才尽。①

唐人编纂的史书对"江郎才尽"也有类似的记载，从而使江淹才尽的故事产生了更加广泛的影响。《梁书·江淹传》云："淹少以文章显，晚节才思微退，时人皆谓之才尽。"②《南史·江淹传》亦载："淹少以文章显，晚节才思微退。云为宣城太守时罢归，始泊禅灵寺渚，夜梦一人自称张景阳，谓曰：'前以一匹锦相寄，今可见还。'淹探怀中得

---

① （南朝梁）钟嵘著，曹旭笺注：《诗品笺注》，人民文学出版社2009年版，第184页。
② （唐）姚思廉：《梁书》，中华书局2006年版，第251页。

数尺与之,此人大恚曰:'那得割截都尽。'顾见丘迟谓曰:'余此数尺既无所用,以遗君。'自尔淹文章踬矣。又尝宿于冶亭,梦一丈夫自称郭璞,谓淹曰:'吾有笔在卿处多年,可以见还。'淹乃探怀中得五色笔一以授之。尔后为诗绝无美句,时人谓之才尽。"①

自从《诗品》《梁书》《南史》提出"江郎才尽"之说,其后历代学者见仁见智,近几十年来,学术界对这一问题进行了深入探讨,取得了一些进展,研究的热点仍然集中在江淹自托才尽保身、与永明文风格格不入以及晚年官位显赫无暇作诗等方面,仍然不脱古人对其才尽之说之樊篱。其实,《诗品》《南史》自身文献的记载已经透露出其"才尽"的真正原因以及南朝人对其"才尽"的理解。

一 "江郎才尽"典故中透露的江淹诗歌渊源与归宿

钟嵘称江淹"诗体总杂,善于摹拟",未著源出于某家,认为江淹善于模仿前人,诗歌风格驳杂不一;又云"郭璞索笔"一说,暗示江淹源出于郭璞。《南史》增张景阳索锦一事,似乎江淹宪章张协,又载丘迟得锦,与江淹有关,属淹之后学。从郭璞、张协,看似毫无关涉的几个人,其实已经暗藏江淹诗风之渊源。张荫嘉《论古诗四十首》称:"梦还锦笔事荒唐,即证江郎拟古章。"② 说明可从江淹拟作发掘江郎才尽的缘由。江淹有《杂体诗三十首》以汉代到刘宋三十位作家为模拟对象,其中有拟郭璞《郭弘农游仙》和拟张协《张黄门苦雨》二诗,通过对郭、张二人诗风之纵向比较,探讨其创作的继承与嬗变,可以帮助我们揭橥江郎诗风之源流,先看《郭弘农游仙》:

崦山多灵草,海滨饶奇石。偃蹇寻青云,隐沦驻精魄。道人

---

① (唐)李延寿:《南史》,中华书局2008年版,第1451页。
② (清)张玉穀著,许逸民点校:《古诗赏析》,中华书局2017年版,第3页。

读丹经，方士炼玉液。朱霞入窗牖，曜灵照空隙。傲睨摘木芝，陵波采水碧。眇然万里游，矫掌望烟客。永得安期术，岂愁濛氾迫。①

江淹用"五色笔"描绘了这样一个充满神秘色彩的奇幻世界："崦山"、"灵草"、"海滨"、"奇石"，描绘了朱霞照耀窗牖，日光透过壁隙这样强烈的色差，隐士采药、服食、炼丹，飞升成仙，在天界恣意游乐，得到长生不老。郭璞《游仙诗》其三："翡翠戏兰苕，容色更相鲜。绿萝结高林，蒙笼盖一山。"② 其十："琼林笼藻映，碧树疏英翘。丹泉溧朱沫，黑水鼓玄涛。"③ 郭璞以浓墨重彩设计了一个具有强烈视觉差的仙境，写景之句他喜用一些对比鲜明的颜色：翡翠、兰苕、绿萝、碧树、丹泉、朱沫、黑水等，无怪刘勰评为："景纯艳逸，足冠中兴。"④ 同样，江淹也喜用丰富的色彩写诗，如《秋夕纳凉奉和刑狱舅》："萧条晚秋景，旻云承景斜。虚堂起青蔼，崦嵫生暮霞。"⑤ 《贻袁常侍》："忧怨生碧草，沅湘含翠烟。"⑥ 不仅在色彩的植入上体现了江淹对郭璞的继承；在诗歌意境方面，也体现了二人的关联，曹道衡先生即说："江淹《渡西塞望江上诸山》……写山中孤寂的气氛，又和郭璞的《游仙诗》中某些意境相似。其他像《采石上菖蒲》、《清思诗》第四首、《惜晚春应刘秘书》等，都有游仙的意味。他的《草木颂》十五首、《云山赞》四首受郭璞的影响尤为明显。"⑦

---

① （明）胡之骥注，李长路、赵威点校：《江文通集汇注》，中华书局2006年版，第152页。
② 逯钦立辑校：《先秦汉魏晋南北朝诗》，中华书局1983年版，第865页。
③ 逯钦立辑校：《先秦汉魏晋南北朝诗》，中华书局1983年版，第866页。
④ （南朝梁）刘勰著，范文澜注：《文心雕龙注·才略》，人民文学出版社2008年版，第701页。
⑤ （明）胡之骥注，李长路、赵威点校：《江文通集汇注》，中华书局2006年版，第131页。
⑥ （明）胡之骥注，李长路、赵威点校：《江文通集汇注》，中华书局2006年版，第100页。
⑦ 曹道衡：《南北朝文学史》，人民文学出版社1991年版，第111页。

在人生经历和兴趣爱好方面，江淹也有和郭璞的相同之处。永嘉南渡时，郭璞曾经抵达宣城（今安徽省）并做短暂停留，继而南下到石头（今南京一带）。《晋书》本传载："璞既过江，宣城太守殷祐引为参军。"① 江淹于齐建武三年（496）继谢朓之任，出为宣城太守并于四年后罢宣城。《诗品》所载江淹才尽之梦就发生在罢宣城时。

郭璞好奇尚异，《晋书》本传称："（璞）好古文奇字。"② 他注释《尔雅》，别为《音义》《图谱》，又注《三苍》《方言》《穆天子传》《山海经》及《楚辞》《子虚》《上林赋》数十万言；他在《注山海经叙》中为《山海经》所记载的怪异事物作辩护，认为有其真实性和合理性。同样对于江淹，《南史》本传载永明年间，襄阳人盗墓，得古书，字不可识，以"善识字体"的王僧虔都难以辨识，江淹却推知其为周宣王之遗物。他曾拟《赤县经》补《山海经》之缺（此书未成），《山海经》是一部讲述奇特怪异山川动植物的书，江淹《赤县经》也以搜集种种奇异事物为宗旨。《草木颂十五首·序》曰："兹赤县之东南乎？何其奇异也？"③ 可见，江淹在人生经历、兴趣爱好和诗歌风格上乃上承郭璞而来。再看《张黄门苦雨》：

> 丹霞蔽阳景，绿泉涌阴渚。水鹳巢层甍，山云润柱础。有弇兴春节，愁霖贯秋序。燮燮凉叶夺，戾戾飕风举。高谈玩四时，索居慕俦侣。青苔日夜黄，芳蕤成宿楚。岁暮百虑交，无以慰延伫。④

《诗品》评张协为"词采葱蒨，音韵铿锵，使人味之亹亹不倦"⑤，如《杂诗》其二"浮阳映翠林，回飙扇绿竹"；其三"寒花发黄采，秋

---

① （唐）房玄龄等撰：《晋书》，中华书局1974年版，第1900页。
② （唐）房玄龄等撰：《晋书》，中华书局1974年版，第1899页。
③ （明）胡之骥注，李长路、赵威点校：《江文通集汇注》，中华书局2006年版，第191页。
④ （明）胡之骥注，李长路、赵威点校：《江文通集汇注》，中华书局2006年版，第149页。
⑤ （南朝梁）钟嵘著，曹旭笺注：《诗品笺注》，人民文学出版社2009年版，第84页。

草含绿滋"，开启后世清绮诗风。

江淹在写景方面，"庭树发红彩，闺草含碧滋"，"丹霞蔽阳景，绿泉涌阴渚"，以红、绿对举，造成强烈的视觉差。这种情况，在以前的诗歌史上是不常见的。据统计，"红色在江淹诗歌中出现的频率有40多次，而绿色则多达60多次，这两种颜色一共占江淹诗歌总色彩比例的70%"。形成与张协有别的明艳诗风。他这种写法，受鲍照影响不可忽视。鲍照喜欢用强烈的深色，如绛、紫、青、红、金、黛等，众色杂陈。钱志熙先生认为，鲍照"写景物，颇有乱施丹臒的毛病"①。江淹则同时借鉴了谢灵运注意色彩调和的优点，色差既强烈对比，又使诗歌具有清新明丽画境。这种写法，对于后世也有不小的影响。梁武帝《和萧中庶直石头诗》"翠壁绛霄际，丹楼青霞上"，曹道衡先生认为："此诗中有的诗句令人想起江淹的某些名句。如此诗中'翠壁'二句，上句'翠'对下句的'丹'，'绛'对下句的'青'，而二句本身的'翠'和'绛'、'丹'和'青'又正好相对，且色彩也相映成趣。江淹亦好使用这种技巧。……梁武帝显然继承了前人的成果又加以发展，一句之中又自以色彩对仗。"② 可以看出，谢灵运、鲍照、江淹等人受到张协写诗用色的启发，又有所发展。

由此视之，江淹亦对张协有所继承。更重要的是，张协还是谢灵运的老师。《诗品》称（张协）"巧构形似之言"③，称（谢灵运）"其源出于陈思，杂有景阳之体。故尚巧似……"④ 可以说，谢灵运所开启的刘宋一代诗风是直接继承了以张协为代表的西晋诗风的。江淹的山水诗，如《渡泉峤出诸山之顶》："岑崟蔽日月，左右信艰哉。万壑共驰骛，百谷争往来。鹰隼既厉翼，蛟鱼亦曝鳃。"⑤ 气势雄厚，意境沉郁，操调险急，直接继承了以谢灵运、鲍照为代表的元嘉诗风。

---

① 钱志熙：《魏晋诗歌艺术原论》，北京大学出版社1993年版，第355页。
② 曹道衡：《兰陵萧氏与南朝文学》，中华书局2004年版，第96页。
③ （南朝梁）钟嵘著，曹旭笺注：《诗品笺注》，人民文学出版社2009年版，第84页。
④ （南朝梁）钟嵘著，曹旭笺注：《诗品笺注》，人民文学出版社2009年版，第91页。
⑤ （明）胡之骥注，李长路、赵威点校：《江文通集汇注》，中华书局2006年版，第115页。

综上，郭璞①、张协，他们都是典型西晋诗风的代表。江淹在学习、继承二人诗风的同时，祖述的是西晋诗风，西晋诗风又是建安诗风之发展。可见，建安诗风为江淹诗风之真正源头。

丘迟为江淹后辈，与谢朓一样为永明诗人，张子容《赠司勋》："江山清谢朓，草木媚丘迟。"《诗品》评曰："丘诗点缀映媚，似落花依草。"可见丘迟应善于山水咏物之作。丘迟《侍宴乐游苑送徐州应诏诗》："巢空初鸟飞，荇乱新鱼戏。"体现了"三易"的文学主张，绰有流利之风。丘迟"取贱文通"②而诗才大进，实际暗指江淹诗风包含有永明文风的意味，"南朝宋、齐、梁三代，在诗歌创作上实际上存在着古今两体或两种风格的现象，只不过它不像唐代的古近体之分那样明显"③。江淹登临游览之作近于谢灵运和鲍照，仍属元嘉诗风的范围。随着时代发展，其诗歌明显向着浅易流畅，明白如话的方向发展，其写景咏物之作多有永明诗风清新流利的意味。此即钱志熙先生所谓的古今两体。不仅江淹，永明诗风的最高代表——谢朓，山水登临之作《出新林浦望板桥》等用大谢体，其《王孙游》《玉阶怨》等用新声体。对丘迟来说，其《夜发密岩口诗》《旦发渔浦潭诗》之类的游览作品，仍仿大谢，有明显的元嘉诗风的痕迹；其咏物之作又多属声律体。所谓的永明文风，在新变过程中仍有其复古之作用。从江淹到丘迟，反映了齐梁时期诗歌发展的复杂状况，体现了齐梁诗体由古体趋向近体的痕迹。

二 "江郎才尽"原因与"筋力于王微，成就于谢朓"之关系

《诗品》记载"江郎才尽"故事中又将江淹与王微、谢朓作比，

---

① 钱志熙《魏晋诗歌艺术原论》中认为郭璞《游仙诗》在渡江前任临沮令时的吏隐之作，郭氏"好经术，博学有高才"，"辞赋为中兴之冠"，正是西晋寒素文士的治学风格。

② 《南史·丘迟传》载："时有钟嵘著《诗评》云：'范云婉转清便，如流风回雪。迟点缀映媚，似落花依草。虽取贱文通，而秀于敬子。'"

③ 钱志熙：《魏晋南北朝诗歌史述》，北京大学出版社2005年版，第151页。

评为："筋力于王微，成就于谢朓"，此句后人理解颇多争议①。钟嵘将此句放置于"才尽"典故中已经暗示出江淹被人讥为"才尽"的原因。众所周知，钟嵘善于将考察对象置于纵向诗歌发展演进的过程中，显示其传承关系，又将其与横向诗人进行对比，以彰显其艺术特色。王微是江淹的前辈诗人，据逯钦立《先秦汉魏晋南北朝诗》载，王微存诗仅有五首，我们已经难窥全貌。《诗品》评其诗"源出于张华，才力苦弱，故务其清浅，殊得风流媚趣"②。"王微风月"③，这主要是针对王微《四气诗》等写景诗而言，属于张华"儿女情多，风云气少"一派，看似江淹不可能从王微处习得"筋力"。除此之外，王微还是刘宋时期建康高门中模拟古风的代表人物，其《杂诗》云："思妇临高台，长想凭华轩。弄弦不成曲，哀歌送苦言。箕帚留江介，良人处雁门。讵忆无衣苦，但知狐白温。日暗牛羊下，野雀满空园。孟冬寒风起，东壁正中昏。朱火独照人，抱景自愁怨。谁知心思乱，所思不可论。"④颇得汉魏遗风。许文雨《诗品讲疏》云："按文通杂体诗有《王征君微养疾》一首；黄庭鹄《古诗冶》注云：'原诗缺。'今就文通拟作观之，其起语曰：'窈蔼潇湘空，翠涧澹无滋。'黄庭鹄引孙评云：'古峭甚！'然则以文通所拟必似者例之，此古峭之语，即筋力于王微也。"⑤另于评王微处诗云："惟景玄（王微字）规樃子建之句，则颇不弱，故仲伟又谓文通诗得筋力于景玄也。"⑥王微弟王僧谦常云："兄文骨气，可推英丽以自许。"⑦可见王微尚有为数不

---

① 学界对此句的理解一直存疑，或以为句意难通，或以为认错源流（谢朓应为谢混）；许文雨《诗品讲疏》、陈延杰《诗品注》、吕德申《钟嵘诗品校释》认为江淹得益于王微、谢朓；陈庆元当作"筋力强于王微，成就高于谢朓"理解；李文初则认为江淹成就接近于谢朓。总之，学界对此句的理解基本停留在对此句的单独评价上，而未将其与"江郎才尽"的典故相联系进行考察。
② （南朝梁）钟嵘著，曹旭笺注：《诗品笺注》，人民文学出版社2009年版，第161页。
③ （南朝梁）钟嵘著，曹旭笺注：《诗品笺注》，人民文学出版社2009年版，第211页。
④ 逯钦立辑校：《先秦汉魏晋南北朝诗》，中华书局1983年版，第1199页。
⑤ 许文雨：《钟嵘〈诗品〉讲疏》，成都古籍出版社1983年版，第102页。
⑥ 许文雨：《钟嵘〈诗品〉讲疏》，成都古籍出版社1983年版，第92页。
⑦ （南朝梁）沈约：《宋书》，中华书局2008年版，第1671页。

少的骨力强健之作。这里涉及王微诗风的多样性：身处刘宋时期，受谢灵运等影响，山水写景之作多尚形似，这是他诗风趋近的一面；同时他自称"文好古，贵能连类可悲"①，对于建安诗风多有继承，这是他复古的一面。"筋力于王微"这一钟嵘过于简略的评语，本身就包含着歧义，应该承认钟嵘看到了后代诗人诗风的复杂多样，将江淹与王微对比，用意在于将江淹置于诗歌发展的"古"、"近"之变中加以考察。江淹继承的是西晋诗风乃至上乘建安诗风，在这一点上，王微和江淹源出一体；除此之外，王微颇多风流媚趣之作，江淹则较其骨力强健。

来看江淹和谢朓的关系。江淹和钟嵘有着很深的渊源。《梁书·钟嵘传》曰钟嵘"永明中为国子生"②，江淹于永明四年"领国子博士"③。俞绍初先生《江淹年谱》云："嵘在国子学对江淹执弟子礼。"④ 钟嵘与谢朓也有过直接的交往，钟嵘曾说："朓极与余论诗，感激顿挫过其文。"⑤ 说明二人多有论诗往来。故钟嵘将江淹和谢朓作比，应该是对二人的诗风非常了解。

钟嵘评诗习惯用语之一即将所考察的对象，置于两个相对的诗人之中，对举成文。比如：评王粲："方陈思不足，比魏文有余"；评陆机："气少于公幹，文劣于仲宣"；评张协："雄于潘岳，靡于太冲"；评左思："虽野于陆机，而深于潘岳"；评鲍照："骨节强于谢混，驱迈疾于颜延"；评范云、丘迟："故当浅于江淹，而秀于任昉"；评沈约："故当词密于范，意浅于江也"。所评之人和对比之人所处时代相近且诗风有相似之处，重要的是，钟嵘将所评诗人诗风在与他人对比中彰显优劣：即所评之人的诗歌风格要优于其中一位，同时也要略逊于另一位诗人。这是我们理解"成就于谢朓"的关键。

---

① （南朝梁）沈约：《宋书·王微传》，中华书局2008年版，第1667页。
② （唐）姚思廉：《梁书》，中华书局2006年版，第694页。
③ （唐）姚思廉：《梁书·江淹传》，中华书局2006年版，第250页。
④ 俞绍初：《江淹年谱》，上海古籍出版社1996年版，第50页。
⑤ （南朝梁）钟嵘著，曹旭笺注：《诗品笺注》，人民文学出版社2009年版，第180页。

钟嵘以"风力"为主要评诗标准。对于江淹"筋力于王微"而言，钟嵘应持肯定态度，那么，"成就于谢朓"就隐含着钟嵘对江淹诗风的批评了。江淹《贻袁常侍》："昔我别楚水，秋月丽秋天。今君客吴坂，春色缥春泉。"《休上人怨别》："日暮碧云合，佳人殊未来。露彩方泛艳，月华始徘徊。"①的确有小谢清新明丽之风。许文雨《诗品讲疏》云："按文通调婉而词丽之诗，有如《诗源辩体》卷八所举：玉柱空掩露，金樽坐含霜。昔我别楚水，秋月丽秋天。今君客吴坂，春色缥春泉……似皆仲伟所谓成就于谢朓者也。"②陈衍《诗品平议》云："窃谓（文通）《望荆山》、《古别离》、《休上人怨别》，足以希踪玄晖。"③钟嵘曾说"于时谢朓未遒，江淹才尽，范云名级故微，故约称独步"④。可见，江淹在谢朓创作还未臻于成熟之时已才尽，是不可能向后辈谢朓学习的。谢朓是永明诗风的典型代表，钟嵘意指江淹在继承元嘉诗风的基础上，受到以谢朓为代表的永明诗风的影响，实现了创作风格、体制从晋宋型到齐梁型的转变。

钟嵘有意将江淹与谢朓、范云、丘迟、沈约作对比，暗示钟嵘将其认为是永明诗人或者带有永明诗风。钟嵘对永明诗风之态度不言自明，正是江淹主动学习永明诗风，导致了钟氏对他的批评：江淹的成就应该是接近谢朓但还低于谢朓。因此，"筋力于王微，成就于谢朓"应该理解为江淹早期诗风得益于王微所秉承的建安风骨，骨力强劲于王微的风月之作；成就最终接近谢朓所代表的永明文风但还低于谢朓⑤。钟嵘喜用骈语，对举成文，互文见义，要结合起来才能正确理解。"筋力于王微，成就于谢朓"这句话体现了江淹诗风由古趋近

---

① （明）胡之骥注，李长路、赵威点校：《江文通集汇注》，中华书局2006年版，第100、165页。
② 许文雨：《钟嵘〈诗品〉讲疏》，成都古籍出版社1983年版，第102页。
③ 陈衍：《诗品平议》，载《陈衍诗论合集》，福建人民出版社1999年版，第945—946页。
④ （南朝梁）钟嵘著，曹旭笺注：《诗品笺注》，人民文学出版社2009年版，第196页。
⑤ 钟嵘有意将江淹放于诗歌发展的"古"、"近"之变中加以对比考察，可见"成就于谢朓"应该无误，而非谢混。

的发展方向。江淹在诗文中也体现了其思想的转变：早期曾作《学梁王兔园赋·序》称："或重古轻今者。仆曰：何为其然哉？无知音，则已矣。聊为古赋，以奋枚叔之制焉。"① 体现了他重古轻今思想。其作于永明前夕的《杂体诗三十首·序》又称其文学观为"通广方恕，好远兼爱"，不满时人贵远贱今的风气，足见江淹文学思想的变迁。

综上所述，钟嵘在评价江淹时，用郭璞、王微、谢朓与其对比；《南史》又增张协、丘迟。从郭璞、张协、王微到江淹、谢朓、丘迟，众多杂乱毫无关涉之人其实隐藏着一条从西晋、元嘉诗风到齐梁新体的过渡演变的曲线，反映了南朝文人对这段诗歌发展史的认识，也表明了对"江郎才尽"的真正理解。

三 南朝人眼中的"江郎才尽"内涵

上文已经探讨了江淹"才尽"的内涵，其中涉及南朝时人对文人才性的理解，因此有必要结合南朝人的才性观念，对当时人眼中的所谓的"才"进行考辨。众所周知，魏晋南北朝人特别强调对天才的重视。曹丕《典论·论文》称："文以气为主，气之清浊有体，不可力强而致。"强调作家的才能是天生的，即便是父兄，也不能以移子弟。《文心雕龙·体性》篇曰："才力居中，肇自血气"②，同样认识到诗人先天的重要作用。《颜氏家训·文章》篇载："必乏天才，勿强操笔"，"拙文研思，终归蚩鄙"③，绝对化"天才"的作用。时人记载了许多有趣的梦境，多与人之才性的获得、转移有关：

---

① （明）胡之骥注，李长路、赵威点校：《江文通集汇注》，中华书局2006年版，第94页。
② （南朝梁）刘勰著，范文澜注：《文心雕龙注》，人民文学出版社2008年版，第506页。
③ 王利器撰：《颜氏家训集解》，上海古籍出版社1980年版，第237页。

  遥妻河东裴氏，高明有德行，尝昼卧，梦有五色采旗盖四角悬铃，自天而坠，其一铃落入怀中，心悸因而有娠。占者曰："必生才子。"及生昉，身长七尺五寸，幼而聪敏，早称神悟。①

  少瑜尝梦陆倕以一束青镂管笔授之，云："我以此笔犹可用，卿自择其善者。"其文因此遒进。②

  母臧氏，尝梦五色云化而为凤，集左肩上，已而诞陵焉。……既长，博涉史籍，纵横有口辩。③

这些都是由梦境得到某种东西而诗才大进，也有由梦境进而才性转移或失去，比如丘迟得锦，江郎才尽。因为当时人囿于知识对梦境成因无法解释，将其与人之才性挂钩，凸显六朝人对天才理解的神秘化色彩。

  南朝人重视"天才"，但并不忽视后天的学习培养，他们所谓的"才"经常与"学"相联系，史书中经常记载当时文士"博学善属文"的情状。在王谢高门大族的影响下，追求博学多通，重视学问，注重文化修养是写好文章的关键。裴子野《雕虫论》曰："宋初迄于元嘉，多为经史。"以谢灵运为例，他为秘书监时造《四部目录》，著录六万四千五百八十二卷；编纂《赋集》九十二卷，《诗集》五十卷；据《隋志》另有《诗集钞》十卷，《诗英》九卷，《回文集》十卷，《七集》十卷，《连珠集》五卷。在大谢等人的影响下，诗人们以尚博学、以技巧相竞的山水诗变革"淡乎寡味"的玄言诗。许学夷《诗源辩体》评曰："谢客为元嘉之雄，非有才不足以济变。"④ 元嘉诗人在模山范水的同时，以赋法植入，作全景式的铺排。作赋需要

---

① （唐）李延寿：《南史·任昉传》，中华书局1975年版，第1452页。
② （唐）李延寿：《南史·纪少瑜传》，中华书局1975年版，第1786页。
③ （唐）姚思廉：《陈书·徐陵传》，中华书局1972年版，第325页。
④ （明）许学夷：《诗源辩体》，人民文学出版社1987年版，第77页。

才学,从汉代司马相如、扬雄以文字学家的身份作汉大赋可见一斑,清刘熙载概括为:"赋兼才学。才,如《汉书·艺文志》论赋曰'感物造端,才智深美',《北史·魏收传》曰'会须作赋,始成大才士';学,如扬雄谓'能读赋千首,则善为之'。"① 谢灵运、鲍照,甚至是江淹的游览之作,以赋法入诗,穷形尽相地描摹大自然。他们还经常模拟汉赋的用字模式,挑选生僻难写之字,逞博炫耀才学。

用典方面,大量以经、子、史、《诗经》和楚辞中故事为据,在字数有限的五言诗中造成用事密度增大。钟嵘对此提出了批评:"颜延、谢庄,尤为繁密,于时化之。故大明、泰始中,文章殆同书抄。"② 以江淹《从冠军建平王登庐山香炉峰》和《望荆山》为例,用事比例高达55.9%。据陈乔生统计,元嘉三大家中颜延之的用事比例高达61.5%,鲍照为60%,谢灵运为49.6%③。他们之间的唱和之作,以用典逞才相竞,比例远比其他诗作高。故钟嵘评范云、丘迟:"故当浅于江淹",评沈约:"意浅于江也",意谓江淹诗较三人为深,主要指江淹诗歌用事繁密造成诗意难明,不如永明诗歌平浅易懂。

既重视先天禀赋又重视后天积学,构成了南朝人基本的才性观。同时反映了"江郎才尽"故事中包含的文化意蕴:所谓"才尽",并不简单指我们今天理解的文思枯竭,无佳作或无作品面世④,而是指不以学问为诗,多用常用字和平浅的典故,诗歌意旨浅显易懂,颇类似于沈约提出的"三易"说⑤。杨明先生指出:"古人所谓才力大,有善于大量地组织、调遣辞藻之意,而辞藻繁密则往往意旨深隐;反

---

① （清）刘熙载著,袁津琥校注:《艺概注稿》,中华书局2009年版,第101页。
② （南朝梁）钟嵘著,曹旭笺注:《诗品笺注》,人民文学出版2009年版,第101页。
③ 陈乔生:《刘宋诗歌研究》,中华书局2007年版,第159页。
④ 鲍照、任昉虽有才尽之名,但并未真正才尽。当时品藻之风盛行,时人经常以"才退"、"才尽"品评他人的文学成就以及不同时期不同风格的作品。
⑤ 这里需要指出永明文人不是不尚学问,不以典故入诗,而是追求"用事不使人觉,若胸臆语",使人觉察不到用典的痕迹,如出自内心的情意,自然地融入篇章。

之，才力小，则可能与清朗、精炼相联系。"① 许文雨《诗品讲疏》引《古诗存》评曰："小谢（谢惠连）诗平铺直叙，无见才力处，恕不足为乃兄（谢灵运）接武。"②《诗品》评谢朓诗为"才弱"也指此种情况。

本文第一、二节详细论述了江淹自刘宋到齐梁时间段内诗风的发展变化。可见，在南朝人眼中"江郎才尽"并不是指江淹罢宣城后写不出好诗，而是指其诗歌由元嘉古奥、繁密、典重的诗风向永明易见事、易识字、易诵读方向发展。

四 "江郎未才尽"：江淹在永明时期活动与作品考

上文已从江淹"才尽"的内涵以及南朝人理解的才性观念角度揭示出江淹并非真正才尽，其在永明年间以后也并未停止文学活动，也有相当的作品问世。有趣的是，首倡"江郎才尽"的钟嵘在记载其"才尽"的时间上却发生了抵牾：钟嵘《诗品》以江淹罢宣城（499）为其"才尽"时间，后又称"永明相王爱文，王元长等皆宗附之。约于时谢朓未遒，江淹才尽，范云名级故微，故约称独步"③。考其时间在齐永明五年（487）前后，这中间相差十年之多。曹道衡先生调和两说，认为江淹在永明时就开始才尽，至罢宣城时彻底才尽④。钟嵘与江淹同时，却在记录江淹"才尽"的时间上发生了抵牾，是否说明江淹才尽的具体时间连钟嵘本人也无法确指。因此，有必要对江淹永明以后的活动及其作品进行考察⑤。

永明元年（483）迁骁骑将军，掌国史。作《铜剑赞》一篇；

---

① 杨明：《钟嵘〈诗品〉注释商榷》，《许昌学院学报》2000年第6期。
② 许文雨：《钟嵘〈诗品〉讲疏》，成都古籍出版社1983年版，第93页。
③ （南朝梁）钟嵘著，曹旭笺注：《诗品笺注》，人民文学出版社2009年版，第195—196页。
④ 曹道衡：《中古文学史论文集》，中华书局2002年版，第258页。
⑤ 江淹于永明年间作品、交游状况均依据丁福林《江淹年谱》研究成果。

《褚侍中为征北长史诏》①《齐故司徒右长史檀超墓志文》;编所撰前集十卷,作《自序》一篇;《齐史》十志成②。

　　三年(485)领国子博士。

　　四年(486)作《籍田歌》二章(《祀先农迎神升歌》《飨神歌辞》)。③

　　五年(487)参与西邸盛会④。

　　六年(488)作《灵丘竹赋》一篇。

　　参考相关文献,仍有许多永明年间江淹交游活动状况:

> 世祖尝问王俭,当今谁能为五言诗?(王)俭对曰:"谢朓得父膏腴,江淹有意。"⑤

> 永明中,诸王年少,不得妄与人接,敕杲之与济阳江淹五日一诣诸王,使申游好。⑥

> (王钧)性好学,善属文,与琅邪王智深以文章相会,济阳江淹亦游焉。⑦

> (谢举)弱冠丁父忧,几致毁灭……江淹一见,并相钦挹曰:

---

　　① 永明元年褚炫为征北长史,江淹作《褚侍中为征北长史诏》,同年沈约作《为褚炫让吏部尚书表》,说明齐武帝用江淹和沈约起草诏书。
　　② 刘知几《史通》云:"《齐史》,江淹始受诏撰述,以为史之所难,无出于志,故先著十志,以见其才。"《史通通释·古今正史》,上海古籍出版社2008年版,第253页。
　　③ 据《南齐书·乐志》载江淹造《籍田歌》二章,世ংロ敕太乐歌之。
　　④ 《金楼子·说蕃》云:"(萧子良)居鸡笼山西邸,集学士抄五经百家,依《皇览》列为《四部要略》千卷。招致名僧,讲论佛法,造经呗新声,道俗之盛,江左未有也。好文学,我高祖、王元长、谢玄晖、张思光、何宪、任昉、孔广、江淹、虞炎、何倜、周颙之俦,皆当时之杰,号士林也。"
　　⑤ (南朝梁)萧子显:《南齐书·谢朓传》,中华书局1972年版,第764页。
　　⑥ (南朝梁)萧子显:《南齐书·庾杲之传》,中华书局1972年版,第615页。
　　⑦ (唐)李延寿:《南史·齐宗室》,中华书局1975年版,第1038页。

"所谓'驭二龙于长途'者也。"①

> 齐梁间，侯王公卿，从先生（陶弘景）授业者数百人，一皆拒绝，唯徐勉、江祐、丘迟、范云、江淹、任昉、萧子云、沈约、谢瀹、谢览、谢举等在世日早申拥彗之礼，绝迹之后，提引不已。(《华阳陶隐居内传》)②

唐代文人对江淹多有褒奖之处，认为其永明之后文采"妙绝当时"、"辞无竭源"，并无才尽之说。如：

> 高祖聪明文思，光宅区宇，旁求儒雅，诏采异人，文章之盛，焕乎俱集。每所御幸，辄命群臣赋诗，其文善者，赐以金帛，诣阙庭而献赋颂者，或引见焉。其在位者，则沈约、江淹、任昉，并以文采妙绝当时。③

> 暨永明、天监之际，太和、天保之间，洛阳、江左，文雅尤盛。于时作者，济阳江淹、吴郡沈约、乐安任昉、济阴温子昇、河间邢子才、巨鹿魏伯起等，并学穷书囿，思极人文，缛彩郁于云霞，逸响振于金石。英华秀发，波澜浩荡，笔有余力，词无竭源。④

可见江淹在永明之后活动依然很频繁，且多与永明尚声律说者有直接交往。江淹参与西邸盛会，唱和之作应载于江淹后集，现已失传。现存江淹诗歌，《咏美人春游》明确见于江淹后集⑤，可见江淹后集中

---

① （唐）李延寿：《南史·谢弘微传谢举附传》，中华书局1975年版，第563页。
② 张宇初等：《正统道藏》第9册，台北：艺文印书馆1977年版，第6776页。
③ （唐）姚思廉：《梁书·文学传》，中华书局1973年版，第685页。
④ （唐）魏征等：《隋书·文学传》，中华书局1973年版，第1729—1730页。
⑤ 据杨慎《升庵诗话》载："江淹《咏美人春游》'江南二月二，东风转绿蘋。不知谁家子，看花桃李津。白雪凝琼貌，明珠点绛唇。行人咸叹息，争拟洛川神。'此诗见《文通外集》。点绛唇，后人以为曲名，以此知诗脍炙人口久矣。"可见江淹后集未必无可取之处。曹道衡先生认为江淹才尽在于后集价值不高导致亡佚，似可商榷。

应有一些学习南朝新声乐府之作。据《宣城郡志》卷五载:"宣城自古为郡治所,山水清胜,六朝文物萃于首邑,往往有江、谢、徐、庾之余风……"①江淹任宣城太守之时应有同谢朓、徐陵、庾信之相似作品。学界有认为江淹才尽的重要原因是与永明文人格格不入且不遵循声律说,是不符合实际的。南朝双声叠韵知识相当普及,钱大昕《十驾斋养新录》卷十六"双声"条云:"六朝人重双声,虽妇人女子皆能辨之。"②江淹《当春四韵同囗左丞》可见其对声律说的认识和尝试。《杂体诗三十首》中《休上人怨别》模拟汤惠休也体现了江淹对于南朝乐府新声的借鉴学习。《西洲曲》作者《玉台新咏》署江淹(宋本玉台不收),《江文通集》收之,王运熙先生认为以江淹之善拟,《西洲曲》出于江淹也是有可能的。所以,江淹在永明以后并未真正才尽。

五 "江郎才尽"的文学史意义

本文将江淹同其他南朝诗人进行时间上的纵向、横向对比,结合江淹永明以后的文学活动和作品情况,揭示出江淹并未真正才尽。所谓的"才尽"并不是指才思枯竭、无法作诗,而是指南朝文人在诗歌题材、体式等方面的选择上发生的变化③:由太康、元嘉诗歌尚学问、典重、繁密到永明诗歌描写景物追求清丽的格调和清婉的情韵。从元嘉体到永明体,五言诗诗歌体式经历了从古至近的重大变化,江淹恰好处于这一"诗运转关"时期,他的诗作体现了这一变化:早

---

① (清)李应泰等修:《宣城县志》,光绪十四年活字本。
② (清)钱大昕著,杨勇军整理:《十驾斋养新录》,上海书店出版社2013年版,第312页。
③ 葛晓音先生针对五言诗的"古"、"近"之变,提出五言体的雅俗沿革,并非源于声律,而且在齐梁相当长时期内,也并非完全与声律同步。这种变化是随着诗歌题材、体式、表现的渐变逐渐发生的,四声八病的提倡正逢其时,于是自然融入五言趋俗的潮流,最后在梁陈时期形成浅俗的近体,冲击了格调沉厚的古体。参见葛晓音《南朝五言诗体调的"古""近"之变》,《中国社会科学》2010年第5期。

期山水登游之作，篇幅冗长，多生僻之字，结构板实，多铺陈景物而少言情；中后期之作多永明新体诗的十句体和八句体，仿效当时乐府民歌，多清新流丽之风。江淹一人之作同时体现了齐梁时期诗歌古今两体、两种风格的情况：《玉台新咏》卷五收江淹诗八首，标为江淹古体四首：《古离别》《班婕妤》《张司空离情》《休上人怨别》；江淹四首：《征怨》《咏美人春游》《西洲曲》《潘黄门述哀》。徐陵将江淹的八首诗分为两类，以古体区分，意指江淹作品本身就有古体和近体两种。而且在趋新方面，江淹有些诗歌已经属于梁大同以后"宫体诗"的范畴：吴兆宜《玉台新咏笺注》云："三、四卷是宫体间见，五、六卷是宫体渐成，七卷是君倡宫体于上，诸王同声，此卷（指八卷）是臣仿宫体于下，妇人同调。"① 徐陵将江淹八首收入第五卷中，可见在他看来，它们在总体风格上已经属于"宫体诗"的范畴。

"江郎才尽"显示了南朝古近、雅俗两种文学风格的交锋，也暗示了江淹诗风在调和古近、雅俗之间的割裂状态，不够混融。我们需要指明这种新旧诗风的断裂并不是江淹本人的过失，而是时代所然，同时期的谢朓等其他诗人也有这种诗风割裂的状态。从中我们也可看出，江淹等作为永明文人的前辈，他们在寻找适合永明新诗体的对象（山水和自然景物）和表现这种对象的方式所作的开拓和尝试。"江郎才尽"故事表象背后折射出南朝诗歌时代风气变迁的讯息：诗歌风格完成了晋宋型到齐梁型的转变。从这个意义上说，"江郎才尽"是一个标志，一个从诗歌体式、风格等指导后人挣脱古体诗的樊篱走向近体诗的标志，反映了南朝人对这种即将到来的新体诗的选择和偏爱，也预示了诗风的转变。梁中叶以后，江淹的后辈文人，他们沿着这条变革的路线走得更远，也做得更好，他们的多数作品已经古近难分，与唐人风气已有暗合处。

---

① （南朝陈）徐陵编，（清）吴兆宜注，（清）程琰删补，穆克宏点校：《玉台新咏笺注》，中华书局1985年版，第385页。

也许江淹晚年确如《梁书》所云才思微退，时人皆谓之才尽在某种情况下符合实际，那是相对于江淹早年恨、别二赋等创作巅峰而言。如果没有《诗品》《南史》的传神记载，江淹才尽很可能就如"鲍照才尽"、"任昉才尽"那样被后人湮灭不问。《诗品》《南史》以郭璞、张协、谢朓、王微、丘迟等众多人物与江淹作比，很大程度上给后人解开江淹才尽之真实意义造成了困难。本文通过上述分析，试图揭示他们与江淹诗风之联系，尽量还原历史事实，力图站在当时的社会环境和文学环境的角度对江淹才尽做出新的合理解释："江郎才尽"不是孤立的文学现象，而是与南朝诸多文学文化的发展有着深刻联系，从"江郎才尽"故事文化内涵中体现了南朝人对人之才性的理解以及当时诗歌古今二体并存的现象，元嘉诗风（古）到永明诗风（今）的嬗变。这也许是江淹才尽典故留给我们今天研究这段文学史的最珍贵意义。

附录二

论《文选》"杂拟"类与梁代娱情诗学思想之关系

《昭明文选》收诗分二十三类（缺"临终"一类），最后列"杂拟"，选陆机《拟古诗十二首》至江淹《杂体诗三十首》共十位作家六十三首拟诗（包括徒诗和拟乐府两种）。每首题目均带"拟"、"效"、"依"、"学"、"代"等字样，其中《杂体诗三十首》还有诗序表明拟作。这种在标题或诗序中作了标示，我们暂且称之"明确的模拟目的"。除"杂诗"、"赠答"外，"杂拟"是《文选》第三大类，足见萧统的重视程度。笔者据现存文献统计，魏晋到隋，明确以模拟为目的诗作有三百四十七首之多。《南史·刘铄传》载："铄未弱冠，拟古三十余首，时人以为亚迹陆机。"逯钦立《先秦汉魏晋南北朝诗》收录就只有《拟行行重行行》《拟明月照高楼》《拟孟冬寒气至》《拟青青河边草》四首，可见六朝原本的拟诗数量应远高于此。拟诗传统悠久，胡应麟言："建安以还，人好拟古，自《三百》、《十九》、乐府、《铙歌》，靡不嗣述，几于充栋汗牛。"① "杂拟"类以丰富的创作实践为基础而生。学界对拟诗研究虽早有其人，但主要集中在拟作大家如陆机、谢灵运、江淹等个案上，专门以《文选》

---

① （明）胡应麟：《诗薮》，上海古籍出版社1979年版，第131页。

杂拟类为对象的整体研究仍较少①，似乎只有洪顺隆《六朝杂拟诗题材类型论》②和侯素芳《〈文选·诗〉杂拟类刍议——以江淹〈杂体诗三十首〉为例》③，前者立足点主要在六朝的所有拟诗，后者仍不脱个案研究窠臼。有关"杂拟"的确切含义，"杂拟"体现的辨体意识以及与梁代诗学观念之关系等问题，仍有待挖掘的空间，这也是本文的写作目的。

一 "杂拟"释义

所谓"杂拟"，清汪师韩曰："杂拟者，凡拟古、效古诸诗是也。拟古类取往古名篇，规摹其意调，其止一二首者，既直题曰：拟某篇；而其拟作多者，则虽概题曰'拟古'，仍于每篇之前一一标题所拟者为何篇……"④ 拟其一二首者，约可等于模拟，"拟作多者"才能算是"杂拟"，而且很多只是"浑言拟古"，并未标题所拟者为何篇。实际上，"杂"与"拟"在当时是分开解释的。先看"拟"，据《文选》卷三十"杂拟上"陆士衡《拟古诗十二首》刘良曰："杂，谓非一类也；拟，比也，比古志以明今情。"⑤ 许慎《说文》："拟，度也。"段玉裁注："今所谓揣度也。"⑥ 即比拟、揣度之意。"拟"常与"模"连用，即"模拟"，通过拟作，追求形似。"杂"的情况比较多样，《说文》："杂，五采相合也。"段玉裁注："所谓五采彰施于

---

① 专著以胡大雷《〈文选〉编纂研究》《〈文选〉诗研究》和傅刚《〈昭明文选〉研究》为代表。
② 参见南开大学中文系编《魏晋南北朝文学与文化论文集》，南开大学出版社2002年版。
③ 参见《许昌学院学报》2006年第6期。
④ （清）汪师韩：《诗学纂闻》，载（清）王夫之等撰，丁福保辑《清诗话》，上海古籍出版社2015年版，第455页。
⑤ （南朝梁）萧统编，（唐）李善、吕延济、刘良、张铣、吕向、李周翰注：《六臣注文选》，中华书局2012年版，第575页。
⑥ （东汉）许慎撰，（清）段玉裁注：《说文解字注》，浙江古籍出版社2012年版，第604页。

五色作服也，引伸为凡参错之称。"① 即各种不同类型的杂错集合。"杂"与"杂诗"密不可分，《文选》卷二十九"杂诗上"王粲《杂诗》（日暮游西园），李善注："杂者，不拘流例，遇物即言，故云杂也。"李周翰注："兴致不一，故云杂诗。"② "杂诗下"卢谌《时兴》，李周翰注："时兴，感时物而兴喻情也，亦杂诗之类。"③ 杨伦《杜诗镜铨》引张潜语云："随意所及，为诗不拘一时，不拘一境，不拘一事，故曰杂诗。"④ 多即兴抒发个人情志、幽思等琐屑、细小的日常情怀。顾炎武曰："六子皆有《杂诗》，而不必同其意，则亦犹之《十九首》也。"⑤ "杂"即其意不同。"杂诗"上、下涉及咏怀、咏史、咏物、游览、公宴、赠答等多种题材，袁行霈指出："《文选》按文体分为39大类，大类之下再按题材分为若干小类，'杂歌'、'杂诗'、'杂拟'在诗的最后，盖其内容难以列入'补亡'、'述德'、'祖饯'、'游仙'等小类也。"⑥ 题材内容庞杂多样，难以归类、概括。南宋郭茂倩对"杂曲"的定义依然沿用于此，《乐府诗集》卷六十一"杂曲歌辞"解题："杂曲者，历代有之，或心志之所存，或情思之所感，或宴游欢乐之所发，或忧愁愤怨之所兴，或叙离别悲伤之怀，或言征战行役之苦，或缘于佛老，或出自夷虏。兼收备载，故总谓之杂曲。"⑦

"杂"不仅指诗歌题材，也指体式和文类。《诗品》"古诗"条

---

① （东汉）许慎撰，（清）段玉裁注：《说文解字注》，浙江古籍出版社2012年版，第395页。
② （南朝梁）萧统编，（唐）李善、吕延济、刘良、张铣、吕向、李周翰注：《六臣注文选》，中华书局2012年版，第546页。
③ （南朝梁）萧统编，（唐）李善、吕延济、刘良、张铣、吕向、李周翰注：《六臣注文选》，中华书局2012年版，第560页。
④ （唐）杜甫著，（清）杨伦笺注：《杜诗镜铨》，上海古籍出版社2019年版，第239页。
⑤ （清）顾炎武著，（清）黄汝成集释，栾保群、吕宗力校点：《日知录集释》，上海古籍出版社2006年版，第1170页。
⑥ 袁行霈：《陶渊明集笺注》，中华书局2003年版，第339页。
⑦ （宋）郭茂倩：《乐府诗集》，中华书局2012年版，第885页。

曰："其外《去者日以疏》四十五首，虽多哀怨，颇为总杂。"① 徒诗中混入了乐府，体式驳杂不纯。"齐光禄江淹"条又曰："文通诗体总杂，善于摹拟。"② 江淹《杂体诗三十首》所拟从汉到刘宋三十位诗人的不同风格诗歌，诸种体式相杂不一。《文心雕龙·杂文》涉及的文体很多，有对问、七体、连珠、典、诰、论、曲、操、弄、引、讽、吟、谣、咏等，"其用不宏"③，体式细屑、不正式，是文人"负文余力，飞靡弄巧"的产物。命名上，"总扩其名，并归杂文之区"④。"杂"即体式驳杂不纯。《隋书·经籍志》收录多种以"杂"命名的文体，如"杂文"、"杂赋"、"杂论"、"杂诏"、"杂敕书"、"杂祭文"、"杂檄文"、"杂集"等，《文选》还立"杂歌"类，南朝几乎每种文体都有以"杂"命名的。傅刚指出："'杂'在魏晋南北朝已被用来辨体。"⑤ 时人就常以"杂诗"直接为题。"杂"用于辨体，但很多情况下"杂"并无一定之体，《文心雕龙·杂文》没有一种文体以"杂文"命名，《杂体诗三十首》具体诗题也无"杂体"字样。明吴讷言："文而谓之杂者何？或评议古今，或详论政教，随所著立名，而无一定之体也。"⑥ 将众多细小、难以独立成体或并入各体的不同篇章形态合并（况且六朝还有许多尚未完全定型的文体），使用"类同命名法"⑦，以类相从加以集合。从这个角度，"杂"不仅

---

① （南朝梁）钟嵘著，曹旭笺注：《诗品笺注》，人民文学出版社2009年版，第45页。
② （南朝梁）钟嵘著，曹旭笺注：《诗品笺注》，人民文学出版社2009年版，第184页。
③ 张立斋：《文心雕龙注订》，转引自詹锳《文心雕龙义证》，上海古籍出版社1989年版，第488页。
④ （南朝梁）刘勰著，范文澜注：《文心雕龙注》，人民文学出版社2008年版，第256页。
⑤ 傅刚：《〈昭明文选〉研究》，中国社会科学出版社2000年版，第271页。
⑥ （明）吴讷著，凌郁之疏证：《文章辨体序题疏证》，人民文学出版社2016年版，第187页。
⑦ 所谓"类同命名法"，指后人将出于相似行为方式而创作的具有一定功能特征的各种不同名称的文本，合并归类，为之选定一个文体名称。载郭英德《中国古代文体学论稿》，北京大学出版社2005年版，第142页。

指文体，更接近文类。这样看，《文选》既以体式（如杂歌、乐府，体式不同于其他诗作，可配乐演唱）相分，又以文类（如杂拟①，但杂拟类内部又各自有"体"；"杂诗"情况复杂，既有文体概念，又有文类概念）相区别，有混乱之处。苏轼讥其"编次无法，去取失当"（《东坡志林·仇池笔记》），姚鼐认为"分体杂碎"（《古文辞类纂》），章学诚评其"淆乱芜秽，不可殚语"（《文史通义·诗教下》），虽过于严苛，也指出了萧统选文分类的矛盾之处。原因也在于文体的丰富复杂，文体分类标准很难统一。

还需说明，体式虽杂，但"其理弗杂"，《文心雕龙·杂文》论述了诸多文体，但最看重的是具有讽谏作用的对问、七体、连珠，论述也最细致。吴讷言："（杂）著虽杂，然必择其理之弗杂者则录焉，盖作文必以理为之主也。"②徐师曾言："然称名虽杂，而其本乎义理，发乎性情，则自有致一之道焉。刘勰所云：'并归体要之词，各入讨论之域。'正谓此也。"③这与下文将要论述的萧统对"杂拟"的态度和排列顺序有密切关系。

综上，"杂"有诗歌题材或体式之细小、琐碎、庞多之意，所谓"杂拟"，即对这些题材内容或形式的整合、模拟再创造，形成的诗歌创作手法。鲍照《学陶彭泽体》："长忧非生意，短愿不须多。但使尊酒满，朋旧数相过。秋风七八月，清露润绮罗。提瑟当户坐，叹息望天河。保此无倾动，宁复滞风波。"分别模拟陶渊明《九日闲居》"世短意常多，斯人乐久生"，《移居》"过门更相呼，有酒斟酌之"，《拟古》"佳人美清夜，达曙酣且歌。歌竟长叹息，持此感人

---

① 骆鸿凯云："赋自'京都'至'情'凡十五类，诗自'补亡'至'杂拟'凡二十三类，所谓'又以类分'也。"可见"杂拟"同时有"文类"之意，参见骆鸿凯《〈文选〉学》，中华书局1989年版，第15页。
② （明）吴讷著，凌郁之疏证：《文章辨体序题疏证》，人民文学出版社2016年版，第187页。
③ （明）吴讷、（明）徐师曾：《文章辨体序说 文体明辨序说》，人民文学出版社1998年版，第137页。

多"。黄节补注:"明远此篇,当时杂拟而成。"① 将不同的诗作进行整合、模拟成一篇。又如江淹《杂体诗三十首》采用"杂拟"的创作手法,将"不同诗歌题材"、"不同诗歌内容及风格"、"所拟对象的人生经历"、"所拟对象不同心态"② 看作一个整体,根据自身需要进行模拟再创造。刘熙载评:"江文通诗,长于杂拟。"③ 即针对其创作手法而言。《文选》"杂拟"类即是对这类诗作的大致文类划分。

二 《文选》"杂拟"类及其辨体意识

上文已详论"杂拟"的确切含义,下面我们具体看"杂拟"类及其体现的辨体意识。

首先,题材内容上,据台湾学者洪顺隆统计:"六朝杂拟诗篇什之'杂',共有咏史诗、狭义叙事诗、征戍诗、游侠诗四种叙事系统的题材类型;有隐逸诗、田园诗、游仙诗、玄言诗、山水诗、咏物诗、爱情诗、亲情诗、友谊诗、狭义咏怀诗、宫体诗等十一种抒情系统的题材类型。"④《文选》要兼顾众作,集其菁华,每种题材下诗歌数量相当有限,六十三首拟诗几乎涵盖了上述统计的所有题材,如陆机《拟古诗十二首》(爱情、友谊);张载《拟四愁诗》(咏怀);陶渊明《拟古诗》(咏怀);谢灵运《拟魏太子邺中集诗八首》(公宴、咏怀);袁淑《效白马篇》《效古》(游侠、征戍);刘铄《拟古二首》(爱情);王僧达《和琅邪王依古》(游侠);鲍照《拟古三首》(游侠、咏史)、《学刘公幹体》(咏物、咏怀)、《代君子有所思》(征戍);范云《效古》(征戍);江淹《杂体诗三十首》,江淹诗更是从题目上直接标出题材,如《古离别》(爱情、亲情),《李都尉从

---

① 黄节撰:《谢灵运诗注 鲍参军诗注》,中华书局2008年版,第357页。
② 参见拙文《江淹〈杂体诗三十首〉之杂拟手法探论》,《宁夏大学学报》2014年第3期。
③ (清)刘熙载著,袁津琥校注:《艺概注稿》,中华书局2010年版,第270页。
④ 洪顺隆:《六朝杂拟诗题材类型论》,载南开大学中文编《魏晋南北朝文学与文化论文集》,南开大学出版社2002年版,第72页。

军》(友谊),《班婕妤咏扇》(咏物、咏怀),《魏文帝游宴》(公宴、咏怀),《陈思王赠友》(友谊),《刘文学感遇》(咏物、咏怀),《王侍中怀德》(公宴、咏怀),《嵇中散言志》(咏怀),《阮步兵咏怀》(咏怀),《张司空离情》(爱情),《潘黄门悼亡》(爱情、宫体①),《陆平原羁宦》(咏怀),《左记室咏史》(咏史),《张黄门苦雨》(咏物、咏怀),《刘太尉伤乱》(咏史、咏怀),《卢郎中感交》(友谊),《郭弘农游仙》(游仙),《孙廷尉杂述》(玄言),《许征君自序》(玄言),《殷东阳兴瞩》(玄言、山水),《谢仆射游览》(山水),《陶征君田居》(隐逸、田园),《谢临川游山》(山水),《颜特进侍宴》(公宴、献诗),《谢法曹赠别》(友谊),《王征君养疾》(咏怀),《袁太尉从驾》(公宴),《谢光禄郊游》(山水),《鲍参军戎行》(征戍),《休上人别怨》(爱情、宫体),题材多重叠兼类。以"拟"、"学"、"代"、"效"、"依"、"杂体"为题,拟某人、拟某诗、拟乐府或拟某种风格而作。胡大雷针对"杂拟类"即说:"按众作模拟对象分为:有确切模拟作品的模拟之作、有确切模拟作者的模拟之作、没有确切模拟作品亦无确切模拟作者的模拟之作三类。"②

其次,诗歌体式上,涵盖徒诗和拟乐府两种。徒诗自不必言,拟乐府有袁淑《效白马篇》和鲍照《代君子与所思》,《乐府诗集》收录《杂体诗三十首》中《古离别》《李都尉从军》《班婕妤咏扇》,此外《鲍参军戎行》《休上人怨别》虽为徒诗,模拟对象的却是鲍照边塞征战的旧题乐府和汤惠休男女情思的新声艳曲,也有拟乐府因素。可见南朝人对模拟的理解相当宽泛,并不局限于徒诗体。考虑其音乐因素,《文选》将"郊庙"、"乐府"、"挽歌"、"杂歌"四个子目依次连缀,"郊庙"类仅收颜延之《宋郊祀歌二首》,"乐府"类收俗乐歌辞(鲍照《东武吟》《出自蓟北门行》《结客少年场行》《东门行》《苦热行》《白头吟》《放歌行》《升天行》,谢朓《鼓吹曲》

---

① 此诗的写法上已有梁陈宫体诗的因子,参见拙文《从江淹〈杂体诗三十首〉对原作的因革看南朝诗学观念的变迁》,《内蒙古大学学报》2013年第6期。

② 胡大雷:《〈文选〉诗研究》,广西师范大学出版社2000年版,第399—419页。

等），体现了萧统重视朝廷雅乐、区别雅俗的用心①。那么，为何将袁淑《效白马篇》和鲍照《代君子有所思》置于"杂拟"而非乐府之中呢？胡大雷说："惟一可解释的原因为：《文选》的编选者以汉魏晋之作为原作，以南朝之作为拟作。"② 其实不然，广义上讲，除了原创性的汉乐府，魏晋以下的所有乐府歌辞均为文人拟作，乐府辞无论是否有"代"、"效"都应是拟乐府之作，为时人共知。笔者认为，原因约略有二。第一，"乐府"类所有诗作都不以"拟"、"代"、"效"等字样为题，"杂拟"类则"无不显然示人，是以谓之拟"，彰显模拟意图。据《艺文类聚》，《效白马篇》和《代君子有所思》的完整题目应为《效曹子建白马篇》和《代陆平原君子有所思》，不仅以"效"、"代"为题，还标明了模拟的具体诗作，追求拟作与原作的对应。其中，《白马篇》为曹植首作；《代君子有所思》，古辞丢失，《乐府古题要解》和《乐府诗集》均列陆机为首作，可见萧统认为模拟还需对应始辞。第二，二者属《乐府诗集》之"杂曲歌辞"，是否入乐很难判断。笔者曾论述过"代"字的使用部分原因是其声丢失，只是单纯的作辞③。"乐府"类所收基本仍可配乐演唱，《效白马篇》和《代君子有所思》可入乐的可能性不大。杨明指出："（南朝）单有乐谱、歌辞，还不能进行演唱，还必须由知音将其配入乐谱才行。"④"代"、"效"极有可能为"歌辞"尚存而唱法、唱腔不存而不能入乐。《文心雕龙·乐府》仅收三调、鼓吹、铙歌、挽歌几类，相比刘勰强调是否入乐的狭义乐府观，萧统则更加关注音乐环境发生变迁后，乐府诗的内容、艺术性等文学要素，视野比较开阔。至于《古离别》《李都尉从军》《班婕妤咏扇》，由于萧统将组诗（除

---

① 按：梁武帝《敕萧子云撰定郊庙乐辞》："郊庙歌辞，应须典诰大语，不得杂用子史文章浅言。而沈约所撰，亦多舛谬。"沈约所作虽有文采但不够正统，萧统并未将其选入。
② 胡大雷：《〈文选〉诗研究》，广西师范大学出版社2000年版，第404页。
③ 参见拙文《再论鲍照"代"乐府体——兼论"代"非"拟"之意》，《中国海洋大学学报》2016年4期。
④ 杨明：《〈乐府诗集〉"相和歌辞"题解释读》，《古籍整理研究》2006年第3期。

《杂体诗三十首》外,陆机《拟古诗十二首》、谢灵运《拟魏太子邺中集诗八首》均悉数收录)作为一个整体,也无法将其分割开来。

根据"杂拟",再看萧统的辨体意识。"杂拟"类大致分为"托古言志"和"规摹意调"两类。前者如陶渊明、鲍照的拟古诗;萧统的辨体意识主要体现在对"规摹意调"一类的选录上,具体又分两类。第一,严格按照原体进行字句增损、替换的。早期拟诗自西晋(先不考虑何晏《言志诗》),以傅玄《拟四愁诗》四首、陆机《拟古诗十二首》、张载《拟四愁诗》四首为代表,《文选》将陆机《拟古诗十二首》和张载《拟四愁诗》其三收录列"杂拟"之首。《四愁诗》是张衡因"天下渐弊,郁郁不得志"(《四愁诗序》)而作,傅玄《拟四愁诗序》:"昔张平子作《四愁诗》,体小而俗,七言类也,聊拟而作之。"① 明确以张衡《四愁诗》对象,不满七言"体小而俗"而拟,并无抒情言志之意图。傅玄、张载无论从句式、结构等都亦步亦趋地对原作进行仿拟,"承流而枝附",同时将新兴的五言诗形式与屈骚的表现手法熔铸成一种新的抒情诗体。但是,拟诗比原作出现了增句,主要为铺排形容之描绘(陆机《拟古诗十二首》一般比原作多出两句到四句②)或抒情,如张载《拟四愁诗》其三多"我之怀矣心忧伤",辞藻高级典雅,"遵体"的同时改写"原体",着眼点在体式上。同样刘铄《拟古诗二首》,采用的也是陆机一派的拟作手法,"将古人机轴语意,自起至讫,句句蹈袭"③。

第二,写法上,许学夷《诗源辩体》言:"不仿形似,拟其大略",模拟对象为前人总体诗歌体貌及时代风格(style)。以谢灵运《拟魏太子邺中集诗八首》、鲍照《学刘公幹体》和江淹《杂体诗三十首》为代表,《文选》未收的还有鲍照《学陶彭泽体》、王素《学

---

① 逯钦立辑校:《先秦汉魏晋南北朝诗》,中华书局2008年版,第573页。
② 王闿运《八代诗选》曰:"陆(机)拟诗……须观其铺叙有回复,整密中有疏宕",即是对增句的最佳解释。
③ (清)贺贻孙:《诗筏》,郭绍虞编选,富寿荪校点《清诗话续编》,上海古籍出版社2016年版,第143—144页。

阮步兵体》等。何焯评谢灵运《拟魏太子邺中集诗》为"不在貌似也，拟古变体"①。不追求与原作的词句对应，重点在体式和风格。六朝人精于文体，与写作中的拟古风气有密切联系。写作前，要"先辨古人之体，一一参其性情、声调，拟古成篇"②。吴承学解释说："'先'，不仅是时间和逻辑上的，也是价值观上的。'大体'、'体制'、'辨体'，主要的功能和目的在于'划界限'和'比高下'，即通过对某一体裁、文类或文体之一定的内在质的规定性掌握，划分各种体裁、文类或文体之间的内外界限，划分各种体裁、文类或文体内部的源流正变的界限，并分别赋予高下优劣的价值判断和价值评价。"③对定格为经典（如《古诗十九首》）或广受赞誉的前人作品（如刘桢、阮籍被《诗品》评为"上品"），进行长时间的研读、揣摩，对其作品体式、体貌的认识不断加深，最终实现了对诗人个体风格的全面认知。当时出现了像鲍照《学刘公幹体》《学陶彭泽体》、王素《学阮步兵体》等诗作，开始把学习作家之"体"作为创作目的写进诗题，同时注意到个体诗风的形成及其变化原因，如谢灵运《拟魏太子邺中集诗八首》，以曹丕和邺中七子为对象，囊括诗人由于身世、经历、心态的不同、变化而导致的迥异诗风（从"建安风骨"到"邺下公宴"）④。捕捉到某一时期内诗人擅长的特定诗体，"魏、晋间人诗，大抵专工一体，如侍宴、从军之类，故后来相与祖习者，亦但因其所长而取之耳，谢灵运《拟邺中七子》与江淹《杂拟》是也"⑤。翁方纲也言："《邺中集》之有拟作，江文通之有拟作，丹素甘辛之喻，亦特就其体制而申析之，以为此某家之格制如此。"⑥

---

① （清）何焯著，崔高维点校：《义门读书记》，中华书局2008年版，第936页。
② （清）陈祚明：《采菽堂古诗选》，上海古籍出版社2008年版，第936页。
③ 吴承学、沙红兵：《中国古代文体学学科论纲》，《文学遗产》2005年第1期。
④ 参见拙文《有关谢灵运〈拟魏太子邺中集诗〉的几个问题》，《福建论坛》2014年第8期。
⑤ （宋）叶梦得撰，逯铭昕校注：《石林诗话校注》，人民文学出版社2011年版，第183页。
⑥ （清）翁方纲：《复初斋文集》卷八《格调论下》，《近代中国史料丛刊》第四十三辑影印清光绪丁丑重校刊本，第337页。

群体诗人的相近诗风又构建了时代风格,"题曰《邺中集八首》,若地之有八维然,然遂成一横局"①。更重要的,不同时代的诗歌风貌又反映了诗体类型的流变、演进,如《杂体诗三十首》,将个体与时代风格融为一体,"题曰《杂体诗三十首》,若月之有三十日,然遂成一纵局"②。从"成一横局"到"成一纵局",无疑体现了对不同时代风貌变迁的清晰认识。总之,"规摹意调"的两类,少情志的抒写,"多不免客气假象,并非从自家胸臆性真流出"③,均是"舍自己之性情,肖他人之笑貌"④。

综上,"杂拟"类依时代进程而展示的拟作不同体式和演进,先是极力追寻与原作的对应(陆机),到用模拟抒写自我情志(陶渊明),到抒情与凸显个体风格并存(鲍照《拟古三首》和《学刘公幹体》),再到拟辞以代乐府(《代君子有所思》《效白马篇》),最终到个体与时代风格的完全觉醒(谢灵运、江淹)。过程互相交叠而非直线式的推进(如刘铄仍用陆机写法,鲍照兼抒情、凸显个体风格和拟辞代乐府三类)。清邵晋涵曰:"诗有杂拟之体,始于建安间人拟苏李《录别》。缪袭因之以代乐府,士衡古诗、灵运邺中诗,最为当时所称,至江文通而其体始备。"⑤粗线条勾勒了拟作类型的演变。萧统将"托古言志"和"规摹意调"两类纳入"杂拟",但从选诗的数量、比例而言,真正看重的乃是后者,是其"遵体观"的表现。

三 "杂拟"在《文选》的排列次序与萧统诗文娱情之关系

以上详细论述了"杂拟"所体现的辨体意识,"杂拟"同时作为

---

① (清)吴淇:《六朝选诗定论》,广陵书社2009年版,第379页。
② (清)吴淇:《六朝选诗定论》,广陵书社2009年版,第379页。
③ (明)方东树著,汪绍楹校点:《昭昧詹言》,人民文学出版社2006年版,第12页。
④ (清)潘德舆著,朱德慈辑校:《养一斋诗话》,中华书局2010年版,第148页。
⑤ (清)邵晋涵:《沈匏尊诗序》,《南江诗文钞》卷六,续修四库全书影印本。

文类,在《文选》殿后(同时将《杂体诗三十首》置于"杂拟"类最后),将"杂歌"、"杂诗"、"杂拟"依次连缀至于《文选》最后三类,这种特殊编排顺序是否意味着对"杂"文类的轻视?① 它与萧统文学观念有何关系?这是我们接下来要着力探讨的问题。

众所周知,源于"先后之序"的文化观念,总集类的编纂讲究各种文类的排列顺序,《文选》无疑也是按照一定次序进行编纂。《文选序》:"诗者,盖志之所之也,情动于中而形于言。《关雎》《麟趾》,正始之道著;《桑间》《濮上》,亡国之音表。故风雅之道,粲然可观。"身为太子,萧统重视文学美刺讽谏的政治功用。他将"补亡"、"述德"、"劝励"、"献诗"、"公宴"依次置于前五,是其崇古重儒思想的体现②。无关乎政教,将以"杂"字冠题的文类的依次连缀置于最后,表面看确有轻视之意。其实不然,"杂诗"、"杂拟"均分"上"、"下"两编,是《文选》收诗的第一和第三大类,可见萧统的喜爱程度。

先看"杂诗",日遍照金刚曰:"'杂诗'者,古人所作,元(无)③有题目,撰入《文选》,《文选》失其题目,古人不详,名曰'杂诗'。"④此说值得商榷。《文选》所收"杂诗",第一种情况,诗人本就有以"《杂诗》"直接作为诗题,如王粲《杂诗》(日暮游西园),李善注:"杂者,不拘流例,遇物即言,故云杂也。"李周翰注:"兴致不一,故云杂诗。"⑤还有张协《杂诗》。第二种,原来无题目又失作者,如《古诗十九首》,清袁枚曰:"《古诗十九首》,皆

---

① 如马萌《〈文选〉乐府诗选录情况及其乐府观念》(《天津社会科学》2005年第1期)、周振华《〈文心雕龙〉和〈文选〉中"杂文"和"杂诗"的比较》(《安徽农业大学学报》2012年第3期),均认为:无论杂文、杂诗歌,冠以"杂"字有轻视之意。
② 按照萧统的观念,这五类还应加入"郊庙"一类。因其配乐演唱属性和区分雅俗的观念,特将"郊庙"与"乐府"依次并列。
③ 据卢盛江校考,"元",醒甲、仁甲、义演本作"无"。
④ [日]遍照金刚撰,卢盛江校考:《文镜秘府论汇校汇考》,中华书局2006年版,第1350页。
⑤ (南朝梁)萧统编,(唐)李善、吕延济、刘良、张铣、吕向、李周翰注:《六臣注文选》,中华书局2012年版,第546页。

无题之作，后人取其诗中首句一二字为题。"① 也是萧统将其居"杂诗"类之首的原因。第三种，原有题目，《文选》失其题目，即遍照金刚所谓，如曹丕的《杂诗》（漫漫秋夜长），本集题为《枹中作》；陶渊明《饮酒》（结庐在人境），《文选》题为《杂诗》。第四种，有具体诗题和作者，涉及文人日常生活、离别、友谊等情怀，《文选》将其选入，但并不改变原题，如谢惠连《七月七日夜咏牛郎织女》、谢灵运《斋中读书》等。第一种直接以"《杂诗》"为题的，属文体概念，即体成用；后三种属文类范畴。前三种情况多归"杂诗上"，第四种多载"杂诗下"，"杂诗上"所载题目为"《杂诗》"的远多于"杂诗下"。"杂诗下"所载诗题更复杂多样，涉及游览、赠答、咏物等，有些题目很长（如鲍照《玩月城西门解中》、沈约《冬节后至丞相第诣世子》），在抒情诗题目中融入叙事，也符合西晋后（"杂诗"上、下以晋卢谌《时兴诗》为分界）诗题由短题衍为长题的趋势。可见萧统首先遵循原作者之意，同时也根据自己理解的标准，并不以原本诗题来判定是否为"杂诗"，并非"体裁分类遇到窘境时的避难所，是对矛盾的暂时搁置"②。笔者认为，"杂诗上"收录的诗歌，萧统对其有着理性归类的意识；但"杂诗下"，情况比较复杂，选入的诗内容往往很难归入一定类型范围，部分呈现出"失控"局面，有"越界"的包容和现实性③。

相比于部分"杂诗"还可算作文体，"杂拟"基本只能归为文类。据现存文献，"杂拟"命名最早为《文选》，"随文立体"。《古诗十九首》《四愁诗》等属"杂诗"类，但《拟古诗十二首》《拟四愁诗》就属"杂拟"类，主要基于拟作意图而定。但是，"杂诗"与"拟诗"在篇章形态上无大差别，如曹丕、曹植的《杂诗》，郑振铎

---

① （清）袁枚著，顾学颉校点：《随园诗话》，人民文学出版社2012年版，第228页。
② 李士彪：《魏晋南北朝文体学》，上海古籍出版社2004年版，第33页。
③ 由于人们的活动具有多重目的，很多诗作具备"兼类"、"越界"的情况，如"杂诗下"谢朓《和伏武昌登孙权故城》《和王主簿怨情》，既可属"杂诗"范畴，又可属"赠答"。

即说："完全是模拟《古诗十九首》的，不惟风格相类，即情调亦极相似……其实也是'拟诗'之流。"① 还有庾信《拟咏怀诗二十七首》，余冠英据《艺文类聚》认为无"拟"字，并非模仿阮籍，加"拟"字是错误的②。倪璠注："子山拟斯（阮籍）而作二十七篇，皆在周乡关之思。"③ 沈德潜《古诗源》认为"不专拟阮"，而是自抒怀抱，则"拟"字便无着落。"咏怀"也属于"杂诗"一种，有无"拟"字对于诗歌本意和诗体形式无碍。"杂诗"和"杂拟"在此点的共通性，是萧统将二者归为一起的缘故。更重要的，"杂诗"和"杂拟"除了篇章形态，还在于文体功用的相同："杂诗"和"拟诗"均没有外在的实用价值，却有着明体的自觉性。《文选》前五类均带有政教意义，"杂诗"、"杂拟"则体现了萧统诗文娱乐、愉情的观念，即《文选序》所称"譬陶匏异品，并为入耳之娱；黼黻不同，俱为悦目之玩"。萧统选谢朓诗以杂诗类最多，表明对他的评价主要在"杂诗"上，是其代表清丽、圆美的永明诗风的审美特质决定的。《文选》编排次序体现了由追求诗歌实用走向抒情娱乐的演变，从关注诗歌的美刺讽谏作用到追求内在文本特征。"杂拟"与《文选》前五类只是诗歌功能的不同，而无高下、贵贱之分。本文第一部分论述了以"杂"命名之体，体式虽杂，但"其理弗杂"。同样，"杂诗"、"杂拟"虽以娱乐、愉情为主，但"六朝杂拟，并是骚客拟辞，思人寄兴，情虽托于儿女，义实本于风人"④。仍以温柔敦厚的精神贯穿始终，并无妖冶、淫荡之体。

另因江淹《杂体诗三十首》比较特殊且在"杂拟"类最后，我们还需对其简要说明。《杂体诗三十首》以汉到刘宋三十位诗人的不同题材为拟作对象，反映了"诗史"的流变和浓缩度，与《文选》

---

① 郑振铎：《插图本中国文学史》，人民文学出版社1957年版，第133页。
② 余冠英选注：《汉魏六朝诗选》，人民文学出版社2009年版，第292页。
③ （北周）庾信著，（清）倪璠注，许逸民校点：《庾子山集注》，中华书局2011年版，第229页。
④ （清）章学诚撰，吕思勉评：《文史通义》，上海古籍出版社2008年版，第172页。

涉及的题材基本相重叠，此点前人论之甚详。那么，萧统将其全盘选录的原因还有哪些呢？现存江淹拟诗有《学魏文帝》《效阮公诗十五首》《古意报袁功曹》《杂体诗三十首》共四十七首。《隋书·经籍志》总集类著录有《江淹拟古》一卷（罗潜注），可见《江淹拟古》当时已别出单行，且有人为之作注，具备了最初的总集形态。选出的三十位杰出代表，也与总集的编纂目的相同，即"网罗放佚，使零章残什并有所归，删汰荒芜，使莠稗咸除，菁华毕出"①。清单隆周拟江淹《杂体诗》作《拟选体二十首》，不出江淹所拟范围，亦拟其序曰："窃览昔贤仿拟诸咏，规摹悉似而别寓苦心。故作述后先，不嫌并见。近人多于声调字句间剽窃点窜，目为选体，恐非多拟古诗则诗道自进之旨。暇日取选诗拟之，得二十首。虽未敢方驾古人，亦庶几无乖商榷。"②将《杂体诗三十首》目为"选体"、"选诗"，对三十首诗的模拟转化成对"选体"、"选诗"的模拟。将三十首诗殿后，与萧统对其认识和态度息息相关。

综上，《文选》将"杂歌"、"杂诗"、"杂拟"③置于最后三类，并非轻视。除了在总集的编纂上对决定全文结构的文类、文体有着全局式的把握，还可能受到《汉书·艺文志》编排顺序的影响。班固在《汉志》中列九流十家，把杂家和小说家置于最后，然小说家不预九流。除《文选》外，萧统还对陶集作过整理，将《拟古诗》与《杂诗》放置在最后，与《文选》的编排顺序一致，反映了南朝人对以"杂"文类的普遍处理方法。因为这些诗往往很难归入一定类型范围，诗人对此也只能使用类型化的标题。

四　余论："杂拟"立名的原因

"杂拟"始于《文选》首创。黄侃解释文体命名之原因："详夫

---

① （清）永瑢等著：《四库全书总目提要》，中华书局2013年版，第1685页。
② （清）单隆周：《雪园诗赋》初集卷四，清康熙刻本。
③ 《杂体诗三十首》置于"杂拟类"最后。

文体多名，难可拘滞，有沿古以为号，有随宜以立称，有因旧名而质与古异，有创新号而实与古同……"①"杂拟"即属"随宜以立称"。"杂拟"这种特定的文体、文类源于时人特定的写作方式的大量、反复出现，应运而生，"随文立体"。这反映了南朝人对新产生和不断变化的文体的关注，有为其立名的意愿。在六朝文章分体还未完全定型的情况下，体现了当时学术分化中的"立名冲动"，即概念明晰化的追求，也是对当代文体自觉的接受和展示。

---

① 黄侃：《〈文心雕龙〉札记》，中国人民文学出版社2012年版，第66页。

附录三

江淹《杂体诗三十首》的嗣响

江淹《杂体诗三十首》是对前代三十位诗人的模拟。据现存文献，至少从唐代开始，就有人对江淹这组模拟诗进行模拟，如释无可《大理正任二十和江淹拟古诗二十章寄示》，可能是江淹杂体诗的最早效仿者。从明代开始，开始出现大规模集中模拟。明代有十三人对《杂体诗三十首》进行了模拟，比较大型的组诗有薛蕙《杂体诗二十首并序》、王世贞《五言古体七十首》、费元禄《拟古七十一首》、高出《拟古三十首》、帅机《拟古诗》二十二首、唐汝询《拟古诗百首》、王伯稠二十二首。清汪师韩曰："明薛蕙亦有《拟古诗》，王弇州《四部稿》又仿江、薛作《拟古七十首》，自李都尉至休上人凡二十九，广自苏属国至韦左司凡四十一，而阙《古别离》一章，欲另为《后十九首》，故不更拟。"[①] 可以说是对模拟的模拟，下面依据时间顺序，列举明清时期几部重要的组诗。明人薛蕙有《杂体诗二十首并序》[②]：

> 诗自曹刘，下逮颜谢，体裁各异，均一时之隽也。及江文通，拟诸家三十首，虽间有未尽，可谓妙解群藻矣。余慕其殊

---

① （清）汪师韩：《诗学纂闻》，（清）王夫之等撰，丁福保辑《清诗话》，上海古籍出版社2015年版，第457页。
② （明）薛蕙：《考功集》卷二，明万历刻本。《景印文渊阁四库全书》第1272册，台湾商务印书馆1986年版，第7—15页。

丽，依之为二十首，略者十人，惭凫企鹤，罔量非伦云尔。

具体拟诗如下：

班婕妤咏扇

团扇团如月，月色比光妍。此物岂云美，君子心所怜。炎暑充提携，清风何翩翩。但畏秋气至，微质遂见迁。欢爱始难毕，中路伤弃捐。

魏文帝游宴

命驾游西园，回辇高台傍。鸣笳引鲜飙，羽盖随风翔。灵泉依石渠，绿波注金塘。芙蓉吐朱华，翠树自成行。飞禽映水曲，潜鳞踊鱼防。零露停丰草，良夕殊未央。白云含绮霄，朗月垂素光。仰看天汉上，中心何慨慷。人生非洪乔，寿命安得长。恣意百年内，欢乐莫相忘。

陈思王赠友

西京兴乱阶，四海罹艰厄。皇佐奋神武，股肱效群画。英贤尽同朝，凤愿今始获。并坐接华袒，联步陵飞阁。中馈荐甘旨，金罍汎清酌。眷言申情昵，终宴展戏谑。君子肃令仪，俯仰存谦约。明信良可希，骄盈义所薄。各享百岁期，鉴此平生诺。

刘文学公宴

步入西苑园，游戏芙蓉池。明月照绿水，神飙散文漪。层轩跨通川，雕槛承丹梯。众宾列长榻，不醉且无归。菡萏泛清波，华萼正参差。清歌随风转，宿鸟东西飞。公子兴藻思，濡翰相招携。小臣非吉甫，答赋安能希。

王侍中从军

出车邺城外，驾言指南乡。我君整六师，赫怒征东方。千艘溯淮浦，武骑发河阳。岂不怀归思，王事不可忘。郁郁涉长途，触目多忧伤。葭菼盈深崖，榛棘蔽高冈。悲风振中野，阴云起回翔。羁鸟鸣我前，孤兽驰我傍。伊昔东山人，三年事戎行。捐私报公家，终以反故疆。勉哉同袍子，永言视斯章。

阮步兵咏怀

驱马出中野，远游西山阿。升高望四海，恻怆将如何。昆仑不可见，六合垂网罗。悠悠存亡门，往来苦相加。愿随安期子，鍊身入朝霞。应龙扶灵舆，倏忽经九遐。逍遥宇宙外，千岁复来过。

张司空闺情

初月升帘栊，凉风吹绮疏。佳人阻晤语，永夕独踌躇。罗帱张虚宇，朱火照堂隅。乐阕欢不足，悲兴哀有余。痗寐思淑俪，拊衿叹离居。

潘黄门羁宦

登城涉层轩，遥见洪河隈。迅飙拂穷坂，阴湍涌幽崖。哀鸿唳空皋，征鹳翔高堤。长秀延苞蔓，乔干垂华桑。跂予顾南路，目极眺京畿。清洛迥无津，崇芒郁崔嵬。改服就外役，夙夜守班司。具瞻惭民望，嘉命慊皇私。异彼伐檀人，徒蒙素餐讥。抚己良自悼，何以蔽前非。操刀无余技，烹鲜有遗规。虽乏礼乐才，富庶聊可希。

陆平原行旅

发轸指修涂，顿辔临广川。居人并集送，游子私自怜。故乡日已远，亲爱坐相捐。携手一何促，分袂难久延。绝景不可寻，遗音邈以绵。忧来鲜再逝，欢往岂重旋。靡靡永徂迈，冉冉薄暮年。凉风起平陆，积雪被长墀。幽谷生曾阴，高岭结飞泉。寒鸟无宿栖，猛兽行不前。惆怅感平生，怨此世网牵。怀归殊未遂，忼愤何由宣。

左记室咏史

琁台丽白日，曾阁切天阶。朱门夹驰道，甲第列东西。峨峨衣冠士，济济照金闺。长啸霄汉间，归来寻旧溪。箕山为我友，首阳为我俦。洗耳千仞壑，采薇清云梯。

张黄门苦雨

金商送寒节，火旻迎朝露。斐斐丹霞灭，翳翳玄云聚。密雨洒疏丛，轻飙摧劲树。荒楚满中宇，芳华不盈步。阴条岂再绿，阳叶已改素。独居淹时运，忧来将谁诉。微志安可期，伤哉年岁暮。

刘太尉伤乱

晋京涉厄运，神州困夷孽。乾栋陨炎燎，坤舆覆危辙。伊余孱且弱，负荷忝朝列。怨衅既已沦，哀愤徒云结。惟昔仲山甫，佐宣补衮阙。范生反会稽，再举夫差灭。高帝还新丰，鸿门赖人杰。静言思数子，顾己伤薄劣。白日逝若飞，俯仰值暮节。良辰不可遇，我志将安设。大化信盈虚，昏明亦更迭。毕力济公室，引领企时哲。

卢郎中感交

日夕历城闉，回策步林囿。北眺邯郸道，南瞻太行岫。幽泉激清澜，荒薄森长秀。旷野零飞藿，重岩响哀狖。徬徨含远志，眄睐展遐觏。燕赵负豪略，土风夙所究。廉颇守长平，秦人却西寇。李牧出雁门，北马避南狩。畴曩遘运会，匠者顾微陋。谬升朝右位，滥陪群彦后。质非荆山璞，雕饰良已厚。中区增震荡，边鄙多斥候。投迹依帷幄，短策非可售。仰忝昔贤轨，嘉惠自难副。斯言岂虚作，亮之惟朋旧。

郭弘农游仙

瑶溪临赤岸，曾潭扬素波。巨鳌冠蓬莱，玉堂映岩阿。中有羽衣客，陵冈拾若华。仿佛乘紫烟，缥缈吸翠霞。灵妃奏妙曲，六虬驾云车。西谒王母庐，东戏海童家。下视九垓内，蜉蝣良可嗟。

谢仆射游览

蟋蟀调易苦，蒹葭歌亦劳。伊人旷邂逅，良辰方郁陶。中情何由写，驾言出游遨。傍洲溯湍渚，登峦瞰山椒。白云冒丹巘，绿竹俯青皋。夕鸟相啁哳，阴籁坐飘飘。佳期眇何许，伫立摘兰苕。蹉跎岁云除，咏言发长谣。

陶征君田居

眷此南村居，自昔纡真想。一朝就仁里，惬我心所仰。故人尽比邻，时时共来往。浊醪既同持，清文亦俱赏。日入未能去，挈杖出林莽。荒径行当辟，新苗渐已长。多谢沮溺翁，千载良吾党。

谢临川游山

徂节淹登临，开岁促游玩。阴崖雪犹积，阳溪冰始泮。进帆憩绝壁，抗策陟穷岸。抚化虽未盈，即事已可玩。幽谷风华媚，晴峰云彩粲。寻异迹转缅，览胜景迭换。洲分岛参错，岩聚岫回乱。丹梯架悬梁，石室构层馆。初经洞穴底，乍出翠微半。羽人谢世运，灵景变昏旦。汗漫无冥筌，疏属有尘绊。放怀聊自慰，含情为谁叹。

颜特进侍宴

钧台书夏典，灵囿诵周篇。嘉会隆先祀，豫游及兹年。春方协时律，秘驾动星躔。平圃跻倒景，神皋径中天。赤羽匝曾峤，青翰鹙广川。华幢互幽蔼，藻帐竞高骞。首岁布皇泽，万象光且鲜。炙昱曜微霄，宿氛霁远山。瑞烟拂兰甸，祥飙汎芝廛。睿眷备终宴，宸惠普下筵。从迈咸世哲，赓歌尽朝贤。弱短困孤蹇，明淑惭众妍。敕躬方自勖，敷言非可宣。

谢法曹赠别

驾言理行舻，逝将越故林。出迈薄长浦，还望蔽高岑。怀归绝欢念，悼别多苦心。遥遥从此辞，悠悠存所钦。所钦不可攀，道涂亦云艰。绸缪居人思，悽怆客子颜。去留势并异，聚散情相关。倾侧我西路，偃仰尔东山。东山及仲春，愉悦对芳辰。倚岩听鸣嘤，俯涧睇游鳞。远寻协要妙，近探谢嚣尘。逸矣隐沦者，悲哉行旅人。行旅已经时，遂令忧若滋。凝滞风潮际，迟回雨雪期。系揽指曲汜，弭棹停空坻。寤寐孰与语，拊枕怨乖离。乖离焉有常，佳侣若参商。谐合无定端，契阔殊未央。劳歌欲自慰，赠言非可将。寄款托微波，延伫惠来章。

鲍参军戎言

家世□部曲，少小长幽并。惯闻豪侠节，耻预市井名。边秋北马肥，戎帐入龙城。候骑速如飞，一军振且惊。揽弓引鸣铗，行行遂徂征。日落长风起，愁阴千里生。天时正怼怒，意气亦自盈。左驱鲜卑垒，右逐单于营。还师报天子，受爵过秦京。开宴列邸舍，交欢竞公卿。一旦收奇绩，千载扬英声。

综上，薛蕙有意略去《古离别》与苏、李诗，其余若干首标目也有所改易，如《刘文学公宴》《王侍中从军》等。王世贞继作《拟古》① 组诗，并增广为七十首。小序称：

---

① （明）王世贞：《弇州四部稿》，《景印文渊阁四库全书》第1279册，台湾商务印书馆1986年版，第21页。

梁江淹拟《古离别》至休上人凡三十首，明亳州薛蕙亦嗣响焉。虽于汉氏未纯，亦彬彬乎优孟抵掌矣。夫物贵缔始，则因述似易；人具体裁，则兼功殆难。难矣，然文通颇胜于自运；易矣，然灵运微短于邺中。诗云唯其有之，是以似之。甚哉似之于有也。不佞既以罢官陆还，挟策仅文通一编，忽忽无博奕之欢，抽绎穷愁，窃仿厥体。自李都尉而下至休上人凡二十九，广自苏属国至韦左司凡四十一。时代既殊，规格从变。虽未足鼓吹诸氏，庶几驱驰江、薛云尔。其《古离别》一章，请俟异日为《后十九首》，故不更拟。

李都尉陵从军

黄云被原野，策马欲何之。鼙鼓劲前林，招摇动旌旗。涕泪结为冰，婵媛将告谁。长当生死诀，尽我酒一卮。白露尚为霜，安能鬓不移。惟有金与石，庶以表心期。

苏属国武别友

驱车出郭门，北风何惨悽。良朋相追饯，行李且光辉。浮云为我停，晨风为我啼。四牡既骙骙，御者安肯迟。弹琴写情素，柱促令弦移。泠泠流泉水，助我弦声悲。何以将远别，杨柳吐青枝。行人插枝去，往往自成围。少壮若流飙，逝者不复归。常闻忠与信，蛮貊可由之。及时各努力，王路正清夷。

班婕妤咏扇

妾有冰纨扇，云是齐宫作。得尚君王手，扬飙芙蓉阁。秋气忽见憎，冰簟同零落。卷舒凤所易，衔分栖中箔。物候代相迁，君恩终不薄。敢以南薰至，逆笑狐与貉。

孔北海融述志

栖栖岐山穴，避狄如走兔。扰扰历下田，鹿豕朝与暮。时至偶有为，人功竟焉数。虞帝小鳏夫，虚名攘唐祚。西伯老秃翁，脱身美人赂。百兽岂自来，凤皇人谁睹。垂死窜苍梧，荐禹如有负。戎马践幽王，实以妖女故。大运等循环，智巧安能度。十读九废书，千秋荣朝露。寄声谢时达，毋为圣贤误。

郦征士炎见志

势屈难见功，时危易为迹。大海无围鳞，高风有矫翼。靳此万里拢，聊余一偃息。清时奇遘隐，材士多失职。小者州邑掾，大则公府辟。卑颜窃升斗，揽袂承书檄。寥矣帝者居，永绝渭川迹。吹箫夕拜相，屠狗朝开国。顾谓贾少年，兴文何太迫。诗书一长物，礼乐终奚益。圣主正当阳，群工但胁息。富贵垂昌裔，名声施无极。

魏太子丕公宴

置酒临西园，澄夜佐微凉。华盖飘圆月，列宿散陂塘。景风媚芙渠，冉冉布奇芳。清吹相间发，惊鸟顾我翔。急节促飞觞，为乐浩无方。俄俄众宾举，相与歌太康。芙渠自有芬，君子自有心。良辰不重得，命爵莫沉吟。

陈思王植赠友

成周宏昌业，多士乃日新。远者由耕钓，迩则介弟亲。赫赫我皇魏，九有悉来宾。庸蜀为逋薮，江介有逆鳞。圣心输纳隍，黄钺下秋旻。楼船弥东渚，剑客出西秦。天网布中逵，所希在凤麟。畴为百金士，吾友气如云。太阿拂朝霜，繁弱抱宵轮。挥眸无前敌，抗志在必臻。伊余忝藩翰，夙昔备宗臣。同欢岐忧戚，厚禄豢其身。狐白足御寒，片腋非所珍。铅刀望一割，微颖不见伸。勇士思丧元，舍生乃成仁。怀君笃明义，聊以示殷勤。

刘文学桢陪宴

公子富令德，穷乐在清时。卜昼启初筵，丙夜犹未疲。丛篁夹文馆，碧萼缀丹梯。潜月青林端，万颖射金池。澄露滴华桐，薰风穆然吹。炮炙参差进，觞醴纵横飞。伎士慕新端，肉奋丝竹驰。渊鳞中踊跃，宿鸟无宁枝。冉冉东方曙，欢唱掩鸣鸡。冠盖散交衢，粉泽有余施。畸客夸殊遇，叹息不可追。

应文学玚侍集

乌鹊东北来，尾秃毛不全。得与凤皇游，珍禽日周还。今夕何良夕，公子开妙筵。请宽童羖罚，听我醉后言。少小事任侠，结束过邯郸。邯郸有奇女，美盻辅朱颜。一弹离鸾调，再弹别鹤弦。感君缠绵意，千金坐来捐。盟用南山石，好用蕙与兰。兰芳有时歇，南山幸勿刊。

王侍中粲怀德

炎德中崩溃，妖师乱天纲。蛮荆非吾土，窜身不及详。日月东西匿，雨雪正雺雺。忾叹念周京，咨浃浩纵横。桓桓今上宰，膺惩震八荒。解我南冠绁，真我侍从行。譬彼粪上英，洗濯荐华堂。公子推明爱，欢燕结不忘。白云流尊斝，繾繾应朝阳。万舞煜中庭，蛾眉吹素商。常闻既醉诗，饮德厌膏粱。摩顶皆君赐，何以报恩光。窃希吉甫颂，清风播无疆。

阮步兵籍咏怀

昔我游蓬池，上有古时台。长啸入青冥，万籁参差回。返顾大梁城，枨扉相对开。马头旦骎骎，日莫争飞埃。汉尸既雍雎，项血复殷垓。天地无精色，日月久徘徊。嗟汝二竖子，何如酒一杯。

嵇中散康言志

扰扰两象间，生人各自为。余本田野夫，少小无远志。珪

(主)组岂不华,好者方为贵。习性偶成懒,敖乃非余意。窃窥庄氏言,颇怀养生计。忤外非有干,撄心乃足累。结茆流水曲,绿槐信所植。冶锻清阴下,弹琴衡门内。仰见孤飞鸿,寥唳出天裔。阮公青云度,浊酒幸与契。山生何为者,嬲我殊不实。蜗庐欲枯壁,蛮触争何地。脩然龙门色,顿忘寰中事。

应侍中璩百一

羲魄尚高春,天命未我离。云何纨裤子,往往意为师。阿阁连曲房,沈深不可窥。齐醴腐其肠,伐性有蛾眉。姬姜奏新声,欢多乐不支。药石为仇雠,美疢日以滋。东岱添新籍,鬼伯来见追。仰与高堂别,俯与亲爱辞。宗祀日萧条,涕泪如绠縻。人生非金石,快意多伏悲。

繁主簿钦咏蕙

娟娟孤生蕙,托根湘山厓。上压千仞峰,下临万仞溪。微质殊众卉,谓为造化私。风霜相凌迫,雨露不见滋。朔气旦夕深,清芬坐来移。幸登君子堂,不足配芳徽。仰惭桧与柏,青青长不衰。俯愧东原草,犹得奉春时。

张司空华离情

飘风吹枯树,皎月鉴空墀。曾是风不留,娟娟伫遐思。飘若荡子心,皎如静女仪。鸣琴中成瑟,哀弦来间之。蜩螗乘秋沸,熠耀与暑辞。苔藓历冬春,悠然骄履綦。攒念乃攻中,徵瘁在蛾眉。青阳何方至,桃李嫁路歧。寄声松与柏,敛分守山崖。

何司空劭赠贻

宛洛何洋洋,经始先人庐。崇巘夹修篁,清波出文鱼。栖遁焉足陈,仁里私有余。张侯负渊博,秉志乃冲虚。出则寄干城,入则宏庙谟。决胜开冀封,脩然良若无。多惧昔悉均,耦耕亦今愉。侯其谢鞅掌，就我暂为娱。命爵复弹琴，倘佯非一途。况有春阳色，蔼蔼在桑榆。

张黄门协苦雨

昏月初离毕，丹霞复荣朝。女风扶轮毂，雌霓振旌旐。杳杳七曜潜，沈沈二仪交。穴蚁登鬼垤，水鹳徙故巢。土社归狼藉，木偶竟飘飖。立壁俱就颓，曲突黔以消。密液肆沾飞，余畜及蟏蛸。九徙不足叹，百念徒尔劭。念彼耦耕士，栖亩败禾苗。念彼行旅夫，然桂中夕劳。东征缺斧斨，北御解筋胶。眇矣发棠叹，弥哉塞瓠谣。厌见沈蛙灶，妻子吐长嘲。

左记室思咏史

尧舜相为贵，不能屈巢由。挂瓢箕山树，洗耳渭水流。四岳等朝荣，二女亦蜉蝣。黄绮卧商岩，目若无嬴刘。烨烨五色芝，可以饱千秋。如何崦嵫路，俯首建成侯。神龙虽自尊，饥则鰍鳝流。寒蝉虽自眇，耻与鸟雀谋。

潘黄门岳述哀

忽忽寒将徂，冉冉春欲至。寒徂复留恋，春至胡濡滞。庭除无双迹，帷枕有孤涕。犹残流黄机，上绣鸳鸟翅。微音长辞听，手泽时流视。行云仍恍忽，明月但仿佛。恨彼伺晨鸟，精爽惊梦寐。白日阙冥车，子来既不易。黄泉稀生轨，予往将安至。踯躅墟墓间，纵横窜狐魅。宰木渐以拱，朽骨焉所恃。余发既种种，时来能无会。

陆平原机羁宦

屯时播明社，厄遭点华宗。逝以丘园贡，豫此拙薄悰。阳春冠天来，松菌遂不终。弓旌荷崇招，朱绂被微躬。击楫指洪河，回首盼大江。衔恩轻密戚，改谊诀故邦。缪通承华籍，得托黄绮踪。月请虽云薄，优游侍青宫。献纳百未酬，敢希疏傅风。衡门依清苑，日夕见嵩邙。数往今诚乖，抚物己未工。徵歌时自写，慨焉眷飞鸿。

曹司马摅感旧

客与荣贵去，身将贱辱存。昨日翟公罗，今张窦侯门。中厨出旨酒，不足奉罍尊。酒味非中薄，人情自寒温。女萝与松柏，本自非一根。松柏虽枯死，女萝尚攀援。行人为代恨，不与盘石婚。大火发昆冈，炎炎竟何论。

傅司隶咸杂感

红女恋一机，丈夫慕九州。拂袖出门去，妻子不足留。二室造帝基，黄河喷天流。一览意无余，西入咸阳游。咸阳帝子里，车马若云浮。炊金复馔玉，赵瑟间齐讴。东家霍司马，西邸平津侯。南邻外人馆，北户文成楼。鸡鸣先朝日，起者何所求。试言平生业，十举九不酬。北风旦夕吹，敝我黑貂裘。低回返乡井，耕钓亦悠悠。

陆司马云赠妇

春卉畏秋序，冬秀虞炎德。亭亭南山柏，上敷芙蓉的。凌风表贞操，承阳饶艳色。眷怀结缡始，言在三星夕。燕婉吐芳唇，绸缪展清臆。靡靡辅属体，荧荧光泛席。弧矢为我雏，车轮倘相迫。明誓虽在今，合并非凤昔。矫若分飞鸟，乖离恨羽翼。何以示遥悰，托此花与柏。

刘司空琨伤乱

虽云大厦颠，一木不能当。在昔有靡氏，孤旅兴少康。避狄奔岐下，周鼎日隆昌。桓桓仲山甫，车攻佐宣王。巨君挟狙诈，炎汉郁销亡。九有尽为新，片烬起昆冈。兴废固无端，贤者自有常。天柱中崩绝，妖牝操皇纲。鲁卫相鱼肉，聪勒噬边疆。自余与祖生，束发共徊翔。慷慨动鸣鸡，寒霜溢干将。天意与我违，边尘飞晋阳。干戈迫跬武，穹庐被川梁。俨若笼中翼，欲飞触四旁。岂不念昔贤，何以趾遗芳。大海呷鲸波，一苇思自航。悴柏束颠崖，陵苕摧素商。存为七尺辱，没为千载伤。

卢郎中谌感交

粳稻吐孤颖，狐貉献微腋。岂不念饥寒，焉足充衣食。顾此下中士，得陪虚左席。投漆不违胶，援萝长附柏。边尘冠天来，幽晋纷荡圻。惭非千金璞，谬以连城易。揆负故主恩，聊探昔贤迹。程婴挟秘策，赵宗复血食。豫让秉贞信，辱身三不恤。仓卒脱秦关，实繇鸣鸡力。从容复齐相，乃是求鱼客。衔报诚疚心，逢遘方显迹。山川回东首，芊眠白云隔。三复绕指言，忧来填胸臆。

郭弘农璞游仙

东海焉可耕，衡庐不足家。常闻金天女，漱液若木华。高掌郁千寻，上有青莲花。拍手呼鸾鸿，㯋身凌紫霞。子晋相绍介，洪崖御我车。朱唇粲贝齿，永愿托姻娅。碧藕吐瑶丝，火枣纷如瓜。玉盎澄天酒，龙虎卫灵砂。欢乐光景驶，千岁未为遐。

孙廷评楚杂述

北风无停吹，玄发日夜素。命驾遵虞渊，将适万里路。亲朋来张祖，妻子挽悲慕。大造本无知，安能随物铸。精气偶然合，妄形为吾锢。善恶既强名，祸福亦虚度。东邻治彭老，服炼金石固。西邻师蒙庄，谓等陵苕露。达者竟何言，冥心黜两慕。时至亦不辞，未来无烦虑。寄谢醯鸡子，区区瓮中度。

许征君询自叙

方朔明大隐，君平探幽蹈。去矣无足差，吾将从所好。春理雪上耕，秋归刈中钓。在物多饶境，选隙时一造。丹霞挟回浆，白云装行属。奔险吐葱蒨，芊眠含叫噪。何以明有获，听然动微笑。徇物非余术，资身良已要。岂不爱微名，空谷将谁耀。

谢仆射混游览

顾此有尽日，慨焉生游思。讯谋纷委驰，解者应自寄。清池届丛薄，沿洄信疲驷。层观景风返，乔陵紫云憩。跳波悦文鳞，回阳暖栖翅。黄菊何荟蕤，萧条得其意。时序非良适，取足竟有会。寤叹言故欢，幽芳徒延迟。彼境如可欣，合并安所事。

殷东阳仲文兴瞩

群秀方谢朱，忽与玄冥迫。萧条在时寓，达者亦有适。木落鲜滞欢，枫留蕴明色。敛泛澄天根，回滋收地脉。辽空吐纤翳，青崖间微滴。兴至不尽觞，毋乃佳时掷。况我英公子，肃徒罗周席。密坐人起端，遴欢任所择。纡华起物胜，用壮缘酒德。窃冀燕然勋，敬为闵余墨。

谢仆射瞻秋饯

少皞承时柄，赤帝握天权。清商应嘉节，飞眺俯中原。群象俱投肃，万宝将告坚。齐鲁遥拱带，河洛自回环。肥遁感圣心，豫游布长筵。旌旗代林组，笳箫按候宣。黄菊华行李，玄酒返朱颜。昌期选后夫，枉士思故山。巢许容为客，虞德一何玄。蓬心愧薄劣，兹尚讵能言。

支道人遁赞佛

群象倡明茂，四气适清和。凌晨将投礼，首宿事奢摩。闪若太阳来，朗耀周九阿。诸天从帝释，旌拂纷婀娜。修罗戢怨刃，波旬解障魔。馥郁旃檀树，彪炳珊瑚柯。醍醐酿甘露，徐挟神飙过。千叶青芙蓉，一一凌紫波。流铃相间发，宝座郁嵯峨。上有慈悲父，金顶秀青螺。端严八十相，妙好一何多。微吐柔细音，雍如鸣凤歌。惠泽彻无间，哀响遍婆娑。密迹中踊跃，大士亦隗俄。独解舍利子，回心乾闼婆。灵花散优钵，智果结庵罗。法鼓撞震方，慧灯导恒河。方广距由旬，成违仅刹那。冥心归真谛，毋使叹蹉跎。

陶征君潜田居

贫来迫我耕，既耕贫不离。谁云非长策，舍此亦奚为。今晨作劳罢，曳耒归何迟。邻父悯我劳，要我过其居。芋叶荐鱼鲭，浊酒且盈卮。慨焉思人世，百劝百不辞。今人不为古，古人当在兹。过隙能几何，为乐当及时。劳者欲有歌，我歌自吾知。

宋文帝北伐

内史斥楼烦，嫖姚越祁连。将逞域外武，宁无务德言。中土厌胜朝，左衽垂百年。先皇振九伐，需泽洒秦燕。大业未逮终，妖氛日横缠。版宇罹荡析，黔黎困倒悬。玄黄既在筐，壶浆宁不前。俯瞰单于台，秋风正萧然。戎车虽闲饬，尚其赖诸贤。

谢临川灵运游山

山水慕孔乐，丘园惭易贲。殊恩赐初服，薄游返真理。改策桐庐峰，遗舻富春浼。阴崿攒空翠，阳崖吐清沘。行鞋芳露润，饷榼流云止。丛林蔽啁哳，徐风发旖旎。解𰵕筜鸣玉，辞苞䓕呈绮。溜溜窦乳滴，活活溪源徙。诧叹接来奇，遭回惜去美。流光暮摇漾，白石何齿齿。想见羊裘客，眇言旷千纪。滞迹好尤人，选念良在已。蝉緌信遗脱，渔钓从此始。

颜特进延年侍宴

赤县腾真气，丹观切太微。千祇肃羽卫，七圣扈鸾旂。神舟二龙跃，天黄八骏归。陆驰皆迹射，水击尽伙非。行宫初庋止，张乐答澄辉。神鱼翻镛贡，灵兽舞翟翚。金珰景风触，琼弁白云围。赵女击秦筑，吴娃鸣越丝。巧夫歌人偶，眩士吐寒曦。桃榴煜崖冠，荇薜灿波衣。烟澄淮楚出，天阔江介微。臣欢畏童羖，圣洽咏凫鹥。沧溟返西注，濛汜郁东驰。夭乔欣当御，鳞翰骄奋飞。苕苌诚微贱，鼎俎内惭疑。

谢法曹惠连叙别

微寄迫如丝，将适千里道。伙心怜友于，言饯春原草。顾听双鸰鸣，何以泄予抱。解缆羡归潮，回膺怨层岛。遥遥西陵浦，宛宛澄波流。飘飘惊风发，汤汤沸陵丘。挥锋割舫楫，吹素染旌游。八荒无歧色，七圣迷所由。宾傅久告绝，含惊将诉谁。仰希退飞鹢，俯感触藩羝。冥息胪故欢，端居奏新悲。悲新缠难遣，欢故杳莫追。园林饶奇趣，往往媚居人。哲兄昔领袖，伊予并沉沦。篇裁不孤赏，席至无只陈。华月在清圭，武夫映见珍。予行浩未已，子处将何如。青葱东斋沼，有无长新蒲。紫箨解修篁，文鸳弄鸣雏。从容命觞咏，倘以及暝孤。

谢光禄庄郊游

泳思遵江广，托瞩在严坰。百堞摇容滟，千棹和鎗铮。来鸿欣知止，丛菊夸后荣。盍簪攒云岫，散绮宿霞汀。清霜披林览，枯卉感籁鸣。究胜时扶策，沈怀聊屏觥。容华非予擅，物序搅我情。将治鹿门业，归耦长沮耕。毋染临渊叹，遂为渔者矜。

王征君微养疾

秋风有奇色，能使昔邪黄。一叶嘘商曲，群鸿尽南翔。白云栖空除，华月湛匡床。外门罗来雀，内户按啼螀。卧疴与性会，华炫非所臧。精液随年销，金石依形长。湛然守寸宝，委顺无何乡。

鲍参军照戎行

严烽举中夜，游骑犯秦凉。天子投袂起，剑履在寝皇。左锋当鱼丽，右铩按龙骧。曾是东征返，离离缺斧斨。束胸见使者，距跃讳残伤。转战焉支岭，喋血瓯脱场。塞马劲如飙，横驱不可当。部曲星散尽，独身擒其王。枯骨遗鸢喙，英声贯人肠。生存百年事，没者万年芳。

袁太尉淑从驾

衣冠神游肃，弓剑圣情纡。蒸新嘉周典，祠雍陋汉图。万象改冬凛，九有悉春敷。屏翳躬先扫，玄冥戒后诛。金椎隐驰道，玉戚护乘舆。蛟龙扰銮革，麟凤翙流苏。朝云煜容卫，夕宿灿周庐。鸣镛震海立，传跸应嵩呼。父老望张饮，士女欣大酺。人文被岩壑，天藻冠京都。陈诗悉二雅，稽典嗣三谟。臣欢奉元首，赓歌幸未孤。

休上人怨别

落日多媚景，楚士中不怡。风吹湘山色，往往尽成疑。彼美无与晤，旷伫生劳思。三枯岫中蕙，再苗园柳萎。博山寒虬烬，屈成绣蛛丝。徙倚翘芳迹，沉吟黯胶颐。虚有焦桐尾，黄金为谁徽。

以上是对江淹《杂体诗三十首》涉及的诗歌、诗作的模拟，又将谱系往下延续，增加刘宋以后的二十八位诗人，下面只列其名目：《谢吏部朓省直》《王著作融游邸》《沈仆射约饯别》《范仆射云贻友》《江记室淹卧疾》《梁简文纲闺怀》《何水部逊示僚》《吴记室均春怨》《庾开府信校书》《阴常侍铿送别》《陈正字子昂感遇》《沈詹事佺期访道》《宋学士之问祠海》《崔员外颢游侠》《孟襄阳浩然留客》《王右丞维山居》《岑嘉州参塞宴》《高常侍适咏途》《李翰林白自明》《杜员外甫述贬》《王龙标昌龄独游》《储参军光羲咏耕》《韦左司应物寄僧》。

晚明费元禄接续薛、王而作《拟古》诗七十一首，在组诗小序中，费元禄提到创始的江淹、嗣响的薛蕙与集成的王世贞。沿用王世贞增广的规模并重新加上王世贞别裁出去的《古离别》，各首标目上也与王世贞保持一致。其序曰：

> 夫虞歌风雅汉赋楚谣，魏晋迭兴，五朝更制，迨彼唐李，波蒸云郁，体以代殊，格以人异，顾创始颇难，而□述为易，要以才情所适，或工自运，或巧规摹，亦各言其至也。若乃化工肖物，非雕非琢，神游莘先，照在阿堵，譬胡宽之营新丰宫室衢道毕，似至鸡犬亡不知其家，此谓当巧，岂止呈形。诗曰"鹤鸣在阴，其子和之；我有好爵，与子縻之"，殆此谓也。自梁文通拟古二十九首，明兴，考功嗣响，元美集成，广至七十。彼此互发，兴致翩翩雄矣。不佞甲辰岁，园居岑寂，蒋生之三益无闻，杨子之一区独处，备读三家，聊犟西子。始古别离，终韦左司，凡七十一首，虽未敢谓拟议变化以成日新而抵掌优孟，或附鹤鸣子和之义云尔。①

古别离

河汉三星没，东方曙色生。持我一樽酒，送君万里程。西征已流火，寒风蟋蟀鸣。慷慨束鞍马，意气为君倾。俯视刀头霜，涕泪沾华缨。浮云四顾驰，骨肉为参辰。各在天一涯，安知会面因。嗷嗷双飞翼，与君非一身。愿得琼林枝，以慰饥渴情。

李都尉陵从军

胡马嘶朔风，黄砂被路岐。临河涕层冰，河水自流澌。伫顾

---

① （明）费元禄：《甲秀园集》卷五，明万历刻本。

尊酒欢，长当生死辞。招摇西北顾，浮云何差池。征夫自有怀，悠悠将告谁。欲因金石固，示此平生期。

苏属国武别友

晨发践寒霜，仰视参辰移。良朋远追别，握手立须臾，尊酒叙平生，愿保金石躯。泠泠奏清商，徒御惨不怡。黄鹤一高举，邈与浮云驰。河水中夜流，潺潺有余悲。呦呦听鹿鸣，筐将动深思。临当失周行，嘉会难再期。日月如流星，遑路无还时。惟念崇明德，中怀良勿欺。努力爱景光，令名千载垂。

班婕妤咏扇

齐纨何皎皎，流飚扬华屋。合欢尚君王，出入怀罗縠。秋气恐先零，弃捐箧笥独。所嗟啣分微，中道无乃速。物理固如斯，君恩岂终薄。俯首长信宫，栖心幽以穆。

孔北海融述志

大道邈且卑，顿辔窘天路。贤达贵轩昂，高视闲余步。及时各有为，安能守朝莫。虞帝亦鳏夫，禅受若寒素。尚父复何人，八百昌周祚。破斧缺斨公，修名徇吐哺。时利走兔雉，运衰羁龙虎（虎）。与世共浮沉，谁悉我衷愫。滔滔江汉流，朝宗无停注。大儿祢正平，小儿杨德祖。余子乃么麽（么），蝼蚁焉足数。

郦征士炎见志

处世难为工，穷达谁能度。局促天壤间，何异填沟壑。高步在天衢，庶表平生乐。仲父起槛车，耕莘奋自亳。二子流徽音，千载岂寂寞。贤愚无常程，意气各有托。君门万里深，焉知王伯略。鲁阳漫挥戈，夸父逐日落。志士怀远图，大鹏翔廖廓。钟鼎及清时，毋为绛灌薄。

魏太子丕公燕

西园一命驾,清漏夜未央。华星出天汉,明月垂素光。朱茎冒白水,回波注金塘。潜鳞在藻泳,灵禽顾我翔。挥丝赴急管,徽歌出洞房。鼓瑟娱佳宾,酒乱不成行。极意百年乐,安知白云乡。君但恣命爵,中心正慨慷。

陈思王植赠友

无极生二仪,日月相代升。公朝有师济,泰阶六宇徵。炎光烬汉德,皇魏历数兴。朱方亦来庭,况此吴蜀冯。圣明秉黄钺,驱驰奋膺惩。楼船下江汉,陈卒破崚嶒。燹伐布天惠,罗网凰与麟。车书统以一,嘉士填城闉。周旋二三子,鞭弭奉清尘。云霞间阖蔚,律吕咸池振。揖志千古彦,慷慨难具陈。惟余托同根,玺绶忝藩臣。德微荷禄厚,报国思縻身。铅刀无一割,志意良未弘。三臣殉秦穆,宝剑慕延陵。世乱思英雄,悲来独抚膺。怀君不能寐,宠至愧负乘。

刘文学桢陪宴

凉风豁华馆,丙夜恣遨游。公子能爱客。惠厨出庶羞。皓月临丹牖,碧萼俯芳洲。万籁此焉寂,蓊林青霭收。玄鹤唳清泉,绮树回行舟。万舞列广坐,羽觞何绸缪。秦娥发西响,齐女扬东讴。鼓瑟与吹笙,新歌递相求。灵鸟鸣求匹,跃鳞泳泓流。东方冉欲曙,冠盖散恩罘。感叹怀明德,殊遇安能酬。

应文学玚侍集

朔雁翔云中,夕鸟哀比林。徘徊奋逸响,怀此饥渴心。置酒敞绮阁,公子飞盖临。妙论陪华选,佳遇良所钦。离鸾感明镜,别鹤嗟孤琴。顾盼有余姿,何能中自禁。逝川赴沧海,朝云依高岑。慷慨咏太康,庶几刊石金。岁月无穷极,会合有滞淫。愿言表南山,嬿婉惠好音。

王侍中粲怀德

中原昔攟乱，四海叹无家。窜身荆土闲，滞迹天一涯。钟簴复何有，牺象出门嗟。禾黍思周京，涕泪沾黄沙。我公秉神武，赫怒天威遐。解我南冠系，侍从登清嘉。穆穆荫华榱，轩轩升朝霞。酌彼金罍樽，获愿良所夸。并坐度音曲，同欢发天葩。赵瑟合齐讴，互响尝参差。诗人有遗咏，既醉饱德赊。眷言畲君贶，授命竞鼓笳。誓奋衰朽姿，我士听无哗。

阮步兵籍咏怀

驱车出咸阳，薄游临三河。顾望大梁城，灏气扬层波。俯卬宇宙间，恻怆一以多。凌风叩昆仑，悠悠将如何。嘉树托高冈，寒柏不改柯。愿随赤窯游，沉瀁保天和。挥手谢世路，愤懑成蹉跎。

嵇中散康言志

流俗耻所安，抗心怀太始。挥锻傍清阴，为乐何能已。忽忽尘虑婴，天地精灵否。荣华朝霞晞，珪组安足齿。麋鹿有野性。不愿雕笼止。窃慕庄生言，逍遥契玄理。托好在王乔，南首广成子。息徒兰圃颠，秣马华山趾。雅操发素琴，飞鸿天末起。浊酒醉长林，阮生有深意。山公复何为，一行要作吏。世故实无营，懒散乃吾志。逝矣别俦侣，浩然方外事。

应侍中璩百一

朝宴高堂上，日没归松丘。修短固有命，富贵多伏忧。纨袴者谁子，轩车洛水流。北里聘姬姜，西第扬轻讴。沉深乐不极，针石非所谋。物至人亦化，快意招怨尤。东岳期促驾，北邙易清秋。日月善妒人，涕下谁能收。贤达睹未形，志虑苦难周。寄谢二三子，毋为曲突羞。

繁主簿钦咏蕙

瞻我南有台，娟娟孤蕙生。岂不异众卉，嘉馥有余荣。鹍鸠忽先唱，霜露凄以清。冉冉岁行迈，何如杜与蘅。叹息王者瑞，空谷浩纵横。仰惭徂徕植，俯愧葵藿倾。条风吹绿草，叶叶自相迎。所冀及青阳，垂光敷素茎。

张司空华离情

凉风动帘箔，夜月鉴薄帷。佳人期不来，逍遥伫迟思。芙蓉覆秋水，兰蕙秀华滋。弹琴湿朱弦，郁若雍门悲。寒蛩响虚壁，翔鸟鸣箓漪。苔藓注遗迹，恍惚感履綦。伏枕拥虚衾，焚膏中自疑。万里托湘流，微波通素辞。瘖寐淑与丽，拊膺瘁蛾眉。

何司空劭赠贻

结庐在嵩崖，栖遁洛水滨。俯觌文鱼游，仰视嘉木僯。晤言契良友，和风扇莫春。张侯同班司，昔负渊博伦。虎变偕运箓，龙飞襄鸿钧。悟物思远托，孤往怀良辰。倏然事偶耕，园墟迭为宾。流观川岳遥，骀荡娱精神。谭诗坐令爵，沈冥得其真。意气贵合并，安用形骸亲。

张黄门协苦雨

西陆匿朝阳，大火流云涌。回飙扇长林，飞雨散秋陇。苌楚满中野，庭菊生蒙茸。衡门寂无人，肃肃寒声拥。鹳鹤空山鸣，泽猿玄雾困。在渊泣潜蛟，层波张海蜃。感慨动微唫，凄然风物紧。揭来百忧增，伤哉年岁尽。

左记室思咏史

景曜敞黄屋，寂寥坐玄居。虽无许史集，屡空常晏如。尧舜树勋华，浮云卷太虚。巢由守箕操，临组何趑趄。买臣薄伉俪，曲逆困田间。俯仰未遇时，生计无乃疏。脱辂一登陛，建策十载。余雄在泽薮，迪亶无世誉。茹芝结园绮，躬耕耦溺沮。长啸霄汉间，天地等蘧庐。养性得其真，谁能贵贱予。

潘黄门岳述哀

春草郁青青，穷冬忽复易。人生朝露晞，谁能固金石。展转抚空床，仿佛感夙昔。薄游未毕轮，欢爱不及席。翰墨怅余徽，精灵信永隔。双鸳写流黄，遗矗挂东壁。终岁不一归，譬彼行役客。中路失所资，譬彼辅车掷。白日梦虚堂，黄泉何所适。裴徊墟墓间，踯躅惊魂魄。谡谡翳长风，女罗松与柏。安知先后期，时至同奄宅。

陆平原机羁宦

侧身婴世网，凄影怜故乡。厄运遘阳九，总辔怨路长。赴洛蒙嘉会，矫迹承华堂。鸣凤假文翼，晨风借高翔。驱马遵黄河，轻车越大梁。游子苦行役，纡郁不遑将。缪跻秘合峻，远愧尚书郎。朱绂岂不贵，清轨非所当。慷慨拂鞏砺，瘯瘰劳戎行。结想昆山岑，沈思谷水阳。忘彼归途塞，叹兹耀颖狂。歌以寄吾志，临风重自伤。

曹司马摅感旧

墨翟悲素丝，杨子叹路岐。贵来疏迩合，势去磐石移。不见田窦门，倾夺宾客稀。感时歌中露，临觞咏采薇。丈夫七尺躯，磊落宁受欺。松柏雕岁寒，腐草恨华滋。十载思远心，增结伤自羁。玄寂令神王，困蒙多所宜。

傅司隶咸杂感

太清曜列宿，南箕北有斗。仰观霄汉间，田庐不足守。祭酒已龙翔，朗陵亦凤矫。丹陛羡同升，缱绻申中表。揽辔意踌躇，神州历其九。咸阳帝子居,群彦昔吾友。弓旌招嘉命,朱绶愧白首。煌煌万里司,服骥骖骆走。王路自清夷,勖勤复何有。驾言归故乡,躬耕沮溺耦。太朴贵不雕,良玉恶见剖。逝将初服裁,濠濮追庄叟。

陆司马云赠妇

登山畏高岑,浮海虞寒水。升沉岂异情,痛痒同裹(怀)子。远迈多苦辛,三星隔万里。昔为双鸳鸯,容华若桃李。燕婉媚良辰,绸缪属体靡。疾首忘飞蓬,离心感折椁。朱弦复谁弹,清音犹在耳。誓言写素缣,金石焉能比。何以报遥惊,长河沉双鲤。

刘司空琨伤乱

晋运遘阳九,神州困夷腥。日月黯二曜,河岳失三灵。皇纲委妖孛,黍离伤阙庭。士雅何感激,闻鸡动寒星。伊余秉弱质,哀愤负登闳。惟昔渭滨叟,桓桓造周京。衮阙复谁补,山甫有令名。射钩乃兴霸,曹沫反齐盟。安知历数端,贤者垂英声。天意未厌乱,白日鸱鸮鸣。中原失诸马,大海呷长鲸。茫如触笼鸟,四顾有余惊。欲飞安得翼,欲息安得桁。大厦仰一木,陨圮岂能擎。无怜哀孤德,星奔痛宵征。严霜陨未实,零雨落繁英。运自有消息,力竭托忠贞。宁为兰蕙摧,毋为萧艾荣。

卢郎中谌感交

策杖登远城,逍遥望京洛。岂不念夙夜,谓多行露薄。处雁乏善鸣,在木不材格。顾此猥驽人,谬承四岳托。女萝附松标,方驾珍骏骆。王室既播迁,幽遐窜屏弱。愧非剡山姿,得入卞生橐。候人讥已彰,谟明效不着。负恩良自深,事与愿违昨。荆轲殉燕丹,聂政重严诺。孰是忍心人,悲来分沟壑。山川缅回首,白云何寥廓。嘉惠亮难酬,勉之在豪略。一为绕指言,三叹不能酌。

郭弘农璞游仙

六龙无停辔，寿命岂得延。高足蹈东海，晞发昆仑巅。中有羽衣士，容颜丹霞鲜。自言王子晋，缑山复来旋。左顾灵妃粲，右鼓琴高弦。青麟捣作脯，碧藕持作船。逍遥阆阖闲，挥手弄紫烟。玄谭侣九光，欢乐迈千龄。俯视世间人，蜉蝣良足怜。

孙廷评楚杂述

朔风动剑首，飞雨洒杂佩。驱车走三秦，极目千里塞。祖道有良朋，悲涕泪相对。离合安可期，讵当思愦愦。大道无形骸，精气偶然载。彭殇乃虚生，况复纠憎爱。天地亦蘧庐，四时递相代。咄嗟此浮生，狂醉发真态。分至不辞荣，时来讵能贷。柱下守虚玄，南华托幻怪。冥心两寂寞，达者故行迈。

许征君询自叙

临雍乃蹈河，饮犊故洗耳。逝将从吾好，衡门乐泌水。负耒雪上壮，理钓剡溪美。纷然会境幽，坐获饶嘉止。灵春眇芳林，妙思触物起。青萝翳高岑，阳葩藻修岯。达慕齐物怀，轨近方阮逸。徇禄非余情，丘冥标玄旨。安用身后名，千载知吾以。

谢仆射混游览

顾无适俗韵，驾言游山阿。良时不再至，嘉会常蹉跎。驰骋写中情，奇绝历经过。仰熙丹崖巅，俯澡渌水波。惠风荡丛薄，层景调清和。睨睆听鸣鸟，萧疏藉严柯。取适弹余襟，咏言发长歌。寤彼所思人，伫立眇如何。幽芳信可悦，毋用牵坎坷。

殷东阳仲文兴瞩

大化有推迁，虚恬乘妙理。冥焉感穷阴，萧条群秀靡。白云滞幽峰，维霰集丹绮。木落悬崖颓，淄响辽空泬。何用托遥踪，青松标岢峙。命酌有留欢，安能浇块垒。肃肃尘外骖，行觞歌迤逦。胜引妙迟人，□洄信栖止。忘归发宵劲，太阿凌汉倚。所冀勒石铭，将继燕然轨。

谢仆射瞻秋饯

萧瑟霁秋晨，商飙虚岫来。密叶荣条脱，湛露庭柯摧。长驱河洛表，飞眺中原哀。鸿渐年与往，物变心俱灰。交情谢市朝，远觌沧洲隈。宅灵足林薮。迹峻规崔嵬。眷言事行迈，瞻途多裴徊。泛爱坐广筵，亲贤尽深杯。趣舍各异操，蒙庄处不材。薄劣安跬步，兹意眇能裁。

支道人遁赞佛

大块启玄朗，朱明畅缊缊。五体遍投地，凌晨礼世尊。玉毫现震旦，金相流春温。人天超净土，功德讵能论。俾彼四王从，肇兹不二门。旃檀散馥郁，璎珞纷玗璠。或洒阿耨水，或荫给孤园。仿佛非情想，恬泊无声闻。庄严诸妙相，端好间清芬。微音示慈摄，雏如鸣凤文。千叶青莲花，一一凌紫芬。奇荣结舍利，灭没障魔蹯。酥酪出醍醐，眇然化生恩。神为慧者得，象为下士存。神飙响金铎，如诵真谛言。逸哉玄古思，可以解烦冤，寄谢穷俗人，回向心坠源。

陶征君潜田居

负耒服南亩，岁功课其端。不惜春作劳，但恐风气寒。盥濯东林隈，斗酒劳所欢。人生哀常勤，孰是仍求安。僯父时时往，孤松坐盘桓。抗手话桑麻，兼乐琴书观。日夕了不厌，依依荒陇间。稚子采薪下，牧人驱犊还。悠悠沮溺志，千载乃相关。

宋文帝北伐

践祚统神明，御宇振长策。先帝未集勋，九伐宁无责。中龥久沦没，腥膻秽自昔。慷慨拯纳隍，秦燕霈皇泽。日羽皎夜辉，云旌光艳赤。马逾赫连南，甲齐天山积。远踩单于庭，秋风何萧索。壮鄙期不怨，庶以奠奄宅。

谢临川灵运游山

蛊上傲王侯，贲美丘园迹。荏苒已廿龄，始返初服适。抗策桐庐阜，溯流富春壑。阴林翠攒云，阳崖郁悬幕。白石清沚湍，春葩溪鸟掠。历览屿中江，辉映日边合。晚风复徐来，寒泉溜鸣络。绝壁倚丹梯，虚岩出寥廓。缅邈寰中奇，想象巨灵凿。观化得无穷，叹缘良不薄。高风旷千载，寤言华表客。抚怀念已深，羁途犹滞迹。逝将幽赏心，冥栖慰寂寞。

颜特进延年侍宴

夏谚同游豫，周王燕镐京。羽卫晨仪肃，亭皋夕帐更。天眷昭河岳，人文耀宿精。汤孙丽不伟，帝藉列维城。广殿辰居极，璇图玉作衡。雍雍来至止，合乐奏濩茎。丹鸟拂枳梧，灵兽动镛笙。首春皇泽布，□阶和以平。文娥抚赵瑟，丽娟拨秦筝。缀衣缇縠密，充御弁星盈。霭散堠停燧，烟澄苑吐明。群公沾既醉，太上惠浸萌。俯躬重蚊负，食野愧鹿鸣。灵贶庆永锡，至治仰登闳。终赓康故咏，及兹元之亨。感分渥川岳，秉心葵藿倾。

谢法曹惠连叙别

祖道肃征夫，逝言千里驾。裹（怀）归念所欢，惜别情不舍。王孙春草青，惨悢辕驹下。缅兹零雨飞，江介悲清夜。

西陵水溅溅，恻怆游子裹（怀）。漾舟回曲汜，吹埙忆东斋。仰观飞鸣嗷，俯睇泳鳞谐。去留势各异，踯躅不得偕。

戚戚嗟行役，悠悠溯江湄。长路绝俦侣，孤惊复语谁。迟回滞雨雪，聚散成差池。子为东峙岳，我侧西路岐。

惊氛暗白日，冥息未能安。伫楫视风色，山川积晦残。劳歌意少慰，契阔起长叹。喆兄昔仳别，远望绝故欢。

往往寻要眇，辄及东山晨。佳蔫必双赏，芳席无只陈。昔睹携朋适，今逐浊水尘。遥惊托微波，傥以惠前因。

谢光禄庄郊游

幽思从野好，兴瞩动春襜。逝遂丘中赏，结轸在巇嵚。来燕忻新垒，去雁扬遗音。露华润丹萼，徐风薄远林。容与波流棹，睨睆谷鸣禽。平生多积怀，肥遁事招寻。登高观委黛，发趣响携琴。胜引谁能穷，浮阳无退临。伊人傥同好，文酒可盍簪。

王征君微养疾

惊飙起苹末，幽兰委寒霜。园菊岂无艳，抚景咸清商。寥寂揽华月，寂寂掩高堂。羁思妨独宿，愁夜感弥长。适性在养痾，澹泊寡迎将。庶同隐沦赏，冀获精魄王。浮生迅石火，扰扰非所臧。

鲍参军照戎行

并刀耀白日，卢弓劲寒风。飞鞬越祈连，出塞当庐穹。杀气龙骧奋，转战鱼丽空。再鼓起部曲，独身取羌戎。破斧无全勇，援枹有余功。犂彼南庭幕，植我蓟丘丛。勒铭燕石耸，开涂邛棘通。天子归召见，赐燕甘泉宫。

袁太尉淑从驾

万骑晖朝日，众星共北辰。清跸肃驰道，雕戈拥车尘。周王烝祭洛，汉武畤雍秦。大官供羽葆，卤薄杂城闉。五都通轨塞，千轴飞云邻。乐进赵讴曲，伎倾吴越嫔。衣冠容与集，郡国清防新。嵩呼闻父老，雨降湛皇仁。望幸纾仰沫，梯航至贡珍。神岳睿藻焕，行宫丹朦春。扈从惭疲弱，温渥荷恩纶。当歌宣夏谚，稽首愧微臣。

休上人怨别

楚天奄落日，洞庭扬素波。离情怅川逝，欢绪伤如何。凉飙吹蕙帐，悲弦促柱多。引镜拭尘积，朱颜感电过。三灭怀中字，候雁屡蹉跎。愿作云间月，流影照君罗。着树不堪止，清晖挂长河。

以下仅列其标题：《谢吏部朓省直》《王著作融游邸》《沈仆射约饯别》《范仆射云贻友》《江记室淹卧疾》《梁简文纲闺怀》《何水部逊示僚》《吴记室均春怨》《庾开府信校书》《阴常侍铿送别》《薛内史道衡酬忆》《杨司空素坐怀》《王参军勃梦游》《杨盈川炯游峡》《卢典签照邻咏史》《陈正字子昂感遇》《沈詹事佺期访道》《宋学士之问祠海》《崔员外颢游侠》《孟襄阳浩然留客》《王右丞维山居》《岑嘉州参塞宴》《高常侍适咏途》《李翰林白自明》《杜员外甫述贬》《王龙标昌龄独游》《储参军光羲咏耕》《韦左司应物寄僧》。

明高出集中有《拟古三十首》①，其序曰：

自梁江文通作杂体诗三十首，义取通方，广恕好远，兼爱而明。薛君采、王元美各亦嗣作，虽才情并极，体制殊伦，亦各其致也。夫下上千古音徽，既已复绝，斟酌昔贤，馨咳固亦邈漠，而欲使甘辛共味，丹素错采，兼工并诣情至．响臻含万化之变萃。群有之美，不其难哉。盖优孟仿佛或假貌于衣冠，伯牙彷徨独移情于弦韵，鬼神忽其将通筌蹄，亦可略诸庄周。有云吹万不同而使其自已，此善言也。解乎此者，始可与言拟古也已矣。今依文通作三十首，不更益之焉。

---

① （明）高出：《镜山庵集》卷十一《卢隐稿卷二杂体诗》，明天启刻本。

古别离

盈盈十五女，轧轧弄机杼。偏偏婉青扬，深深时独语。矫矫未可调，娟娟要心许。借问心许谁，含羞意不叙。朝栏薅华枝，夕贯江湘蓠。山海无终极，伊人伤别离。脉脉泪痕湿，乙巳长相思。

李都尉陵从军

黄云蔽千里，游子不复归。胡霜涂野草，阳鸟复南飞。白日颓西影，奄忽掩余晖。亲知长别离，恨恨涕沾衣。骖马各自媚，客子独无依。徘徊对樽酒，皓首使心悲。

班婕妤咏扇

团团素纨扇，君子时相见。出入承皓腕，披拂亲君面。中道一不谐，秋风蕙草变。勿忘箧笥惠，他日随所荐。凉热各有时，恩情为谁遍。

魏文帝丕游宴

穆穆良宾友，肃肃会西园。华烛浮冠佩，星辰殷以繁。白露被丛兰，纤月赴通川。珍膳溢大庖，旨酒盈我前。丝竹激长飚，哀响入云天。曲终无一语，万舞何翾翾。神鱼蹈节奋，飞缨随风旋。好我众君子，兴文扬绮篇。愿言惠明德，欢娱保百年。

陈思王植赠友

皇佐肆明惠，四海悦见休。英贤集文昌，翩翩信良俦。我友二三子，中和遗悲愁，日夕眷佳人。聊复秉烛游，开秋泛白华。回飙飘飞楼，芳池激冰井。铜雀带川流，蟋蟀吟东厢。西序飞雄鸠，安得□此鸟。天路险不周，志士规壮图。小人怀同仇，顾念无衣客，贫贱长悠悠。怀宝有余媚，嘤鸣必相求。常恐蕙草晚，景光逝不留。艰哉道里远，愿济川无舟。申章勖尔志，聊用宽百忧。

刘文学桢感遇

奕奕惊秋风，飘飘度飞蓬。秋风绝回景，飘蓬举云中。何异客游子，转薄随西东。元后垂惠顾，俛僶奉我公。自惭非嘉谷，黍苗泽已丰。翱翔清禁垣，白日烛微躬。常恐先朝露，不得攀双龙。所亲念永隔，何以慰我忡。

王侍中粲怀德

昔余遘豺虎，窜身于荆蛮。荆蛮非吾土，客子靡暂安。桓桓相公业，日月重昭宣。一怒荒四陲，歌舞不得闲。壮士事行枚，妇人悲东山。萋萋杖杜生，行子薄言还。葵藿希朝阳，燕雀嬉堂。间内惭微钝，躯恒愿与比。焉高会文昌，观缨组奉周。旋惧无铅刀，效饼饳私怜。循览伐檀诗，能不愧其言。公旦负大朝，我公胡不然。巍巍昊天德，思怀申此篇。

嵇中散康言志

神龟卧灵沼，鹏鸟息天池。百卉为春秋，琼树独葳蕤。嗟予抗矫志，肆意慕所师。常念卒日昃，不悟杜德机。悔吝生夸誉，混沌剖雄雌。渐渍丧外物，形形徒相随。崆峒拜唐帝，华胥乐黄羲。我闻上古人，德素如婴儿。殊俗畴肯安，逝将远去之。生生理自致，一溉竟欲施。朝游苏门山，夕采三秀芝。营魄守冲虚，万载长自夷。俯唱一世间，忽如朝露危。愿想逢知己，抒悰绝垂离。

阮步兵籍咏怀

幽人在何许，秋夜一何长。桂树滋白露，凉风动枯桑。蟋蟀鸣北牖，萤火入我裳。天汉流素影，星辰自成行。佳期独不见，恻恻思断肠。

张司空华离情

亮月丽房帏，三星烛幽襟。佳人间仿佛，精爽越飞沉。兰蕙改春华，草虫含露吟。耿耿忽忘寐，夜中抚鸣琴。安得琼树枝，顺风贻所钦。愿飞无羽翼，延伫怀思心。谁云山川邈，勉哉期同衾。

潘黄门岳述哀

四节虽平分，秋气悲有余。凄凄皓露凉，日出室东隅。之子永垂析，形神逝焉如。衾帱委素尘，翰墨迹已渝。遗香歇灰烬，佩带沉明珠。岂独音徽绝，神爽竟虚无。虚无谁克亲，哀情寄斯人。惊飚卷重帏，空床难及晨。入室盻枕箪，惝恍疑尔身。尔身往不归，枯荄不再春。出户怅若失，驱车步东闉。高坟何郁郁，极望涕沾巾。沾巾思良偶，霜露亦已久。魂翔蒿里间，乌啼坟上柳。愿张汉帝幄，忍鼓蒙庄缶。朝命夺私怀，惘惘迷趣走。沉忧日颠倒，忘情夫何有。

陆平原机羁宦

旷瞩多迟躅，矫节遗卑踪。青宫逮嘉命，振缨厕□龙。脉脉辞亲友，循彼江介风。假策遵广术，总绥越崇墉。北徂回枉渚，西迈聆悲淙。肆目无故物，倾耳非吾邦。修薄高林翳，缅途骇云降。孤兽啸我侧，翔鸟鸣相从。睹物婴怀思，慨叹郁填胸。承华何逶闲，肇冕被我躬。谁谓远游易，辛苦难为容。岁月欻迁逝，瘝寐结遗悰。

左记室思咏史

梧桐生朝阳，威凤览其华。何限幽谷兰，不殊蓬与麻。贵贱良有阶，愚智分无涯。郁郁楚灵均，灿灿贾长沙。著作岂不达，沉沦使心嗟。朝远羊豕间，暮升卿相家。冠盖何熠熠，容耀三春葩。于我如浮云，高步凌烟霞。

张黄门协苦雨

阴节月离毕，秋序燧改木。屏翳黯不收，丰隆煽方肃。山岫涌云根，陵薮接雨足。鹳鹆鸣高树，龙蛇发空谷。灶沉湿劳薪，瓶罄珍脱粟。聒蛙入室处，静鹭缘阶浴。槭槭零蕊碧，瑟瑟浮苔绿。凄风堕芳蕤，愁气散幽馥。固穷积道基，离群玩物复。伊人水一方，君子在版屋。不见惠德昔，尺牍如金玉。高尚无婴物，清修慕沉陆。兹理孰识察，默默萦心曲。

刘太尉琨伤乱

骐骥思千里，非子脱盐车。英雄慕奇勋，畴能察区区。晋存重耳反，卫赖宁子愚。脱骖亦贤哉，石父释囚拘。审计脱叔向，途远感伍胥。燕丹着白虹，荆高皆秋歔。古人今邈矣，悲叹有是夫。皇晋遭屯塞，阳九信有诸。中夜时起舞，挥涕涕沾裾。枕戈以待旦，鸡鸣问前途。时乎不我遇，狼狈在须臾。忠孝两不立，白日忽西徂。玉石岂辞焚，蚱孽尚有余。烟尘困轫张，长啸空踟蹰。

卢郎中谌感交

楩梓生南国，匠石掺斤日。骐骥罢峻坂，长号邮无恤。内惭驽骞姿，更益不材质。运会际英义，嘉命谐所昵。款诚申婚媾，欢若胶投漆。伊昔遘颠沛，王室师丧律。造次望公归，周惶惕如失。谬忘其短弱，合契和琴瑟。寄身委知己，险易要如一。中更罔克谐，反顾恋良匹。慷慨希高躅，抚心愧名实。耿邓光汉京，管晏奖周室。冣此弘济彦，大任降疢疾。徽猷允敷宣，经纶草昧术。皇穹牖忠贞，人宣胜者吉。驰情眷君子，含酸贡词笔。

郭弘农璞游

长安游蓟子，蓬海潜安期。羽化入杳冥，千载不复来。环丘拾兰茝，瑶池挹丹黉。顺风拜姑射，灿然冰雪姿。游女解环佩，湘灵时并栖。白鹤复还归，但伤冢累累。陵苕含朝华，岁暮将安之。逝当练玉液，飘飘玩蓬莱。

孙廷尉绰杂述

氤氲二仪著，混沌固有准。道丧生仁义，情迁物则引。动息寄飞跃，行生根玄牝。澹乎至人心，窅然遗形朕。止水清颜莹，朗月素怀尽。凭化众欣托，胡为分灵蠢。藏舟既密移，生生若朝菌。大鹏运南溟，泽雉翔垄畛。亹亹机莫隐，小大由性允。眇义传广成，微言析关尹。去矣寥廓乡，将肃无何轸。

许征君询自序

迅节羲和驭，危魄望舒影。大患有吾身，悲襟未能整。臧穀既偕亡，蛮触徒虚骋。浊难父怅迫，弱丧中心恓。兴思养谷神，超然诣灵境。神飙拂三秀，瑶液生丹井。玄云入石罅，虚白发清同。岂惟尘虑惧，恍惚四大屏。洒落逃自然，百年谢俄顷。挥手凌紫烟，御风超溟涬。

殷仲文兴瞩

清秋肆遥目，物化含虚晓。皓露溥蕙华，鲜虹饮深渺。陨叶无后凋，徙倚长松标。薄言纤尘襟，税鞅跻缥缈。胜赏不外遘，心期寄云表。秽累既已涤，惑吝将复矫。水涸天根复，草静群山小。何以散萧怀，忧来方悄悄。

谢仆射混游览

良游难屡遘，四运行俱休。美人思不见，采若遵芳洲。愿言兴无违，双阙对云浮。阡术带层岗，白日隐高丘。光风被兰茝，荣畅泽自周。鸟情悦芳树，鱼泳欣闲流。徙倚慕所钦，逍遥增我愁。漆园有狂士，乐此濠上游。谁能坐窘迫，徒令怀百忧。

陶征君潜田居

结庐依山宇，种豆苗苦稀。连陇秋草盛，皓露沾人衣。田家勤四体，秋成良所希。更有一觞酒，可以陶夕晖。风物晚澄潋，稚子荷篠归。白云止我牖，昏鸟相与飞。且复乐此怀，明日无所违。

谢临川灵运游山

丹霞启灵区，阳景耀仙宅。道以赏心延，事为探奇适。怀美税尘鞅，晤言淹游屐。石门抗疏峰，铜陵罗瑶席。洞泻泉溜丹，嶂隐林气碧。西瞳映动崿，南术绵北迹。朱鳖浮神井，青禽弄修翮。欻吸鞹霓车，仿佛逢羽客。聆音契所宣，览物察自昔。惜无同袍士，娱兹清晖夕。澹潋寒云交，搴秀芳条搣。缮性以忘累，抱一自预积。居常屏戚虑，含欢谢探颐。百年胡不怡，佳期庶靡隔。

颜特进延之侍宴

斯干协占吉，湛露戾夜留。汾游载咏汉，镐宴凤歌周。化人辟瑶殿，紫微丽璇楼。神飚丹甍款，仙露金掌浮。钪云升皇陛，聆汉咸韶悠。东晒避阳景，西睇延素秋。翠骞耸藻井，龙跃愉芳流。呈美肃琼轸，接席篷玉球。睿情停万舞，天眷伫神讴。人神畅悦怿，侯甸普怀柔。蓄思洽德礼，骋眄穷遐幽。鳞羽若惺化，渎岳被嘉休。弱贱邂多幸，陈诗述何尤。词非栢梁艳，良惭曼倩俦。

谢法曹惠连赠别

别离迷近远，行役渺无期。束装待明发，荡漾怀所思。屡怼徂征候，辰良迫已迟。扬帆凌春岸，挂席骛江湄。览物靡故历，伤离怀古心。别鸥翔南渚，寡雁鸣北林。哲兄远相送，眷眷申同衾。汀曲判客袂，□下谁能任。朝旦发浦阳，夕次荒江眇。沙禽命侣吟，猿猴接臂矫。摇摇行迈心，惆惆长路眺。栖薄方泛泛，淹留转悄悄。悲来感物奏，春仲款绪风。层云冒沙屿，密雪洒繁空。舣棹望四野，合欢谁与同。石尤绝行子，戚戚劳心忡。风波怅何适，伫楫别情延。客鸟眷故枝，游子念归还。他人各有慕，我独无与言。徽音幸远嗣，抒愤申微篇。

王征君微养疾

山中望佳人，长带揽女萝。萧萧枫树林，湛湛江之涯。鹍鸡鸣天风，鸿雁夜中过。徙药潇湘汜，鼓瑟帝子家。惆怅杳谁即，娱乐奏九歌。采珠结成言，报之以芳麻。怀思徒震荡，岁暮劳何如。

袁太尉淑从驾

龙游翔六气，凤盖扈百灵。宗庙穆秋典，枌社凝睿情。春秋肃榱几，神祇降休明。孔鸟扬后乘，驺虞媵前征。翼卫拂濛汜，歌吹伫繁缨。中流河伯献，极浦洛妃迎。祈年太乙诳，表瑞竹宫轻。逸愉浃旺隶，恩渥服嘉祯。陈诗王迹续，省方候度程。兰径腾风轸，芝房眷露茎。驰迈八骏迹，陪惭驷牡声。天惠良未艾，末奏窃所赓。

谢光禄庄郊游

出郊矖四野，言越垧林垂。黄鹄矫云际，凫雁唼沙湄。凉飔夺蕙叶，惠露泫兰滋。江渚白日隐，佳人凝在兹。石磴响虚牖，松涧溜曾坻，丹霞忽容与。神岭远蔽虧，岸猿丘中啸，匹兽杖前移。平生投簪愿，整褐方自斯。灵区弥徙倚，松乔终果期。

鲍参军昭戎行

良马骋逸步，烈士矜盛年。左右插雕服，远上太行山。扶桑倚长剑，杀气上参天。鞍马照秋日，八月燕支寒。斧石方得火，凿冰始及泉。惊沙沉钲鼓，枯骨埋荒烟。小人志沟壑，宿昔思丧元。汉虏均胜败，我军幸独全。寂寂百战后，谁知飞将贤。徒见当路子，铭功于燕然。

休上人怨别

佳人处天末，秋夜有所思。桂华泛皎月，清风左右披。闲隙流皓露，天河鉴虚帷。萦弦无余响，步檐苦遥悲。巫山碧云暮，湘江芳树滋。鸿雁终夕至，之子殊无期。怀哉石上英，采之可贻谁。

除了组诗外，明代零散的模拟有：葛一龙《拟王仲宣怀德》，张瑞图《拟孙廷尉和江文通》《拟阮步兵和江文通》《游灵源拟谢康乐和江文通》三首，及皇甫孝《寄堂子一首效江文通拟王征君养疾》，数量不多。

清代对《杂体诗三十首》的模拟规模更加庞大，有二十五位诗人对其进行了模拟，其中规模在十五首以上的就有十五位诗人。不仅拟诗总量大，而且组诗数量也多。如宋徵舆《拟江文通杂体诗》三十首、吴兆骞《拟古后杂体诗》、单隆周《拟选体二十首》、尤侗《代古诗三十首》、纳兰性德《效江醴陵杂拟古诗二十首》、王昊《拟古二十九首并序》、顾八代《拟古三十首用江文通原韵》、张藻《拟古诗十五首并序》、李重华《杂拟诗三十首有序》、沈德潜《拟古诗十五章》、乾隆《拟古诗三十首有序》、刘墉《效江文通杂体诗三十首》、朱筠《和江文通杂体诗三十首》、张琦《杂拟三十首》和陈文述《前拟古和江文通》十五组拟诗。清代以前期、中期的拟作为主。以下列举几组具有代表意义的。

清初以单隆周《拟选体二十首》为代表，将模拟的蓝本定位《文选》，故在标题命名上称为"选体"。《文选》选录了《杂体诗三十首》，这对于《杂体诗三十首》的影响力有着巨大的推动。《拟选体二十首》有序曰：①

---

① （清）单隆周：《雪园诗赋》初集卷四，清康熙刻本。

窃览昔贤仿拟诸咏，规摹悉似而别寓苦心。故作述后先，不嫌并见。近人多于声调字句间剽窃点窜，目为选体，恐非多拟古诗则诗道自进之旨。暇日取选诗拟之，得二十首。虽未敢方驾古人，亦庶几无乖商榷。昔于鳞之于乐府也谓拟议以成变化，余之于选诗也则藏变化于拟议之中，或不至为文通、士衡诸君所笑尔。

魏太子丕公宴

邺城敞高阁，华池憺登临。家主劳四方，始得娱清阴。匪饥眷伐木，设醴惩积薪。济济富时彦，雅集撰良辰。微风吹鹤盖，侍从皆无声。好鸟托南枝，芙蓉被清泠。规矩浮大酋，纵横罗庶珍。唱酬未及终，月露倏已盈。主称上邪曲，客赋骊驹吟。岂乏旅进徒，所重贤与亲。

陈思王赠友

凉飙拂高树，吴尘逐飞扬。揽袂思驱除，利剑不得将。终军系南越，耿弇摧渔阳。铅刀吝一割，焉辨钝与良。涂乞功未成，把臂思丁王。藻采洵独步，欢怨各殊方。熙朝侍曲宴，卜夜无停觞。望舒翳秋桐，潇洒遍金塘。年迁忧易积，事违乐难忘。驾言登山陬，采采兰蕙芳。惜哉无所寄，美人隔潇湘。

刘文学桢感遇

鲲鲸一何神，喷薄随飞龙。兔丝一何高，千仞缘长松。托身苟得所，珷玞亦光融。伊余谅陋质，获会风云通。初从大驾游，袁刘慑英锋。继沐圣主恩，处我清禁中，簿书素俛勉，文墨期恪恭。夕望延秋月，晨趋显阳钟。丈夫用知己，何必怀固穷。

郭景纯游仙

练雀逞寸翼，力尽榆枋开。寒蝉鸣树间，不见秋风回。欣戚争瞬息，浮云蔽蓬莱。赤松授大还，丹丘驱劫灰。宁羡彭乔寿，且得离尘埃。昆仑合抱木，昨暮犹根荄。门外清浅流，化为凌云台。

谢灵运游山

会稽郁名胜，洞天开绝壁。幽林挂飞泉，峭巘逐游客。二韭秀南条，三菁缠地脉。雾尽河山青，展眺洵咫尺。汀渚既往还，峦岩时络绎。霞映丹崖傍，叶落芰荷隙。远扬梢曾云，孤标萃危石。杖策披葱茜，去齿就屐额。谷深情弥舒，径折异屡获。纵沫潜修鳞，凌厉慕飞翮。薄禄负素怀，芳时慨虚掷。且就木客吟，永眷山灵宅。

陶靖节田居

季秋萧爽候，蟋蟀吟前廊。长风飒然来，裋褐多微霜。无衣诚可虑，且复谋稻粱。履阡课僮仆，杭秋摇斜阳。腰镰众务齐，檐隙充粮糗。芋栗各有实，琐细罗筐箱。荒路交遗穗，野鹜登秋场。临觞劝孤影，云水同苍茫。

颜延之侍宴

在镐歌周文，横汾谣汉武。翠华集恩晖，岂必皆宴处。兰甸列簪缨，吴京俨树羽。奢侈虽咨嗟，太康非过举。高台限飞鸢，绝壁疑断杵。春来淮澥涨，日白勾萌吐。金盘朧羊颌，前箸下鲂鱮。立表顾丰隆，行厨命天姥。鸂鹕舞芳洲，参差振廊庑。泰交正悦豫，谀闻动龃龉。赋乖执戟人，文愧司马侣。蚍蜉戴崇山，莸萧登琏簠。方从赤松游，养拙遁岩户。

谢惠连赠别

我行日已诹，子留怀未展。别酒尚盈几，引迹乃渐远。榜人趣严装，帆樯忽在眼。携手伫湖阴，南山青数点。山横舟杳杳，岸隔车蒙蒙。拊毂念沧波，推篷眺途中。春日洞水面，游鱼如乘空。对此涕泛澜，操翰情易穷。含情未及伸，暝浦延宵梦。瀚深魂魄寒，径黑步履重。凉衾荧孤灯，星光落崖洞。惭无凌霄姿，拚飞千里共。千里何辽绝，所思积昏晨。浮踪久未合，二曜皆虚行。相彼泽中鸿，双飞鸣好音。聚袂多遗忘，想似乐难任。乐往哀还来，岁始寒犹结。大风鼓裒云，四隅匝飞雪。已乏同舟人，千岩空皎洁。倚棹须朝阳，浩荡咨超越。

鲍参军戎行

龙城一万里，飞雪何飕飕。朔风扬平沙，瀚水凝寒流。谍者塞外归，名马动毡裘。朝应天子诏，长缨束吴钩。挥手别刘郭，杀气满幽州。矫捷赴三军，贾勇宁逗遛。营伍得奇士，鬼神协阴谋。矢摧射雕手，剑决康居头。从此焉支山，黯澹如素秋。部落尽解甲，拘怒犹未休。扼腕在国耻，竹素非所求。

王仲宣怀德

慼慼江陵道，悠悠清漳湄。避地情易伤，忽如山下麋。皇舆昔板荡，华阙喧征辇。尘沙暗篱落，荆枳当路陲。辞秦还入楚，世乱身常羁。跋踏兵戈中，隐忧当告谁。一蒙贤主恩，陈力效驱驰。西园侍高宴，柏阳相追随。匏瓜岂徒悬，河清惬心期。愧兹菅蒯质，拂拭成素丝。回思铤走日，判若山与坻。

左记室咏史

薏苡伏波贪，灶炀望诸走。邹客遭诡胜，几为狱中叟。伯鱼探饼筲，传自天子口。贤豪贵特立，高步鲜侪偶。憒憒道途人，非笑无不有。一会身名泰，震雷破丰蔀。拂衣岱华巅，举手谢群丑。

张司空离情

荡子行未归,卷帘见寒月。瑶瑟网蟏蛸,流苏堕玉玦。金风吹夜寒,始知及秋节。别久愁逾新,道远情苦拙。中庭有桂树,素葩映绿叶。不遇芳菲时,徒然怨鶗鴂。

阮步兵咏怀

苍苍自终古,杞国忧方大。富媪实静贞,一怒地维坏。天地既尔尔,微躯复何赖。不见荣名子,冥行若盲瞆。燕雀护其巢,讵识栋梁败。荡襟怀鲲鹏,击水天池外。

张黄门苦雨

庄生归千金,鲁连蹈澥涘。皦皦田子方,不愧贫贱士。君子有介性,块然本无累。多营神理疲,守贞造物伟。凝云临前除,密雨滴芦苇。石梁上河鱼,苦饱抱荒蕾。盍旦鸣自稠,高舂寐无已。江流涌日夜,萍号事方始。霖霁有真宰,安能问亨否。破甑尘初涤,饥烟郁还起。蒿目平楚余,搔首席门里。

嵇中散言志

嗟余素薄殖,羁贯任疏顽。掬泉母代沐,失晨兄当关。长大读老庄,偃蹇思无端。知足戒伎系,黥劓羞神残。广陵有绝调,拊手试一弹。曲罢音尚留,意与渌水闲。赤松迹伊迩,岁星光未阑。俯策蓟子杖,仰颐洪崖丹。常恐堕风波,垂翅伤羽翰。掷鸟惜隋珠,负薪慎绮纨。仲悌悔往辙,高贤在中山。蝉蜕污泥中,采真驾文鸾。

陆平原羁宦

重润荡恩波,先驱尽弹冠。樗栎备采择,仗节发吴关。夺我桑梓情,置我征途间。亲交一挥涕,投箸不及餐。梁陈客思积,人马秋风寒。踟躕铜輂侧，退食青锁班。才谚事弥剧，路修行复难。潺潺流谷水，峨峨峙昆山。谷水留别踪，昆山集梦想。逝欲归旧庐，反若异天壤。笼鸟思层霄，槛猿思苍莽。何时弃簪组，蹑风脱尘绁。

谢叔源游览

友声慰私怀，游况祛寂寞。之子眇难觌，聊徇山水乐。巾车眺西池，步屧度飞阁。积翠浮阳崖，悬流响阴壑。草露朝不晞，山花寒未落。坐久风篁定，嘈嘈沸青雀。皋壤得所欢，转眼惊离索。岂以甫田诗，遂废然与诺。相思若冬春，迴环自绵邈。

刘越石伤乱

盈亏有常理，天下忽纷更。鲜卑踞邯郸，狼子蹯西秦。粲曜互跳梁，四隅餍戎兵。仲升战蒲类，卧龙扶炎精。迷唐居边徼，叔平誓澄清。攘袂一瞋目，我生何不辰。荡决已尽瘁，规模局幽并。晋郑头未白，太阿宁有神。伏枥志千里，抚髀思功名。奋翼景冯异，拜赐称孟明。陨霜杀野草，松柏非凋零。谁言盘错艰，利器如新硎。

卢子谅感交

蔚矣列星德，伟哉西陕贤。中朝立良佐，反侧心自寒。戋戋范阳士，末学惭窥天。壮事及老谋，内顾俱嗒然。疾首君父雠，抆血何泛澜。飘风陨木叶，虚舟随逝川。勉就短后衣，问关违烽烟。孙阳驾疲驽，剪拂相周旋。蝉翼荷重负，私心逾自怜。中道会有役，奉命出幽燕。登城眺大荒，落日沦虞渊。平沙莽无际，时见双飞鸢。长叹还所居，鳏鳏不能眠。牧马嘶夜风，鼙鼓正喧阗，感旧热中肠，翰墨焉能宣。

孙太尉杂述

太空本无形，阴阳递推移。横目易焚和，康衢成崄巇。触蛮竞秋毫，楮叶雕新奇。口珠无所得，千古多是非。崆峒有真人，寥然坐忘机。神光炯虚室，素琴聊自挥。童观辨题角，神龙游天陲。詹子知何拙，汧漫空尔为。东风动春阳，百草皆华滋。兰萧各自遂，焉用分妍媸。醇朴苟未散，汗漫真吾师。

清代中叶李重华有《杂拟诗三十首》，小序称：

昔江文通作《杂拟诗三十首》，齐梁以前作者备列。顾风人代兴，各有祖述，巧拙华朴，因乎体裁。其不蹈袭古人，正其善学古人。谓唐无五言古诗，岂达识欤？自伯玉挺出变态，至子美而极嗣，或风气稍薄，亦运会固然，要惟能自树者蔚成大家。譬彼江湖洄洑，异澜同源，即不可时代限矣。余少为歌诗，首尚五古，慕效所切，可约略指陈。故自汉魏以讫唐宋，复各拟撰一篇。录而存之，将埃来者之折中云尔。

古诗今日良宴会

良友与我值，及时娱宴游。高情无杂言，新诗为献酬。泠泠众妙音，绎若仙吹流。同心得真赏，乐意匪外求。泛观尘俗中，骋鹜何当休。达士岂遗世，树立良预谋。谁能韬荣利，终朝增百忧。

苏属国赠别

古剑乍离析，悲鸣远相期。洪钟苟沦伏，和声以类随。与尔鸾凤交，心迹何参差。聊当风雪辰，申此把袂词。丝竹不悦耳，何以娱酒卮。我歌流征音，朔马为酸悲。居人苦留滞，会合良无时。惟当伺归鸿，示我长相思。

李都尉答赠

殊方惬良晤,结契逾松萝。转盼复分手,沉吟其奈何。人生若飞蒂,流泛委沧波。君行遽奔迫,我志转蹉跎。临岐欸所赠,对酒聊短歌。此后隔山海,愁无鸿雁过。

魏武帝纪行

元戎肃徒旅,行行越潼关。秦原莽牢落,空舍无炊烟。杀气一以盛,骸骨为邱山。遗黎各疮痍,窜伏何险艰。念我皇汉京,宫殿皆颓垣。大盗觑神器,流毒徒构患。迫主以播迁,剽掠于市阓。群谋踵而起,梗塞弥宇间。吟我破斧诗,悲伤难具言。

陈思王杂诗

登高骋遐瞩,举意穷江湘。江湘有迅风,吴蜀窥我疆。大国遗远图,志士增慨慷。髣髴骛华毂,愿一佐戎行。利器苟不施,谁分宝锷光,沉忧以终老,摧折我刚肠。

阮步兵咏怀

中宵惨不怿,乘月登啸台。拂我朱丝桐,松风写余哀。叹彼广武场,并世犹婴孩。倘然获成名,安见英雄才。蜗争竟未已,蕉梦何人回。岂乏利与荣,倾侧良可咍。青田玄鹤羽,缥缈凌蓬莱。世事久衰息,沧溟水一杯。

左记室招隐

红尘久纷浊,真气归林泉。开帙挥孔思,歌商应虞弦。悦意群芳知,清心鸣濑传。嘤嘤厉丛薄,鱻鱻惊洄渊。已备声色娱,眺听协自然。岂求燕衍情,兴会从屡迁。绝壑俯清淑,崇峦结幽玄。灵仙非我期,探化聊忘年。

刘并州赠卢谌

习尚宗清谈，皇纲溃而涣。九土遂横崩，生民陷涂炭。吾躯本孱弱，只手冀平难。扬鞭惕我先，士雅余凤惮。流亡颇招集，朝附夕辄叛。吁嗟客寓公，力屈事穷窘。希君曲逆流，危疑握奇算。吾衰难重陈，对食徒喟叹。霾氛掩素华，朔吹凋贞干。天日如一回，丹诚托虹贯。

郭弘农游仙

藐姑属何许，云在汾之阳。挥策越林麓，千春藤蔓荒。颇闻员峤居，重溟连混茫。岩峦积琼瑶，天葩耀其光。上帝所栖息，群真纷在傍。青童红霓裾，玉女芙蓉裳。骈筠界冰丝，眢眇乐未央。飞空尚辽绝，而况一苇航。轩辕昔乘雾，飘落桥山阳。穆满坐叹息，嬴刘俱惋伤。

陶征君归田园

大造出华实，贵各当其时。卉木有真性，何心荣悴之。宣尼鲁中仕，三月已去兹。遇合岂不怀，迟徊谅非宜。闲闲十亩间，凤昔存良规。我土庶可辟，我躬敢言疲。暄风动榆柳，高下鸣黄鹂。桑径日以绿，荒畴行自治。

谢康乐游山

寰中构灵区，元化意矜绝。蔽翳向千载，环丽叹虚设。幽人有斧柯，迅步亦不劣。石门通窅窱，竹涧蹑巉嶻。乳窦自雕华，瑶源果鸣玦。灵松时隐虬，飞流亦垂蜺。空青印霞驳，天篆互明灭。长飙递归峰，恍惚见羽节。养静性所惬，探奇岂云拙。居高惭栋隆，退下愧井渫。名岳稍疏凿，云峤尚扃镡。敢笑餐霞叟，终附御风列。

鲍参军咏史

夸毗怀宴酣,游侠尚驰骛。异地雨莫知,京华猝奇遇。投分惬心许,追欢移晓暮。重城十二楼,轩盖蔼云雾。绮绣炫堂闼,歌吹沸衢路。名姝答神骏,好尚数迥互。意气本虚薄,金石那坚固。亮乏儒雅姿,讵挟经济务。康成陋官阀,沈墨守章句。悠悠通德居,流辈伏陶铸。

以下仅列其标题:《宣城望京邑》《柳吴兴江南曲》《庾开府画屏风》《陈拾遗感寓》《张曲江感遇》《李翰林古风》《杜工部出塞》《王右丞辋川》《孟襄阳漾舟》《王龙标闻琴》《常盱眙泛舟》《韦苏州宴赏》《李昌谷兰香神女庙》《韩昌黎秋怀》《孟东野赠昌黎》《柳柳州南涧》《苏东坡西湖》《黄山谷赠东坡》。

清人的效仿出现次韵的现象,这是明代所未见的,代表如朱筠《和江文通杂体诗三十首》。

古离别

生身当永诀,誓言同闭关。常恐飘风急,波荡不相还。明月五日初,三五光正圆。积毁销枯骸,令妾知心寒。生死亦有涯,久暂亦有离。一人中两心,安巢复何枝。思君若盘石,贱躯不可移。

李都尉从军

平生多所劳,浮云忽已宴。万里经沙漠,六月下流霰。裴回河梁侧,故人昔为荐。朝暮顾日影,相知不重见。梦中无羽翼,愿作巢南燕。

班婕妤咏扇

齐丝出新机,容质两抱素。明明向弦月,窃恐蔽轻雾。晨夕共携手，荣华久为故。况复西风期，摇落先芳树。旧欢难可忘，弃置委行路。

魏文帝游宴

良时对芳园，华星照清池。四坐尽欢宴，绮文共纷披。帝乐闻洞庭，木叶下灵嵎。凉风以时至，草虫鸣相随。客子壮当游，白发生参差。新声动人心，在乐不知疲。青江听其声，赤日观所为。岂不感群阴，朱荣曜枯林。逝者将可作，翩翩翔余心。

陈思王赠友

平生非世交，守身誓白璧。窃慕君子光，自远芬中宅。群材竞明会，结义良不薄。何知众芳丛，百草早为落。白日正奔驰，流光在高阁。朱涛灭明星，金飙摧杜若。何以萦余思，秉烛勤丹臒。相知不相待，岁月负所诺。愿结太阳辉，相倾藜与藿。

刘文学感遇

桂树生冬时，青青山中色。每为王孙顾，生理常端直。黄华委金盘，临风生羽翼。内美盈百芳，汲引在中职。乖情易疎貌，讵能自修饰。荣多非质保，零落玉阶侧。薄芬职当弃，厚德何可测。

王侍中怀德

弱冠游秦川，志气凌上京。家世忽摇落，自伤遽多情。睹彼中路衢，豺狼恣以横。人命逝黄河，谁能待其清。密云𫍙长天，寒霜当野茎。死声聆仪奏，危涕感鸟零。无罪投荒蛮，天下莽未平。安知日月会，相与荣簪缨。清音逐羽觞，华宴临高城。众贤既合契，愿结三浮萍。情喻泰山永，义共天汉倾。欢乐极君子，际斯功与名。

嵇中散言志

世乱学神仙，轻身蜕污尘。居高信多患，入深惧不伦。洋洋三神山，远寄天池滨。鼋鼍族更繁，蹒跚据其津。其物秽灵气，龙蟠不得神。太清邈难叩，奇吐当谁陈。汲山有上士，以隐爱其身。臭味莫能识，精诚感至真。风云相出入，鸾孔为之宾。授我至要道，令我无苦辛。杀身多奇士，何必庸俗人。感此托高步，谁能加冠绅。

阮步兵咏怀

鲲鱼托北流，鹏鸟从南飞。岂不健羽翮，变化焉知归。浮游天地中，昨是今乃非。龙蟹出妖艳，礼法存者希。一木当倾厦，安知人命微。

张司空离情

新树绿兰花，芳菲间阶墀。幽人事餐饮，朝暮盈中帷。路远三青鸟，意重双素丝。秋卉无后摧，春树当早滋。荣华渐减欢，落寞逾增悲。窃恐金玉音，杳然彼佳期。

潘黄门述哀

凛凛青飙生，芳草萎素日。恩好未曾新，荣曜已知毕。淑媛去空闺，哀音断华瑟。怀情惜难再，顾影但悲一。明明隔幽泉，慌惚念未失。锦衾委长簟，飞尘蒙丽质。持谖转成法，望薨翼在寐。寐中即长冥，相知隔影形。何用从术士，虚堂接精灵。燕昵绝桂楦，文辞事芳铭。抚桐睹其和，折华想其英。羲舒无停机，促促谁当平。

陆平原羁宦

远游陟长路，冠盖婴此身。桑梓念恭敬，辞缱绻交亲。感离横碧山，挥泗临绿津。瑰琦入异土，愿为重华陈。煌煌东储宫，恩义同君臣。玉佩金门子，华服兰台人。托身崇贤会，日月忽经年。华凤栖新条，羽鹤唉旧川。吾家远水乡，还顾纷高烟。吴洛变声律，隔绝诚可怜。欲因黄犬归，寄语思潸然。

左记室咏史

文禽不升鼎，芳兰不当门。甘美入膏肓，乃以崩精魂。帝女化媚草，谁能明其源。桃实易美色，后怨而前恩。煌煌周法宫，妖蠥御至尊。卫懿至昏庸，野鹤骖君轩。荒芜荡无际，王道成空言。所以放达士，唾吓王侯门。曳尾以游泥，披发而灌园。

张黄门苦雨

朱蚁涌黄垒，白獭沿碧渚。物理知新穴，人感念故础。会斯川泽成，眷彼日月序。触石云无还，蒙空气方举。美人间虹霓，离隔希偕侣。翳翳渰清晖，翘翘浸荒楚。何由发羲照，声色羌回伫。

刘太尉伤乱

沙漠荡中原，四塞成黄雾。高明世其家，一朝为鬼据。微臣在驰驱，敢谢趋时骛。结友满天下，恨无奇士遇。殷武伐鬼方，三年期必举。秦晋定王室，迁戎贻大故。剪灭务须臾，遄恤仁者度。托身介胄士，疮痍盈道路。北望幽蓟城，□骑绕林树。乘月登高楼，清啸舒积虑。身老虏未歼，能不负所素。日月誓忠义，百六会有数。

卢中郎感交

楚箭本美干，随光成贵器。豪杰骋智辨，大业着高位。会时乘鹿驱，中野乱雉匹。婚姻誓无二，华夏终定一。愧无户牖奇，艰难幸同恤。睠彼管大夫，佐齐问楚失。蒙士筑长城，匈奴势以谧。贤否孰霄埃，同为匡时出。本末终异途，元白宁乖质。嗟余奉清尘，遭运愈萧瑟。帷幄遽善决，驰驱敢自逸。常惧浮华慕，无以俟秋实。

郭宏农游仙

斗日涸伊川，飞海没碣石。山河善变化，灵仙舍魂魄。精卫来西山，衔枝粲华液。蕤蕤扶桑荣，朱明光洞隙。文玉掇柯丹，石林搴英碧。帝轩顾王乔，凌霞相宾客。骖鸾羽毛毳，乘龙日月迫。

孙廷尉杂述

神智多所因，豫且空梦兆。大絯从天地，跖寿而颜夭。倚伏互有会，孰者知自了。函车离山奔，吞舟砀水矫。立病而聚争，所得固已少。静然以补疾，眦姬以休老。黄黬遽伤德，碧藏未喻道。感彼缁帷叟，颜发交苍皓。妙理既明达，刺船延苇草。屠龙技诚奢，所悲无用巧。嗒然归冥合，无为乱鱼鸟。

许征君自序

巢父结异栖，壶公怣幻像。相偕物外游，所愿得真赏。海士无偶遗，谷人有孤往。朱华黄金实，采掇以自养。洁洁素累除，萧萧元思敞。道通白蜺下，意得飞龙上。观云华彩蜷，扣泉丝竹响。所好谅在斯，尘俗未足奖。境迥绝外荣，理密纯内朗，即此托高栖，可以谢羁网。

殷东阳兴瞩

众序从斯化，青昊发幽趣。白日自融冷，独与遐性遇。空云畅清兴，高山肃寒树。景敛少明绚，籁振多哀素。君子乐菁苹，华宴欣从务。胜酣有真引，情感亦好慕。驾轸适萧爽，何必烦远虑。

谢仆射游览

物力日以劬，我情岂易整。愿言诵山枢，权游未当省。眺岚高影恋，溯波华思永。艳蕚委连涯，素云属孤岭。茫茫暮光合，水月澹清景。百端眷然集，芳菲托幽静。驰情岁月暮，华烛良可秉。如何美人思，蹉跎从哀郢。

陶征君田居

晨起从所务，荷篠遵西陌。为力岂无劳，在业情亦适。道逢田野人，黾勉自朝夕。三时强力作，且复得闲隙。物理会当勤，孰云安其役。愿为田父留，相从助耕绩。初服久已返，守拙信有益。

谢临川游山

蹑景恣奇寻，岩溪交削缺。缘幽更纡淹，怀新得创设。悬瀑赤峰迥，堆矶白波绝。牡陵蜿道遭，牝壑隙光澈。日出晒海门，凌虚弄丹晣。铜乳孕土囊，火井水沉险。穷窈寮开胜，接云霞蔽。径元访灵洞，岸赪照荣汭。青蚵更啾哳，白麇席倚逝。重篁翳天光，洪蒙留冰雪。愕怡同险易，寒燠殊原穴。遇灵性已殚，讨幽累可灭。采山遗九嶷，呵壁问三澨。万役从独嗜，且托达生说。

颜特进侍宴

匡戴祗文命，枃角分郡县。羽觞火德丽，水心金兆见。环宫卫十籓，方壶周四殿。金鸾化羽翮，玉蓉凌霜霰。鬼瓮丹瑙漾，仙盘金茎蒨。星和龟鸟结，气成龙虎变。钧天耹锽奏，瑶水荐琼宴。庙笏揖上庠，馗巾匼中旬。西窟月魄生，东暾日精见。凿齿餐泽露，裸发服裘弁。天仪动王躬，神光流众晛。德表同苍尊，渥瀎逮舆贱。持笔侍华簪，进诵达鞋瑱。职荣愧尽力，愿为薪者荐。

谢法曹赠别

平明缓言驾，行行去华汭。暂合思旧留，久离眷新别。江浔或投佩，澧浦尚遗袂。携手如可期，相从在雨雪。雨雪忽易时，萦此杨柳思。山川乖惠好，春秋托芳期。浪浪独成诀，恳恳两无疑。帆转沤素泛,舻隐苇碧滋。碧滋盛兰若,芳馨已摧铄。情密恐致疎,意厚翻疑薄。同心亦岐途,异乡宁宿诺。愿树百亩蕙,以贻君子托。托心寄华士,弭悲招幽人。丛桂茂深岚,嘉橘实远滨。攀援滞中山,荡漾依天辰。离隔感缯托,殷勤从华陈。陈华空增劳,涉湘美玩遨。茫茫溯惊湍,悠悠睇平皋。伫俟尚自郁,临风谁知陶。美人致远赠,惭无双青瑶。

王征君养疾

丛薄翳寒空,碧英色竞滋。潆洄众溪曲,引情荡遥悲。厓晶绿绕涧,鸟翾声盈堦。拾芳幽可掬,啜药清充帷。金赞憺云华,玉寥袪月缁。姑射冰雪人,吸饮非余欺。娴咏凤成赋,怡养聊兴诗。

袁太尉从驾

蛇雉禜明祀,北郊待帝元。大礼肃元辰,严跸兆有年。朱鸟羽蔽日,黄鼍介驾川。岹嵘辔玉銈,襡袿旄金悬。五丝出虹石,九鋈动霞山。軏驰云移岗,舷停波积渊。问风陈师史,式版登原墟。物鞻白藏侯,宝成南风弦。入部冒日出,华中被荒天。肉骨泽四字,沦肌排九筵。扈行属戎右,执殳愿驱前。授策尚与盛,颂德职所宣。

谢光禄郊游

暮气绮凉原,严榜逅重阴。万绿屯白霰,四浮散空沉。昭华被青厓,微叶脱寒浔。溪互暂洞杳,涧迥知哀深。远郊收素寂,绝望延岚岑。响依元牝色,息引清壶音。中质同袭玉,外悦乖锄金。戚戚耽真慕,眷眷抱遥心。溯洄成道阻,空令岁月侵。

鲍参军戎行

汉虏方搆兵,甲胄腾辉光。晨叫声三军,授节徵六乡。朱旗炽如火，白羽鲜若霜。道严师行疾，百里无水浆。将军日为胆，战士弦为肠。挥戈出五道，所见天青苍。沙漠荡无碍，磬控飞平荒。龙泉试骄骑，象弧响空梁。斩馘有功名，义然无惨伤。驰马系单于，杀身何摧藏。

休上人怨别

明月君子光，游客还归哉。驰思盈空堂，仿佛若能来。元霜何修隔，白露成低徊。兰径翠更被，华帷皓已开。肠回良九绝，媒劳空层台。流情托波涛，顾影生尘埃。相期绿草曲，结心款君怀。

清代进行零散模拟的诗人数量明显增多，比如，边汝元《鱼山诗草》有《拟古六首》，分效江淹拟曹丕、阮籍、张华、陆机、张协和陶渊明；沈起元《敬亭诗文》有三首和江文通杂体（用原韵），效江淹拟曹植、刘桢、郭璞；杭世骏有《效江淹杂拟二首》，分效江淹拟孙绰、鲍照；曹仁虎《宛委山房集》中有四首拟诗，《拟左太冲招隐》《拟陶渊明田居》《拟谢康乐游山》和《拟鲍明远从军》；赵良澍《肖岩诗抄》卷一有六首拟诗，《拟阮嗣宗咏怀》《拟左太冲招隐》《拟陶渊明田居》《拟谢康乐游山》《拟鲍明远从军》《拟汤惠休怨别》；董诰《皇清文颖续编》卷六十三辑有四首拟诗，《拟陈思王赠友》《拟谢仆射游览》《拟谢临川游山》《拟颜特进侍宴》；刘凤诰有《拟江文通杂体诗依其韵》五首，分效《古别离》《李都尉从军》《班婕妤团扇》《阮步兵咏怀》《鲍参军戎行》；戴敦元有《留别浣花用江文通拟法曹惠连赠别韵》；刘文淇《拟谢临川游山》（同人分效江文通拟古四首存一）；严可均《拟杂体诗》五首，分别拟《魏太子丕公宴》《陶征君田居》《谢仆射混游览》《颜特进延之侍宴》《谢临川灵运游山》[①]。

---

① 这里的统计依据王志娟《清代〈杂体诗三十首〉研究》，硕士学位论文，河南大学，2017年。

参考文献

专书部分

（汉）班固撰：《汉书》，中华书局 2012 年版。

包叔明：《江淹传》，载《中国文学史论集》，中华文化出版事业委员会 1958 年印行。

（南朝宋）鲍照著，丁福林、丛玲玲校注：《鲍照集校注》，中华书局 2012 年版。

［日］遍照金刚撰，卢盛江校考：《文镜秘府论汇校汇考》，中华书局 2006 年版。

曹道衡、沈玉成：《谢灵运与谢惠连》，载《中古文学史料丛考》，中华书局 2003 年版。

曹道衡：《兰陵萧氏与南朝文学》，中华书局 2004 年版。

曹道衡：《南北朝文学史》，人民文学出版社 1991 年版。

曹道衡：《中古文学史论文集》，中华书局 2002 年版。

（宋）晁说之：《嵩山文集》，四部丛刊续编景旧钞本。

陈恩维：《模拟与汉魏六朝文学嬗变》，中国社会科学院出版社 2010 年版。

陈乔生：《刘宋诗歌研究》，中华书局 2007 年版。

（宋）陈善：《扪虱新话》，民国校刻儒薛警悟本。

陈衍：《陈衍诗论合集》，福建人民出版社 1999 年版。

陈寅恪：《金明馆丛稿初编》，上海古籍出版社 1980 年版。

（清）陈祚明选评，李金松点校：《采菽堂古诗选》，上海古籍出版社 2008 年版。

程千帆：《俭腹抄》，上海文艺出版社 1998 年版。

（清）单隆周：《雪园诗赋》初集，清康熙刻本。

丁福保：《历代诗话续编》，中华书局 1983 版。

丁福林：《江淹年谱》，凤凰出版社 2007 年版。

（清）董诰等编：《全唐文》，上海古籍出版社 1990 年版。

（唐）杜甫著，（清）杨伦笺注：《杜诗镜铨》，上海古籍出版社 1980 年版。

（清）方东树著，汪绍楹校点：《昭昧詹言》，人民文学出版社 2006 年版。

（唐）房玄龄等撰：《晋书》，中华书局 1974 年版。

傅刚：《〈昭明文选〉研究》，中国社会科学出版社 2000 年版。

（晋）葛洪撰，杨明照撰：《抱朴子外校笺》，中华书局 1997 年版。

葛晓音：《八代诗史》，中华书局 2007 年版。

（清）顾炎武著，（清）黄汝成集释，栾保群、吕宗力校点：《日知录集释》，上海古籍出版社 2007 年版。

（宋）郭茂倩：《乐府诗集》，中华书局 1979 年版。

郭绍虞：《中国文学批评史》，百花文艺出版社 1998 年版。

郭绍虞编选，富寿荪校点：《清诗话续编》，上海古籍出版社 2016 年版。

郭英德：《中国古代文体学论稿》，北京大学出版社 2005 年版。

（清）何焯著，崔高维点校：《义门读书记》，中华书局 1987 年版。

[美]何肯：《在汉帝国的阴影下——南朝初期的士人思想和社会》，卢康华译，中西书局 2018 年版。

（清）何文焕：《历代诗话》，中华书局 1981 年版。

胡大雷：《〈文选〉诗研究》，广西师范大学出版社 2000 年版。

胡大雷：《玄言诗研究》，中华书局 2007 年版。

胡适：《白话文学史》，东方出版中心1996年版。

（明）胡应麟：《诗薮》，上海古籍出版社1979年版。

（明）胡之骥注，李长路、赵威点校：《江文通集汇注》，中华书局2006年版。

黄节撰：《谢灵运诗注　鲍参军诗注》，中华书局2008年版。

黄侃：《〈文心雕龙〉札记》，中国人民文学出版社2012年版。

（三国魏）嵇康著，戴明扬校注：《嵇康集校注》，中华书局2014年版。

（唐）皎然著，李壮鹰校注：《诗式校注》，人民文学出版社2003年版。

金开诚、葛兆光：《古诗文要籍序录》，中华书局2012年版。

（后秦）鸠摩罗什译，张新民、龚妮丽注译：《法华经今译》，中国社会科学出版社2003年版。

（唐）李白著，（清）王琦注：《李太白全集》，中华书局2015年版。

（宋）李昉：《太平广记》，中华书局1961年版。

李士彪：《魏晋南北朝文体学》，上海古籍出版社2004年版。

（唐）李延寿：《南史》，中华书局1975年版。

（清）李应泰等修：《宣城县志》，光绪十四年活字本。

刘大杰：《古典文学思想源流》，上海世纪出版社2008年版。

（清）刘熙载撰，袁津琥校注：《艺概注稿》，中华书局2009年版。

（南朝梁）刘勰著，范文澜注：《文心雕龙注》，人民文学出版社2008年版。

刘永济：《十四朝文学要略》，中华书局2007年版。

刘跃进：《门阀士族与永明文学》，生活·读书·新知三联书店1994年版。

刘跃进著，徐华校：《文选旧注辑存》，凤凰出版社2017年版。

（唐）刘知幾撰，（清）浦起龙通释：《史通通释》，上海古籍出版社2008年版。

（西晋）陆机著，张少康集释：《文赋集释》，人民文学出版社2006

年版。

（明）陆时雍选评，任文京、赵东岚点校：《诗镜总论》，河北大学出版社 2010 年版。

（西晋）陆云著，刘运好校注：《陆士龙文集校注》，凤凰出版社 2010 年版。

逯钦立辑校：《先秦汉魏晋南北朝诗》，中华书局 1983 年版。

罗宗强：《读文心雕龙札记》，生活·读书·新知三联书店 2007 年版。

罗宗强：《李杜论略》，内蒙古人民出版社 1980 年版。

罗宗强：《魏晋南北朝文学思想史》，中华书局 2006 年版。

罗宗强：《玄学与魏晋士人心态》，天津教育出版社 2006 年版。

骆鸿凯：《〈文选〉学》，中华书局 1989 年版。

毛汉光：《中国中古社会史论》，上海书店出版社 2002 年版。

梅家玲：《汉魏六朝文学新论：拟代与赠答篇》，北京大学出版社 2004 年版。

穆克宏：《魏晋南北朝文学史料述略》，中华书局 1997 年版。

南开大学中文系编：《魏晋南北朝文学与文化论文集》，南开大学出版社 2002 年版。

（清）潘德舆著，朱德慈辑校：《养一斋诗话》，中华书局 2010 年版。

彭玉平：《人间词话疏证》，中华书局 2011 年版。

（清）钱大昕著，杨勇军整理：《十驾斋养新录》，上海书店出版社 2013 年版。

钱志熙：《魏晋南北朝诗歌史述》，北京大学出版社 2005 年版。

钱志熙：《魏晋诗歌艺术原论》，北京大学出版社 1993 年版。

钱锺书：《管锥编》，生活·读书·新知三联书店 2001 年版。

钱锺书：《宋诗选注》，人民出版社 1958 年版。

（清）乾隆：《御制诗二集》，《景印文渊阁四库全书》集部 1304 册，台湾商务印书馆 1986 年版。

（清）邵晋涵：《南江诗文钞》，续修四库全书影印本。

（清）沈德潜选：《古诗源》，中华书局 2006 年版。

（清）沈德潜撰，王宏林笺注：《说诗晬语》，人民文学出版社 2013 年版。

（南朝梁）沈约：《宋书》，中华书局 1974 年版。

（清）宋长白：《柳亭诗话》，上海古籍出版社 1995 年版。

汤用彤：《汉魏两晋南北朝佛教史》，北京大学出版社 1997 年版。

（明）屠隆：《由拳集》，明万历刻本。

（清）汪中著，田汉云点校：《新编汪中集》，广陵书社 2009 年版。

（东汉）王充著，黄晖校释：《论衡校释》，中华书局 2006 年版。

（清）王夫之等撰，丁福保辑：《清诗话》，上海古籍出版社 2015 年版。

（清）王闿运：《湘绮楼文集》，齐鲁书局 2008 年版。

王利器：《颜氏家训集解》，上海古籍出版社 1982 年版。

（清）王士禛著，（清）张宗柟纂集，戴鸿森校点：《带经堂诗话》，人民文学出版社 1963 年版。

（清）王士禛著，赵伯陶点校：《古夫于亭杂录》，中华书局 1988 年版。

（明）王世贞：《弇州四部稿》，《景印文渊阁四库全书》，台湾商务印书馆 1986 年版。

（明）王世贞著，罗仲鼎校注：《艺苑卮言校注》，齐鲁书社 1992 年版。

王瑶：《中古文学史论》，北京大学出版社 1998 年版。

王运熙、杨明：《魏晋南北朝文学批评史》，上海古籍出版社 1989 年版。

王运熙：《乐府诗述论》，上海古籍出版社 2006 年版。

王运熙：《中古文论要义十讲》，复旦大学出版社 2004 年版。

王运熙：《中国古代文论管窥》，上海古籍出版社 2006 年版。

王钟陵：《中国中古诗歌史》，人民出版社 2005 年版。

（宋）魏庆之著，王仲闻点校：《诗人玉屑》，中华书局 2011 年版。

（唐）魏征：《隋书》，中华书局1973年版。

闻一多：《唐诗杂论》，中华书局2009年版。

（清）翁方纲：《复初斋文集》，《近代中国史料丛刊》第四十三辑影印清光绪丁丑重校刊本。

（明）吴讷、（明）徐师曾：《文章辨体序说　文体明辨序说》，人民文学出版社1998年版。

（明）吴讷著，凌郁之疏证：《文章辨体序题疏证》，人民文学出版社2016年版。

（清）吴淇：《六朝选诗定论》，广陵书局2009年版。

（南朝梁）萧统编，（唐）李善、吕延济、刘良、张铣、吕向、李周翰注：《六臣注文选》，中华书局2012年版。

（南朝梁）萧统编，（唐）李善注：《文选》，上海古籍出版社2010年版。

（南朝梁）萧绎撰，许逸民校笺：《金楼子校笺》，中华书局2011年版。

（南朝梁）萧子显：《南齐书》，中华书局2007年版。

谢巍：《中国历代人物年谱考录》，中华书局1992年版。

（明）谢榛著，宛平校点：《四溟诗话》，人民文学出版社1961年版。

徐复观：《中国艺术精神》，华东师范大学出版社2004年版。

徐公持：《魏晋文学史》，人民文学出版社1999年版。

（南朝陈）徐陵编，（清）吴兆宜注，（清）程琰删补，穆克宏点校：《玉台新咏笺注》，中华书局2007年版。

徐震堮：《世说新语校笺》，中华书局1984年版。

（东汉）许慎撰，（清）段玉裁注：《说文解字注》，浙江古籍出版社2006年版。

许文雨：《钟嵘〈诗品〉讲疏》，成都古籍出版社1983年版。

（明）许学夷：《诗源辩体》，人民文学出版社1987年版。

（明）薛蕙：《考功集》，明万历刻本，《景印文渊阁四库全书》第1272册，台湾商务印书馆1986年版。

（清）严可均：《全晋文》，商务印书馆1999年版。

（清）严可均：《全梁文》，商务印书馆1999年版。

（清）严可均：《全上古三代秦汉六朝文》，中华书局1958年版。

（清）严可均：《全宋文》，商务印书馆1999年版。

（南宋）严羽著，郭绍虞校释：《沧浪诗话校释》，人民文学出版社1983年版。

（唐）姚思廉：《陈书》，中华书局2007年版。

（唐）姚思廉：《梁书》，中华书局2006年版。

（宋）叶梦得撰，逯铭昕校注：《石林诗话》，人民文学出版社2011年版。

（宋）叶适：《水心先生文集》四库丛刊初编本，上海商务印书馆民国十一年（1922）景印本。

（清）永瑢等：《四库全书总目提要》，中华书局2013年版。

游国恩等主编：《中国文学史》，人民文学出版社1963年版。

余冠英选注：《汉魏六朝诗选》，人民文学出版社2009年版。

余英时：《士与中国文化》，上海人民出版社2002年版。

俞绍初：《江淹年谱》，上海古籍出版社1996年版。

俞绍初点校：《建安七子集》，中华书局1989年版。

（北周）庾信著，（清）倪璠注，许逸民点校：《庾子山集注》，中华书局2011年版。

（清）袁枚著，顾学颉校点：《随园诗话》，人民文学出版社2012年版。

袁行霈：《陶渊明集笺注》，中华书局2003年版。

袁行霈：《中国诗歌艺术研究》，北京大学出版社2009年版。

詹福瑞：《南朝诗歌思潮》，河北大学出版社2005年版。

詹锳：《文心雕龙义证》，上海古籍出版社1989年版。

张爱芳、贾贵荣选编：《历代名人谥号谥法文献辑刊》，北京图书馆出版社2004年版。

张伯伟：《中国古代文学批评方法研究》，中华书局2002年版。

张伯伟：《钟嵘诗品研究》，南京大学出版社1999年版。

（宋）张戒：《岁寒堂诗话》，商务印书馆1939年版。

张蕾：《玉台新咏论稿》，人民出版社2007年版。

张沛撰：《中说校注》，中华书局2013年版。

（明）张溥著，殷孟伦注：《汉魏六朝百三家集题辞注》，中华书局2007年版。

（清）张琦：《宛邻集》，清光绪盛氏刻常州先哲遗书本。

张廷银：《魏晋玄言诗研究》，商务印书馆2008版。

（明）张宇初：《正统道藏》，台北：艺文印书馆1977年版。

（清）张玉穀著，许逸民点校：《古诗赏析》，中华书局2017年版。

（清）章学诚撰，吕思勉评：《文史通义》，上海古籍出版社2008年版。

赵红玲：《六朝拟诗研究》，上海辞书出版社2008年版。

（清）赵翼著，江守义、李成义校注：《瓯北诗话》，人民文学出版社2013年版。

（清）赵翼撰，曹兴甫校点：《陔余丛考》，上海古籍出版社2011年版。

赵幼文：《曹植集校注》，人民文学出版社1984年版。

郑振铎：《插图本中国文学史》，人民文学出版社1957年版。

（南朝梁）钟嵘著，曹旭笺注：《诗品笺注》，人民文学出版社2009年版。

周勋初：《文史探微》，上海古籍出版社1987年版。

朱光潜：《谈美》，中华书局2010年版。

（宋）朱熹撰，（宋）黎靖德编：《朱子语类》，中华书局1986年版。

论文部分

陈恩维：《论模拟与永明文学新变》，《宁夏大学学报》2010年第1期。

程章灿：《三十个角色与一个演员——从〈杂体诗三十首〉看江淹的

艺术"本色"》，《中山大学学报》2010 年第 1 期。

葛晓音：《从江鲍与沈谢看宋齐五言诗的沿革》，《学术研究》2010 年第 3 期。

葛晓音：《江淹"杂拟诗"的辨体观念和诗史意义——兼论两晋南朝五言诗中的"拟古"和"古意"》，《晋阳学刊》2010 年第 4 期。

葛晓音：《南朝五言诗体调的"古""近"之变》，《中国社会科学》2010 年第 5 期。

郭晨光：《从江淹〈杂体诗三十首〉对原作的因革看南朝诗学观念的变迁》，《内蒙古大学学报》2013 年第 6 期。

郭晨光：《从南朝乐府到宫体诗的内部演化机制》，《南开学报》2021 年第 1 期。

郭晨光：《江淹〈杂体诗三十首〉之杂拟手法探论》，《宁夏大学学报》2014 年第 3 期。

郭晨光：《有关谢灵运〈拟魏太子邺中集诗〉的几个问题》，《福建论坛》2014 年第 8 期。

郭晨光：《再论鲍照"代"乐府体——兼论"代"非"拟"之意》，《中国海洋大学学报》2016 年第 4 期。

侯素芳：《〈文选·诗〉杂拟类刍议——以江淹〈杂体诗三十首〉为例》，《许昌学院学报》2006 年第 6 期。

胡大雷：《论江淹摹拟之作的两大类别》，《首都师范大学学报》2000 年第 5 期。

金振邦：《时代呼唤一种自觉的文体意识》，《社会科学探索》1994 年第 1 期。

梁晓霞：《江淹诗歌的语言风格考察》，《文史博览》2007 年第 8 期。

刘明：《江淹集成书及版本考论》，《许昌学院学报》2018 年第 7 期。

马萌：《〈文选〉乐府诗选录情况及其乐府观念》，《天津社会科学》2005 年第 1 期。

钱志熙：《齐梁拟乐府诗赋题法初探——兼论乐府诗写作方法之流变》，《北京大学学报》1995 年第 4 期。

宋展云：《〈文选集注〉中江淹杂体诗的研究价值——兼论先唐文本的研究方法》，《上海大学学报》2008年第3期。

孙英刚：《文学、图像、知识世界：读松浦史子〈汉魏六朝における《山海経》の受容とその展開——神話の時空と文學・図像〉》，载《域外汉籍研究集刊》第十一集。

吴承学、沙红兵：《中国古代文体学学科论纲》，《文学遗产》2005年第1期。

杨明：《〈乐府诗集〉"相和歌辞"题解释读》，《古籍整理研究》2006年第3期。

张峰屹：《逞才游艺与魏晋南朝诗歌及诗学》，《文学评论》2011年第5期。

郑虹霓：《江淹文集版本源流考》，《古籍整理研究学刊》2007年第6期。

周一良：《魏晋南北朝史学发展特点》，载《魏晋南北朝史论集》，北京大学出版社1997年版。

周振华：《〈文心雕龙〉和〈文选〉中"杂文"和"杂诗"的比较》，《安徽农业大学学报》2012年第3期。

学位论文

段一方：《江淹〈杂体诗三十首〉研究》，硕士学位论文，上海师范大学，2014年。

郭秀萍：《济阳考城江氏家族及文学考论：以江淹为中心》，硕士学位论文，南京师范大学，2008年。

梁怀超：《江淹及其作品研究》，硕士学位论文，浙江大学，2003年。

林莎：《江淹〈杂体诗三十首〉研究》，硕士学位论文，四川大学，2007年。

屈建波：《江淹及其诗歌探微》，硕士学位论文，首都师范大学，2008年。

王大恒：《江淹文学创作研究》，博士学位论文，东北师范大学，

2007 年。

王志娟:《清代〈杂体诗三十首〉研究》,硕士学位论文,河南大学,2017 年。

肖卓娅:《江淹诗歌研究》,硕士学位论文,贵州师范大学,2009 年。

喻懿洁:《江淹〈杂体诗三十首〉综论——兼述摹拟的价值》,硕士学位论文,北京大学,2010 年。

曾柏勋:《〈杂体诗三十首〉与江淹后集、才尽问题》,硕士学位论文,台湾南华大学,2008 年。

张祺乐:《江淹诗赋论》,硕士学位论文,内蒙古大学,2005 年。

赵熙:《江淹的拟诗创作极其诗学观念研究——以〈杂体诗三十首〉为中心》,硕士学位论文,首都师范大学,2012 年。

钟易翚:《奔竞于乱世政治中的江淹与他的文学创作》,硕士学位论文,华东师范大学,2011 年。

后　　记

　　这本小书完成的时候已是北国的春分之时，结束了整整半年与键盘、校对为伴的生活，经过两日沙尘侵袭的北京，此时浸透着初春的微雨，呼吸着难得的清新空气，享受着北国最舒适的时光。

　　这本小书是在我硕士学位论文的基础上增补修订而成，这本搁置近十年的书稿得以重新修订、出版，除了自身的学术兴趣，更多的是希望从江淹身上得到某种"幸运"。有关与江淹的渊源，我将另外撰文。从2012年硕士毕业至今，我的身份完成了硕—博—博士后—在职教师的巨大转变。在这些变动中，我沉下心来反思，重新燃起对读书、对古代文学的学术兴趣，找到久违的快乐与自信。

　　本书的出版首先感谢南开大学文学院张峰屹教授。硕、博六年能够顺利完成学业，得益于张老师的教导和厚爱。留在脑海中的是每每提交的各类小论文，以及逐字逐句修改过后的指导。师门聚会与同门谈天说地，都是我心底长存的温暖记忆。张老师时常教导做学问要耐心、切莫急功近利，这也是我在日常读书中向往的境界。

　　北京师范大学文学院过常宝教授是我的博士后导师，能够顺利入站到师大继续求学，离不开过老师的帮助和支持。过老师在繁忙的行政工作外，时常关心我的学业和生活。在站期间获得博士后基金面上项目一等资助和特别资助。没有他的悉心指导，我想我不可能顺利入职师大，能够在这样的高校任教，余心足矣。

中国社会科学院文学研究所刘跃进先生为我打开了北朝文学的大门，让我用另一种眼光观照南朝，观照江淹。先生的学问博大精深，仰之弥高，而且身上朴素的文学情怀以及对诸多前辈老师的眷恋，也在提醒我，研究古人、古代世界中应对现实保有的历史温度。

本书的出版有幸得到北京师范大学文学院的经费资助。我供职的汉语文化学院的朱瑞平院长、王学松书记等领导对我各方面给予了支持，也想借此机会表达感谢。

最后要感谢我的父母和丈夫，正是你们提供的强大后盾，才能让我安心地沉醉在学术的世界中。能够拥有美满的家庭生活，这才是人生最大的"幸运"。

2021 年 3 月 18 日于北京西三旗